CW01642410

LES ROSES BLANCHES

GIL JOUANARD

LES ROSES BLANCHES

roman

PHÉBUS
LITTÉRATURE FRANÇAISE

© Libella, Paris, 2016.

I.S.B.N. : 978-2-7529-1067-7

À toutes celles et tous ceux qui ne surent jamais qui ils étaient ni comment faire pour s'atteindre soi-même.

MARIE CÉLESTINE JULIETTE

Son vrai prénom était Marie. On le lui avait donné, selon toute vraisemblance, pour honorer la sainte mémoire de la mère du fils de Dieu. On en sait une autre qui, du temps où le dieu des dieux prenait, pour s'autoriser semblable privauté, tantôt l'aspect d'un taureau, tantôt celui d'un cygne ou même, subtil raffinement et sournoise rouerie, celui d'un nuage, se vit attribuer le beau prénom d'Hélène, connue aussi sous la désignation de fille de Léda, ainsi que se plurent à la désigner les sieurs Meilhac et Halévy, coauteurs du livret du célèbre opéra-bouffe mis en musique par Jacques Offenbach. Elle, c'était Marie, en hommage à la vierge immaculée et ce nonobstant parturiente, qui fut, et reste par endroits, adorée, autant sinon plus que son rejeton, par la deux centième génération des adeptes de la secte des fidèles thuriféraires de Jésus, fils de menuisier, faiseur de miracles et mystérieusement, quoique en tout petit comité, ressuscité d'entre les morts.

Le problème (façon de parler car l'affaire n'est à vrai dire pas spécialement problématique), c'est que sa sœur aînée ainsi que ses trois sœurs cadettes furent, elles aussi, placées sous le signe tutélaire et nominal de ce même prénom. Alors, le secrétaire de la mairie de leur lozérien petit village natal avait eu recours à une astuce, parfaitement illégale, laquelle avait consisté à placer, pour chacune d'elles au fur et à mesure de leur involontaire et inconscient émargement au registre des vivants, le nom de Marie en tête d'une liste de trois prénoms, dont il était implicitement convenu, contre toute logique et au prix d'un total mépris à l'égard de l'usage dûment entériné, que l'usuel, et de ce fait l'officiel, serait le dernier et non pas le premier… Mais, tout bien réfléchi, les Saintes Écritures elles-mêmes ne nous avaient-elles pas familiarisés avec cette étrange anomalie, elles qui stipulent que les derniers seront les premiers ?

C'est ainsi que Marie Célestine Juliette avait par convention tacite été d'emblée désignée par son troisième prénom, Juliette. Pour les mêmes raisons, les autres étaient couramment appelées, non pas Marie, bien entendu, mais, respectivement, Clémence, Augustine, Maryse, Denise. En fait, aucune d'elles ne porta jamais, de façon usuelle, son vrai, c'est-à-dire leur véritable et commun prénom officiel. Cette surprenante confusion ne fut jamais la cause de la moindre difficulté, puisque, dès leur petite enfance, Marie Clémence répondit au doux prénom de Clémence, Marie Juliette à celui de Juliette, Marie Augustine à celui d'Augustine, etc.

Donc, la seconde Marie porta le prénom de Juliette, favorablement connoté dans la littérature (non seulement à cause de l'aimée de Roméo, mais aussi grâce à une certaine madame Drouet dont la sexualité extraconjugale fut longtemps en harmonie avec celle du poète, romancier et dramaturge Hugo Victor). Et c'est ce prénom que l'administration elle-même prit l'habitude d'entériner, sauf lorsqu'elle lui adressait un extrait d'acte de naissance, sur lequel Marie ne pouvait éviter de figurer en tête du cortège des prénoms.

Pour amusant qu'il soit, ce détail est de peu d'importance en regard du type d'existence que Marie, alias Juliette, mena, sa vie durant, c'est-à-dire durant quatre-vingt-trois ans. Il ne sera mentionné ici qu'afin de pointer l'étrangeté des mœurs en cours à l'époque, dans un des endroits qui comptaient alors, c'est-à-dire dans le courant des années dix du vingtième siècle, au nombre des plus reculés de la galaxie européenne.

Le lieu, les circonstances et l'environnement qui avaient présidé à sa soudaine irruption à la surface du monde visible étaient si confondants d'archaïque rusticité qu'ils étaient tout ce qu'on voudra, sauf ordinaires. Et sa vie, continûment placée sous le signe de la plus extrême banalité, fut cependant émaillée d'une suite quasi ininterrompue de rebondissements de la plus haute singularité.

De quelque façon que l'on prît son cas, Juliette en était un, de cas, un sacré cas, même. Un atypique cas de figure.

Si ses conditions initiales et héréditaires de vie la firent d'emblée se fondre dans la masse d'un morne et quasiment sordide anonymat, sa nature et son tempérament l'empêchèrent de s'y dissoudre tout à fait, et lui valurent même de vivre une existence extravagante, abracadabrante, digne en tout point de se voir cataloguer au rang des sagas (genre littéraire particulièrement apprécié des peuples que les hasards des migrations postglaciaires firent s'intégrer au grand ensemble culturel et linguistique connu sous le terme oiseux mais généralement admis d'indo-européen).

Juliette, qui ne fut jamais rien, fut loin, très loin, d'être n'importe qui ou n'importe quoi. Du néant de son origine et de sa condition, elle sut faire une épique et picaresque fiction romanesque, constituée d'à-pics vertigineux comportant infiniment plus de bas que de hauts, mais jamais ramenés et stabilisés au niveau d'un accommodant moyen terme.

*

Le répertoire dramatique universel, relayé par la rumeur publique qui est friande de lieux communs et d'images d'Épinal, a fait du prénom Juliette la clé d'un imaginaire sentimental placé sous le signe de la haute tension, celui de l'amour malheureux, qui inclut également ceux de Laure, d'Héloïse, héroïnes réelles, mais aussi d'Iseut, personnage de fiction, tout comme le fut précisément la Florentine mademoiselle Capulet, alias Juliette précisément ou, plus exactement, Giulietta.

Marie Célestine Juliette ne savait rien du drame médiévalo-renaissant sorti du cerveau de William Shakespeare; quoiqu'elle en vînt au bout du compte à passer une partie non négligeable de sa durée de vie à rêver, sur le mode de l'occasion manquée et de l'injuste sort contraire, d'un improbable Roméo, le substrat culturel de cette affaire entre Capulet et Montaigu lui était aussi peu familier que le nom du mystérieux, énigmatique et pour tout dire totalement inconnu, dramaturge de Stratford-upon-Avon.

Pourtant, sa nature fut bel et bien rêveuse et romanesque, quoique non moins tumultueuse et aventureuse ; elle aura en quelque sorte été une Juliette mâtinée d'Anny du Far West.

Sans doute dut-elle de cumuler les aspects dominants de ces deux types de caractères à l'assez peu ordinaire façon dont elle était née et dont elle fut amenée à ignorer jusqu'aux rudiments de ce qu'on entend lorsqu'on prononce le mot éducation.

Lorsqu'on dit qu'un enfant naquit aux champs, on signifie que le jour lui fut donné dans une ferme ou dans une maternité implantée en milieu rural. Avec Marie Juliette, c'est au sens le plus littéral qu'il convient de prendre la formule, en veillant toutefois à la corriger très légèrement et à dire, dans un souci de précision topologique, qu'elle naquit, non pas « aux » champs, mais... « dans » les champs.

La vie quotidienne était fort rude dans le Gévaudan de la première moitié du vingtième siècle. Personne ne semblait au demeurant s'en offusquer puisque cette rudesse plongeait ses racines dans des siècles de misère noire et que personne n'avait jamais connu, s'il n'était pas riche propriétaire, autre chose que des versions à peine édulcorées, mais jamais adoucies, de l'esclavage antique et du servage médiéval.

Comme l'ignorance de toute technique ou moyen de contraception, renforcée par le diktat d'une Église stipulant qu'une famille doit avoir beaucoup d'enfants, reçus à parité et dans l'enthousiasme comme autant de dons du Seigneur Tout-Puissant (et, pour peu qu'ils fussent de sexe viril, comme de futurs conquérants des deux grandes Provinces perdues de l'Est, voire comme des caporaux potentiels destinés à maintenir des peuplades arriérées sous le joug débonnaire de la Civilisation), ce petit monde affichait avec autant d'orgueil que de consternation de pullulantes marmailles, qu'il était bien incapable d'éduquer, mais aussi de nourrir décemment.

L'ignorance se transmettait ainsi de mère en fille et de père en fils ; quant à la faim, elle circulait de maison à maison ainsi qu'un virus ou que, en des temps pas si reculés que ça, l'haleine fétide et funeste de la Peste Noire.

C'est dire le peu de chances dont disposait la petite Juliette d'entendre ou de lire un jour, fût-ce par le plus grand des hasards, le commencement du début d'une vague information concernant les noms, les personnes et les cas de figure du couple théâtralement constitué par les emblématiques amoureux véronais.

À six ans, elle avait été mise à l'école du village, tenue par des religieuses du couvent de Bouldoire. Sa vivacité d'esprit avait attiré l'attention des « bonnes sœurs », qui lui prédisaient un avenir d'institutrice, voire de nonne, fonctions qu'elles-mêmes cumulaient avec allégresse. À huit ans et demi, et à leur grand regret, ses papa et maman se virent hélas dans l'obligation de la retirer de cet asile de béatitude, où elle avait juste eu le temps d'apprendre à lire et à écrire d'une façon qui, ultérieurement, fera toujours l'étonnement de son fils, car, nonobstant ses fréquents mais rarement monstrueux écarts orthographiques, elle s'en tirait plutôt bien (sa lecture à haute voix étant elle-même dispensée du ânonnement que l'on eût été enclin à attendre chez un sujet si peu scolarisé).

Son frère aîné (en fait un demi-frère né du premier mariage de son père et « responsable », par sa naissance même, de la mort de la pauvre première épouse, sa mère) était déjà garçon vacher dans une ferme des environs. Son second frère, chouchouté par le curé (dont il deviendra un jour le bedeau), avait échappé à la fatalité puisqu'il avait été, aux frais exclusifs de l'Église, placé dans un petit séminaire du Midi, avec pour perspective de devenir l'un de ces curés de campagne dont le département de la Lozère était, à égalité avec celui du Finistère, le très zélé fournisseur (son homosexualité ayant été dénoncée à grand bruit, il fut toutefois écarté de cette voie royale et se retrouva maître d'internat professionnel, ce qui était une étrange façon de préserver les jeunes pensionnaires de ses éventuelles assiduités !). Sa sœur aînée était déjà en main chez des paysans. Et trois autres sœurs venaient derrière elle, âgées respectivement de un, trois et cinq ans de moins qu'elle (elles subiraient le même sort, le moment venu).

Juliette laissa son pupitre, la règle de trois aussi bien que celle servant à tirer des traits droits, le livre de lecture du cours élémentaire deuxième année, le cahier de dictées, et accompagna son père en sautillant sur le sentier caillouteux qui conduisait à la ferme où un campagnard esclavagiste plutôt bourru (quoiqu'il le fût moins, paraît-il, que son épouse) en prit livraison.

Les conditions de ce placement étaient les suivantes : la petite fille garderait le troupeau de brebis, du lever au coucher du soleil, dans les prairies environnantes (dont certaines se situaient à quatre, cinq ou six kilomètres de la ferme). Plus tard, quand sa taille et sa force musculaire auraient crû, elle passerait aux vaches et laisserait sa place à un nouvel enfançon. Elle dormirait sur une litière placée dans l'étable, bien au chaud grâce à la douce tiédeur odorante dégagée par la peau et l'ensemble du corps des vaches et des taureaux. Elle disposerait, pour son pique-nique quotidien, d'un quignon ou d'une tranche de pain rassis, d'un vague morceau de blanc de jambon ou de lard, disons le mot : de couenne, ou encore d'une lichette de fromage dur comme du bois. Elle trouverait à boire dans l'un des innombrables ruisseaux ou dans une des sources, voire des fontaines, de ce pays regorgeant d'eaux courantes, serpentines, bondissantes ou stagnantes. Rentrée à la nuit, elle aurait droit, en guise de dîner, à une écuelle de soupe et, le dimanche, aux restes du repas de la famille patronale.

Les brebis ignorant depuis toujours jusqu'à la notion de repos dominical, sans parler de celle de jour férié, elle mènerait, le dimanche, la même existence que celle qui lui échoyait les lundis, mardis, mercredis, jeudis, vendredis et samedis. Sauf un dimanche par mois où elle aurait le droit de courir jusqu'au village et à la maison de ses parents, en partant dès cinq heures du matin et en avalant les huit ou dix kilomètres en moins d'une heure et demie.

Ce dimanche béni, qui avait pour but de la faire, premièrement, apporter les cinq sous de son salaire à sa mère, deuxièmement, assister à la messe (car tout ce petit monde était chrétien, non pas à la façon de François d'Assise ou de Thérèse d'Avila, mais plutôt à celle dont on suppose qu'elle fut à l'origine de l'expression imagée et un peu méprisante de « foi du charbonnier »). À midi, elle avalait en toute hâte le potage maison et un repas pauvre mais bourratif, puis elle courait jusqu'à la ferme afin d'être de retour avant l'heure du dîner.

Cela dura six ans. Une éternité à cet âge. Un jour, elle sauta le dimanche familial, sans que ses parents aient été prévenus (d'un coup de calèche, le paysan ou son fils aîné eût été pourtant en vingt minutes au village). La cause en était qu'elle avait été malade, suite à l'absorption de viande avariée, que ses patrons, constatant la présence d'une très suspecte couleur verdâtre, avaient décidé de jeter, puis, se ravisant au nom du principe en vertu duquel « il ne faut rien laisser perdre », avaient fait cuire et concédée à la jeune serve, se disant sans doute que ces pauvres avaient, de par leur complexion et à cause de l'habitude, la capacité de pouvoir tout digérer ; sans compter que, de toute façon, la santé d'un être aussi insignifiant n'avait guère plus d'importance que celle d'un cabri. Le garçon vacher ayant soufflé l'information à l'une des oreilles de la sœur aînée, qui «gardait» dans un pré voisin du sien, celle-ci parvint enfin, considérablement amplifiée, aux parents, qui ne semblent pas s'être particulièrement inquiétés (une indigestion ou quelque chose du même genre, ce n'était pas bien grave !).

Lorsqu'elle eut quatorze ans, un jour, elle se blessa sérieusement à une jambe en s'écorchant à un clou qui dépassait du bord d'une clôture. Cette année-là, elle était passée aux vaches. Les fermiers l'obligèrent à continuer de conduire le troupeau aux prairies, quoiqu'elle peinât fort à marcher ; la blessure suppura ; la malheureuse boitait bas et souffrait horriblement. Le même jeune domestique, inquiet, courut en cachette prévenir la sœur aînée qui, le dimanche, descendit alerter les parents.

Enfin, le père réagit. Il monta à la ferme, prit sa fille par la main sans un mot et l'aida à claudiquer jusqu'à la maison, fit venir un médecin qui déclara qu'à quelques jours près il eût fallu opérer en urgence et peut-être amputer.

À peine remise, Juliette fut conduite à Marvejols, la petite ville distante de cinq kilomètres, et placée comme bonne à tout faire dans une famille de bourgeois qui lui imposa le mode de vie des jeunes employées de maison d'alors. Dormant dans une soupente, elle assistait la cuisinière, faisait le ménage, les chambres et servait à table, moyennant un salaire bien entendu dérisoire (moins toutefois que n'avait été celui antérieurement concédé par les fermiers).

À peine installée dans son réduit sous charpente, elle fut convoquée par la maîtresse de maison, qui lui signifia en termes dépourvus d'aménité le contenu de son cahier des charges hallucinant, puis s'en prit, sur un ton dont le mépris n'était ni absent ni même voilé, à son prénom, qu'il était hors de question qu'elle conservât durant son service :

– Juliette, c'est trop distingué pour quelqu'un de votre condition... On vous appellera Marie, prénom qui convient parfaitement à une bonne. D'ailleurs, j'ai vu sur votre extrait d'acte de naissance que c'était votre vrai prénom, puisque c'est le premier. Pourquoi vous appelle-t-on Juliette ? Cela ne vous va pas du tout ; c'est beaucoup trop chic ; c'est bon pour une héroïne de roman ou pour une femme de qualité.

Elle était autorisée à prendre le dimanche matin pour aller à la messe ; mais, à midi, elle devait servir la famille à table, et l'après-midi faire le ménage. Un soir, lorsqu'elle eut dix-huit ans, elle demanda sa soirée pour aller au bal (elle n'avait jamais dansé de sa vie, mais aspirait à apprendre). Ses patrons la lui refusèrent. Alors, en accord avec la vieille cuisinière, elle entra dans une phase frondeuse, qui allait inaugurer ce qui sera désormais l'une des constantes de son caractère, jusqu'à sa mort. Aussitôt après avoir servi puis desservi, elle sortit sans prévenir personne, sauf sa collègue complice, s'en fut danser et rentra à la nuit, ce qui fit scandale.

Elle était toutefois trop travailleuse, efficace, disciplinée et honnête pour que les choses allassent trop loin («quand on en tient une bonne, on préfère la garder, quitte à lâcher un peu la bride»). À partir de ce jour, elle eut officiellement le droit d'aller en effet, le samedi soir, tandis que sa vieille amie cuisinière acceptait de faire à sa place le service à la table des maîtres, au bal ou même, une fois, à une séance en plein air de cinématographe.

Lorsqu'elle eut atteint l'âge de vingt ans, sa sœur aînée vint la voir pour lui proposer un marché. Voilà de quoi il s'agissait...

*

Placée chez des bourgeois de Roquemaure, dans ce Gard rhodanien qui se trouve à proximité d'Avignon, Clémence y menait la vie austère des domestiques, à la fois femme de chambre et bonne à tout faire, ne disposant comme jour férié que du seul dimanche (à condition d'être rentrée le soir pour servir le dîner). Du moins était-il permis à ces recluses de sortir le samedi soir, après le service.

C'est lors d'une de ces sorties que Clémence avait rencontré Joseph, cheminot du PLM et Ardéchois d'origine. Étant allée demander à «Madame» l'autorisation de se marier, c'est-à-dire celle de quitter son emploi, qui comportait une impérative assignation à résidence, celle-ci lui fit valoir le dommage grave qu'allait lui faire subir cet authentique abandon de poste, assimilable à une désertion et portant un lourd préjudice à la pauvre famille ainsi privée d'une de ces perles qu'on ne trouvait qu'au fond des campagnes reculées du Massif central ou de la lointaine Bretagne (car les Vauclusiennes, les Gardoises et les Drômoises, infiniment plus délurées, ne se laissaient déjà plus aussi facilement asservir).

Madame consentit à donner son autorisation (ce terme d'autorisation ayant été prononcé tel quel, ce qui aujourd'hui passerait pour une extravagante ingérence dans la vie privée d'autrui), à condition que la lâcheuse proposât elle-même, en guise de remplaçante, une jeune personne de confiance, issue du même contexte que celui dont elle venait, elle, Clémence, contexte rassurant du fait de son arriération.

Clémence avait aussitôt songé à sa jeune sœur, obtenu un jour de congé s'ajoutant au dimanche, afin de monter au pays, et convaincu ses parents que l'avenir de leur seconde fille se situait plus au sud, près d'une ville attrayante, et à des conditions qui surpassaient, et de beaucoup, celles ayant cours à Marvejols (du point de vue du salaire comme de celui de la liberté, cette histoire de liberté du samedi soir paraissant alors mirifique...). Seul ennui, ils cesseraient de percevoir la dîme que leur versait Juliette, désormais trop éloignée de la maison et trop âgée pour n'avoir pas des velléités d'indépendance vis-à-vis de papa-maman, sans parler des idées d'emplettes futiles qui viennent spontanément aux filles passé quinze ans. Mais avaient-ils le choix? Clémence, dont l'autoritarisme surpassait de loin celui qu'auraient pu lui opposer ses parents, en fit son affaire. La perte serait si insignifiante de toute façon que cela ne valait même pas la peine d'en parler.

Forte de cet assentiment, elle était allée sonner à la porte des maîtres marvejolais, et avait demandé l'autorisation de parler un moment à sa sœur, sans leur donner le motif de cette visite si inhabituelle, mais précisant qu'il s'agissait d'une affaire grave la concernant.

Juliette, esclave consentante depuis l'âge de huit ans et demi, sentait depuis quelque temps monter en elle les signes avant-coureurs d'un tempérament farouchement autonome et secrètement frivole ; et l'idée de s'en aller vivre à une petite heure d'autocar d'une grande ville, où elle pourrait aller danser le samedi soir et peut-être même s'offrir la première séance de cinéma du dimanche avant de rentrer servir Madame et Monsieur, lui parut jouxter les abords immédiats d'un faramineux Paradis terrestre, dont les anges seraient des Princes charmants, tous empressés et prévenants, voire encore un peu plus que cela.

Elle accepta, alla voir ses patrons qui firent les gros yeux, lui faisant valoir le risque considérable qu'elle prendrait en allant séjourner en cette contrée de perdition, où déjà la pratique de la religion avait notoirement reculé, où le diabolique syndicalisme exerçait de profonds ravages, où la débauche était monnaie courante. Ils savaient en fait, par-devers eux, qu'avec Juliette, ils perdaient une représentante de l'ultime génération de ces pauvresses campagnardes, prêtes à tout subir pour être nourries et logées et disposer d'un salaire de misère contre douze à quatorze heures de présence active au sein d'un foyer dont elles assumaient l'intégralité des tâches ménagères, domestiques et, dans la mesure du possible, humiliantes.

S'étant senti pousser des ailes, elle accepta sans hésiter l'offre de sa sœur, qui s'était à tort attendue à devoir faire jouer son autorité d'aînesse, ainsi que celle qui lui était de surcroît aussi naturelle que sa légendaire méchanceté et son insolent égoïsme. Heureuse surprise donc pour Clémence. Et divine surprise pour Juliette.

C'en était fini pour Marie Célestine Juliette de ces interminables journées au pays de la Bête, de ces jours de vacances estivales passés à servir la famille, augmentée pour l'occasion de ribambelles de petits cons lâchés tel un vol de corbeaux, et pour deux bons mois de méfaits bénins, par de pervers établissements scolaires confessionnels, dans cette espèce de manoir familial, loin de toute agglomération ; demeure dont elle ne sortait, durant ces deux mois, que pour aller faire le marché, à bord de la calèche des maîtres, avec la maîtresse qui, pendant ce temps, courait les trois ou quatre boutiques de Marvejols (ou les cinq ou six de Mende) pour en ramener une lampe à huile, un jupon à frous-frous, une bonbonnière, un chapeau orné d'oiseaux ou de fleurs en mousseline.

Elle allait enfin vivre « sa » vie.

Ainsi s'amorça son *Drang nach Süd*, véritable conquête de l'Ouest pour la Cendrillon jusque-là coincée entre ses deux cents mots de français et ses quatre cents de patois lozérien (idiome que l'on flatterait beaucoup en s'avisant de le dire occitan, tant il était à la langue de Bernard de Ventadour ce qu'au français peut être le langage des sémaphores : un moyen de se comprendre en gros et à l'écart de tout souci de nuances), et n'ayant du monde extérieur qu'une vision floue et sporadique.

Elle débarqua dans la solide demeure bourgeoise de Roquemaure avec les armes dont elle ne se savait pas encore disposer et son bagage unique, petitement garni de quelques minables vêtements, dont un, du dimanche, qui eût pu tenir lieu de tenue de travail à la première ouvrière d'usine venue (et ne parlons pas de cette aristocratie prolétarienne qui se prélassait déjà dans les bureaux en se prévalant du titre d'employé ; pour celle-ci, la tenue numéro un de Juliette eût tout juste servi de chiffon à astiquer les meubles...).

Commença alors une période de transition, que Juliette employa à se dégourdir les méninges. Elle découvrit le bonheur que l'on peut éprouver à lire les journaux, celui qui consiste à tendre, tout en travaillant, l'oreille et le tympan du côté du poste de radio en bakélite que les patrons écoutaient assidûment ou qu'elle et la vieille cuisinière qui la chapeautait mettaient à tue-tête dès que cette bourgeoisie s'en était allée passer l'après-midi à Avignon, à Nîmes ou à Orange.

Nous étions en 1934, et pas mal de choses commençaient à remuer sérieusement dans la société française. Ces tremblements atmosphériques, Juliette les percevait très clairement chaque fois qu'elle allait, le dimanche, traîner ses premiers talons (oh, pas très hauts, mais la faisant déjà s'approcher d'un semblant d'apparence de féminité) dans la rue de la République ou sur la place de l'Horloge, dans ce qui lui paraissait être une immense cité, avec ses soixante mille habitants, ses trois ou quatre grands magasins, ses boutiques pour riches femmes de notaires, d'avocats, de médecins, de pharmaciens et de maraîchers…

Elle ne tarda pas à repérer les deux ou trois dancings ou lieux festifs où elle pouvait apprendre les danses à la mode.

Juliette ne répondait pas du tout aux canons généralement admis de la beauté ; petite, bâtie à l'auvergnate (selon les normes anthropologiques et morphologiques d'alors, cela s'entend, chères Auvergnates du XXIe siècle, vous qui êtes désormais toutes des sosies de Miss Univers…), costaude, elle n'en était pas moins débordante de gaieté, de vitalité, d'envies jusqu'alors refoulées. Elle exultait dès lors qu'un accordéon prenait son envol et que cela tourbillonnait dans le bastringue populeux, où les gars portaient casquette à la marseillaise ou, signe de distinction des plus raffinés, canotier estival.

Et elle tournait, elle tournait, elle tournait, épuisant l'un après l'autre ses cavaliers tel qu'un hussard d'autrefois était supposé le faire de ses chevaux lors des charges de la cavalerie impériale, emmenées sabre au clair et poitrail rebondi par le bouillant meneur d'hommes méridional, et futur roi de Naples, Murat. Elle riait aux éclats, encaissait les plaisanteries salaces des gars qui n'avaient pas froid aux yeux, s'habitua à leur répondre du tac au tac, ce qui contribuait à mettre de l'ambiance.

La vie était belle.

Un jour, le bal où elle s'était rendue se trouvant dans la banlieue d'Avignon, quartier de Monclar, à l'angle de l'avenue du même nom et de celle du Cap-des-Villas, elle se trouva nez à nez avec un beau jeune homme mi-taciturne, mi-pince-sans-rire, escorté d'un autre qui lui ressemblait quelque peu et parut gigantesque à Juliette.

Il s'agissait de deux frères. Ardéchois, ils étaient descendus dans le Vaucluse, l'un, l'aîné, comme pâtissier, l'autre, Paul, comme boulanger. Le pâtissier, qui était à la fois l'aîné et le plus grand (il avait effectué son service dans les cuirassiers, arme qui ne comportait que des sujets de très haute taille, ce qui lui avait valu, doté d'un cheval et d'un casque à crinière, d'occuper la Sarre ou la Rhénanie entre 1929 et 1930), l'aîné donc avait, de leur éducation calviniste, conservé ce fond d'austérité qui faisait qu'on ne recherchait pas son compagnonnage, quoiqu'il fût de complexion apparemment, et même caricaturalement, débonnaire. Comme il était de surcroît attaché aux valeurs les plus traditionnelles et les plus pantouflardes, son jeune frère, fringant jeune premier cégétiste, le traitait assidûment de «vieux con», sans véritablement plaisanter ni mettre dans cette adresse la moindre pincée d'affectueuse taquinerie.

Paul était un bel homme, élégant, boute-en-train et militant de ce patchwork de causes dont les socialistes, les protobolcheviks et les cégétistes avaient fait la plate-forme d'un ersatz de credo commun et le motif de leur inlassable combat d'authentiques et non résignés damnés de la terre. Il était même, de par sa haute taille et sa solide carrure, sans doute aussi parce qu'il disposait de ce qu'on appelle une grande gueule, le porte-drapeau officieux mais préféré du syndicat, lors des défilés unitaires qui allaient se multiplier, à la faveur des grèves de 36. Il « fit » ainsi, à la tête de la délégation d'ouvriers boulangers CGT du Vaucluse, et drapeau tendu selon un angle d'une vingtaine de degrés, enté à son nombril et flottant dans l'air ambiant qui enrobait l'ensemble de la scène héroïque et revendicative, les grands défilés et meetings d'Orange, de Nîmes et de la Canebière (« ah ! la cane-cane-cane, canebière… », ça chantait dans sa tête, tout chantait partout, de tous les côtés, Henri Garat chantait, Rellys chantait, Darcelys chantait, Méhul et Rouget de l'Isle chantaient, Jean-Baptiste Clément et Eugène Pottier chantaient… Paul pas trop car il chantait faux, mais il n'en pensait pas moins).

C'est en cette période héroïque et tumultueuse que la jeune Juliette, alors âgée de vingt-trois ans, fit la connaissance des frères ennemis, qui occupaient, les louant au mois, deux chambres contiguës dans un bar-hôtel-restaurant populaire du quartier Monclar, *Chez Blanc*. *Chez Blanc* faisait aussi boulodrome et, le samedi soir, bal (on disait *balletti* dans cette marche comtadine de la Provence déjà folklorisée, plutôt que *guinche*, vocable d'origine parigote – et, sans vouloir particulièrement de mal aux têtes de veaux, on préférait l'argot de Marseille, qui parlait davantage à ces anciens sujets du comte de

Toulouse, de la comtesse de Provence ou du pape en personne).

Paul ne jouait pas à la pétanque, mais ne crachait pas sur une partie de belote. Son frère, que rien n'intéressait, sinon ses chères pâtisseries, se contentait de regarder (les boulistes, les beloteurs, les danseurs, la foule dense du samedi soir, ainsi que, prioritairement, son vide intérieur, qui était massif). Parfois il regardait aussi son jeune frère, et alors il hochait la tête avec un mélange de consternation et d'indignation, en le voyant s'agiter, en l'entendant parler plus fort que tout le monde, en rougissant de la teneur de ses propos aussi bien que de ce vocabulaire dont Charles se demandait où il avait bien pu être allé le pêcher ! Charles, lui, ne participait à aucune grève, et n'était pas syndiqué. D'ailleurs il était fiancé à la fille de son patron de Pont-Saint-Esprit, qui, en dédommagement du fait qu'il allait devoir supporter sa caricature de fille jusqu'à la mort, le pauvre, avait, pour eux deux, les chers bambins, acquis une très belle affaire rue Joseph-Vernet, affaire qui portait du reste le nom emblématique et fort engageant pour la clientèle de *Les Délices*, Avignon offrant des perspectives de développement infiniment supérieures à celles proposées par la bourgade rhodanienne, dont était originaire Henriette, la tonitruante et acerbe matrone qui lui tenait lieu, simultanément, d'épouse et de patronne (un peu comme Khadija avait été la patronne, puis l'épouse, de Mohammed le visionnaire).

Ils n'avaient rien en commun, sauf une chose de peu d'importance, sinon pour Juliette : ni l'un ni l'autre ne savait danser ; ni l'un ni l'autre ne le sut jamais ; et dans ce handicap majeur la future frustration de Juliette eut l'occasion de trouver le terreau propice à un enracinement durable qui, des années plus tard, une fois banalisées les joyeuses galipettes nocturnes, prit inéluctablement l'aspect d'un buisson épineux, celui d'un motif de discorde, et acquit l'envergure d'un signe de grave inadéquation. Car ce n'était vraiment pas le genre d'infirmité sociale qui risquait d'affecter les mœurs ludiques de la malicieuse et enjouée Juliette, laquelle raffolait de tout ce qui permettait de sauter, de virevolter, de tourbillonner, de taper du pied, de lever la jambe, depuis la bourrée qu'elle avait apprise au pays, grâce à son demi-frère accordéoniste, jusqu'au swing dont la mode se répandait à l'allure d'une Buick ou d'une Chevrolet d'avant la limitation de vitesse. Juliette venait, en car, de Roquemaure à la Porte de l'Oulle, puis à pied de ladite porte au café-bar-hôtel-restaurant-pension-dancing-boulodrome *Chez Blanc*.

Mais, sur le moment, ce désaccord à propos des vertus de la chorégraphie de salon, qui sonnait à la façon d'un hiatus, ne lui parut pas rédhibitoire, car Paul était beau et résolu boute-en-train, qualités qui la faisaient passer sur bien des incompatibilités subsidiaires ; et, très sincèrement, ne serions-nous pas mal avisés de prétendre qu'elle avait tort ? Si, assurément.

Si bien que, après avoir remarqué l'étrange binôme fraternel Charles-Paul, grands gaillards culminant à plusieurs centimètres au-dessus des têtes de ces Ibéro-Ligures italo-provençalisés constitutifs du cheptel humain local, elle ne tarda pas à jeter son dévolu sur le séduisant Helvien gouailleur, farouchement athée et vivement (voire violemment si le besoin s'en faisait sentir) syndicaliste. Les deux frères portaient exactement la même tenue : pantalon rayé, veste impeccablement repassée, chemise blanche, cravate beige à larges rayures noires et obliques, le tout surmonté d'un canotier. Mais, si le couvre-chef de Charles était soigneusement vissé sur sa tête, celui de Paul était posé de travers, à la façon de Ménilmontant, popularisée par Maurice Chevalier, ce qui attestait indéniablement son affranchissement des normes sociales et comportementales culturellement placées sous l'obédience d'un fort suspect esprit bourgeois, et supposées convenables ; quant aux élégants vêtements, chez l'aîné, on les voyait constamment ajustés, soigneusement fermés par un bouton à la hauteur de l'abdomen, tandis que Paul gardait ouverte sa veste, qu'il quittait souvent pour retrousser ses manches afin de se sentir plus à l'aise.

Juliette n'avait pas encore la moindre opinion sur la condition prolétarienne et, d'une façon générale, ignorait superbement l'ensemble de concepts et de réalités qu'aurait pu recouvrir le terme de sociopolitique, si quelqu'un s'était avisé de déjà l'inventer dans cette « avant-guerre » moins portée que ne le fut l'« après-guerre » sur l'abus de ces concepts dont les « sciences humaines », qu'on n'avait pas encore sorties elles-mêmes de la boîte à idées, se feront les inlassables propagandistes. Étant passée de l'esclavage au statut, pour elle miraculeux, de domestique sous-payée, exploitée, mais dûment rétribuée et disposant de quelques heures de loisirs chaque semaine, elle se croyait parvenue au summum de ce qu'une bergère du Gévaudan pouvait espérer en matière de destinée.

À vive allure, elle découvrit, à travers les lazzis et les bons mots du beau Paul, les vertus dynamisantes de cette décapante et contondante alacrité qu'autorise une totale et emphatique liberté d'expression de tout esprit émancipé, prompt à afficher des convictions plus ou moins anarchisantes, ou du moins provocantes, ainsi qu'un athéisme vigoureux et sarcastique et, bien entendu, qu'une haine farouche du patron exploiteur. Ce fut pour la jeune fille l'équivalent, en termes de Révélation, de ce que dut être, pour Max Jacob, la soi-disant apparition de l'effigie de la Vierge Marie sur le mur de sa chambre du Bateau-Lavoir (à moins qu'elle ne soit, cette vision, celle du fils barbu de la susdite, mais il n'est pas indispensable d'aller vérifier cet anecdotique détail dans les histoires de la littérature contemporaine ; il y a quantité de choses dont l'urgence est infiniment plus urgente, quelque respect que puisse nous inspirer très sincèrement le poète judéo-catholique quimpérois qui mourut au camp de Drancy).

Elle s'amouracha instantanément de Paul et, dans la foulée, également de la CGT, de la SFIO, du marxisme-léninisme, de la lutte des classes, de la figure idéalisée de Louise Michel, du génie de Jean-Baptiste Clément en tant qu'auteur-compositeur (et dont nul n'aurait admis qu'il ait pu écrire *Le Temps des cerises* sans songer à la Commune, bien qu'elle n'eût point encore eu lieu lorsqu'il avait composé son beau chant d'amour triste). Et elle découvrit que tous ces braves gens, quoique citadins, connaissaient eux aussi, au moins de réputation, ces cerises qu'on cueille en rêvant, pour en faire des pendants d'oreilles, image qui lui rappelait ses gambades moutonnières (quoique solitaires) d'autrefois dans les prairies à cerisiers et à pruniers de sa Margeride originelle.

Trapue, courte sur pattes, elle disposait d'une telle vitalité, d'un tonus si extraverti, d'un goût si prononcé pour la rigolade qu'elle cessa vite de rester inaperçue et, tout en égayant et animant la galerie de ses reparties dignes d'un soir de bourrée en pays auvergnat, s'imposa par son experte, et quasi virile, façon de danser le be-bop en faisant voltiger ses fluets cavaliers pardessus sa tête à elle, qui était sans doute plus proche, de par sa constitution et son aspect général, du râblé Du Guesclin que de la longiligne Jeanne d'Arc. Restée, durant son enfance, cantonnée dans un mutisme de soumission, elle trouvait soudain les mots qu'il fallait, et le ton qui allait avec, pour les faire tous (sauf ce rat mort de Charles) se plier en quatre et se taper sur les cuisses d'enthousiasme rigolard. Les entrains cumulés de Paul et de Juliette ne tardèrent guère à s'aimanter, à faire ami, ami, à fricoter, à flirtayer, à échafauder des projets d'avenir, à entreprendre les formalités d'usage annonciatrices d'un mariage prochain, strictement civil, la bigoterie gévaudanaise et la sèche parpailloterie vivaroise étant d'un commun accord renvoyées aux orties dont étaient richement dotés les bas-côtés des routes sinueuses de ces deux versants opposés du Gerbier de Jonc qui formait la frontière naturelle de leurs terroirs d'origine réciproques.

Mariés au début de mille neuf cent trente-sept, en pleine liesse populaire, ils inaugurèrent, l'été venu, l'ère des congés payés, non sans avoir au préalable, en mars, mois des fous et des amoureux, mis en route avec succès l'usine testiculaire et ovarienne à produire des descendants, ce qui se conclut tout naturellement par le surgissement dans le monde manifestement indifférent car blasé depuis fort longtemps, et en décembre, d'un fils, qui sera leur unique enfant commun (chacun d'eux étant appelé à compléter, des années plus tard, sa collection personnelle d'une unité, de sexe féminin, en partenariat fructueux, lui avec une nouvelle épouse, elle avec un nouveau mari).

L'entrain que savait mettre Juliette dans ses relations avec le restant de l'humanité n'était pas de nature à laisser indifférent le couple de limonadiers restaurateurs et hôteliers, les Blanc. Dès que leur femme de ménage eut la faiblesse de tomber enceinte et de déclarer forfait pour plusieurs mois, sans savoir même si elle aurait un jour la possibilité de reprendre le balai, la serpillière, le plumeau, le gros savon de Marseille et la balayette à cabinets, la phrase vint comme par enchantement aux lèvres de madame Blanc :

– Dites voir, Juliette, ça vous dirait de travailler pour nous, ici ? Puisque vous nous avez annoncé votre mariage avec Paul, dont le frère se marie de son côté avec la fille de son patron (avec qui il va par conséquent habiter dans l'appartement au-dessus de leur pâtisserie, rue Joseph-Vernet), vous pourriez vous installer tous les deux dans la chambre déjà occupée par Paul, qui du coup n'aurait plus à payer de loyer ; vous seriez logés gratuitement, en échange de votre emploi, qui serait bénévole ; ainsi tout le monde serait gagnant… Qu'est-ce que vous en dites ?…

Juliette se garda bien de refuser ou même de discuter ces conditions.

Pour les Blanc, elle était une sacrée bonne affaire : travailleuse acharnée, ultraperfectionniste, sans cesse disponible, outrepassant quand cela lui paraissait nécessaire ou simplement opportun le cadre de ses attributions, elle était la fée du logis et, de plus, s'y entendait pour mettre de l'ambiance dans le café-restaurant, où il lui arrivait même de servir, quand l'urgence se présentait.

Simultanément, elle assistait à la transformation, à vue d'œil, de sa nature, à la façon de la chrysalide quittant d'un seul coup son statut d'insecte rampant pour accéder à celui de papillon virevoltant.

Tout, jusque-là, l'avait maintenue dans une espèce de formol psychologique, fait d'un mélange de résignation, de soumission, d'humilité ; quoique, si elle y songeait bien, elle eût depuis longtemps éprouvé, tout au fond d'elle-même, de brusques accès de refus, d'insurrection, de révolte, constamment réprimés par la prudence atavique qui l'avait partiellement anesthésiée dès l'enfance.

Une autre Juliette arrivait à maturation et ne tarderait pas à exploser en pleine lumière.

Du côté des Malgoire, c'est-à-dire de la famille de Juliette, l'annonce du mariage de celle-ci se fit par voie épistolaire car il était hors de question de convoquer tout ce monde et d'assumer les frais d'un repas d'une telle ampleur ; mais car aussi nos deux tourtereaux n'avaient aucunement l'intention de se marier religieusement (d'autant que, elle d'origine catholique, lui né protestant, ils revendiquaient haut et fort un athéisme militant).

Lorsque, pour les premiers congés payés de l'histoire, Paul et Juliette montèrent à Montrodat, le garçon plut aux parents, qui le trouvèrent bon gars et robuste. Le frère Jules, pion d'internat chez les curés de Marignane, tiqua bien un peu, à cause de l'irréligiosité affichée du beau-frère, mais aussi de cet insigne de la CGT qu'il arborait à la boutonnière. Mais Jules n'était pas un grand débatteur ; il avait plutôt ce genre de comportement qu'on est accoutumé d'attribuer aux jésuites.

L'été de l'année suivante, lorsqu'ils montèrent de nouveau, lestés cette fois de leur bébé de sept mois, l'intégration du bouillant syndicaliste était chose faite. La seule chose dont on eût à se plaindre en la circonstance, c'était l'ahurissante faculté qu'avait l'infernal bébé de s'égosiller à longueur de journée, sans que personne n'y puisse rien faire ni que nul ne comprenne quelle pouvait bien être la cause de ces incroyables et horripilants hurlements (qui, durant neuf mois, rendirent au couple la vie infernale).

Virginie, la mère de Juliette, qui avait proposé de le garder durant le temps d'une promenade amoureuse des jeunes époux, accueillit leur retour avec un « ouf ! » non dissimulé : « J'ai élevé huit enfants, j'en ai mis des dizaines au monde comme sage-femme bénévole ; mais, des comme le vôtre, je n'en ai jamais vu ! Je préfère garder une journée durant les chèvres, les brebis, les vaches, plutôt que de renouveler, même pour deux heures, cette expérience ! Je t'aime bien, Juliette, et c'est pas que j'aime pas ton petit ; mais, tant qu'il est comme ça, je m'en occuperai plus ! Mais qu'est-ce qu'il a donc, bougre de bougre, ce marmot ? »

Les choses n'allèrent pas aussi bien avec la mère de Paul. Les motifs de contrariété s'accumulaient dans sa tête.

Tout d'abord, son aîné, cafteur, lui avait dit combien ce frère turbulent s'était impliqué dans ces histoires de grèves, de syndicats, ainsi de suite…

Puis elle avait appris, par la lettre extrêmement brève que le jeune marié lui avait envoyée pour l'informer de son mariage, que celui-ci épousait une femme de ménage, dont les parents étaient catholiques (autant dire descendants directs des abominables dragons de Villars), et que, de surcroît, cela n'avait aucune importance puisque ni elle ni lui n'étaient croyants et ne le seraient jamais (ce que Désirée eût à la rigueur pu concevoir, à condition que cela restât confiné à l'espace ultraconfidentiel du non-dit de politesse).

Désirée, qui avait été une très belle femme, née dans un hameau farouchement demeuré irrédentiste lors de la dramatique capitulation des Cévennes, et dont le mari était mort jeune à la suite d'un accident, avait espéré pour ses deux fils un destin au moins équivalent à celui du défunt (qui était menuisier ébéniste, de surcroît propriétaire du café « protestant » du Cheylard, tenu par sa femme). Or, si l'aîné s'était bien casé, cette tête en l'air de Paul prenait le chemin d'une déchéance prévisible en épousant une moins que rien.

Elle n'avait pas répondu à la lettre du plus jeune de ses fils et avait aussitôt fait enregistrer chez un notaire un testament stipulant que l'aîné disposerait du loisir de choisir ce qu'il voulait, à sa mort à elle, et de ne laisser que ce qui ne l'intéressait pas personnellement à son frère (disposition qu'en effet Charles respecta scrupuleusement, en raflant tout ce qui avait du prix, et ne laissant à son frère que des rogatons, que celui-ci refusa du reste avec mépris, à l'exception d'un lit et d'une armoire sortis des mains et de l'établi paternels).

Elle fit toutefois l'effort, lorsque le bébé eut atteint ses six mois, de descendre à Avignon et, logeant chez Charles, de venir voir son petit-fils. Traitant sa belle-fille de haut, elle décréta que ce hurleur était fort mal élevé, qu'il était inadmissible qu'on laisse pleurer un enfant de la sorte et aussi continûment, que dans ces conditions elle préférait ne le revoir que lorsqu'il aurait enfin figure humaine, si cela se produisait un jour. Et elle s'en fut. Son fils lui lança quelques reproches bien sentis, qu'elle accueillit en secouant la main d'une façon voulant signifier « parle toujours, mon pauvre ; on verra bien qui avait raison… » et elle sortit pour rejoindre la pâtisserie *Les Délices*.

Paul ne revit plus jamais sa mère vivante. Il alla assister à son enterrement sans émotion, par simple décence.

Quant aux relations avec le frère et la belle-sœur, elles furent inexistantes ou, lorsque, par l'intermédiaire de Juliette qui essaya d'amadouer son beau-frère à cause du petit et aussi parce qu'elle se rappelait avoir vu les deux frères ensemble lorsqu'elle les avait connus à la pension-dancing, deux ou trois tentatives furent faites ; elles avortèrent.

En plus, lors de l'Occupation, Charles, ayant appris par des irresponsables, qui le croyaient au courant, que son frère faisait partie de la résistance, survint un matin, à l'improviste, pour le sermonner en tant qu'aîné.

Non pas qu'il fût collaborateur ou même simplement pétainiste. Il s'en foutait de tout cela. Mais il estimait que son écervelé de frère faisait prendre des risques à son enfant, à sa femme, à tous les siens en fait, en adoptant une attitude aussi irréfléchie.

Paul lui répondit : Je te savais con ; mais, là, tu dépasses les bornes ; tu vois la porte, là, eh bien tu la prends et tu déguerpis ; on s'est assez vus je crois, pauvre connard !

À ce compte-là, les relations du couple avec leurs familles respectives se résumèrent à l'expression la plus simple ; elle fut même en quelque sorte résolue par l'absurde…

LA MÉTAMORPHOSE

Juliette avait mis le doigt dans un engrenage. Tout d'elle-même y passa sans transition.

Elle garda, tant que ses conditions de vie le lui permirent, son enjouement, sa verve. Mais l'autorité lui vint, qui se mua progressivement en autoritarisme. Son entrain devint de l'interventionnisme tous azimuts. Sa faconde, du bagou, puis à jet continu une anthologie jamais close de cinglantes reparties, de violentes assertions, de rudes affrontements verbaux. Ces mots qui lui avaient si longtemps fait défaut sortirent soudain du néant; son vocabulaire se fit revendicatif, contradicteur, insolent. Puis, hélas, se mit à radoter, à effectuer des tours sur lui-même, de façon aussi lancinante mais infiniment moins esthétique que peut l'être le tournoiement mystique des derviches tourneurs de Konya.

Elle s'en prit aux uns, aux autres, puis à un peu tout le monde, et enfin aux plus proches. Chacun en vint très vite à redouter ses sorties tonitruantes et sans aucune réplique possible.

En même temps, sa drôlerie avait fini par surpasser celle, plus mesurée, davantage bon enfant, moins sarcastique et décapante, de son débonnaire quoique soupe au lait de Paul, dit Popaul dans la boulange.

Si l'on considère les choses du point de vue du substrat idéologique sous-tendant cette nature violemment sismique, on est bien obligé de constater que tout cela constituait tout à la fois, et de la façon la plus déconcertante qui se puisse concevoir, un conglomérat de causes, parfois apparemment opposées, de refus, de répudiation, d'insurrection, d'indignation, de rage folle. Tout la mettait hors d'elle et la faisait réagir sans une once de prudence, sans la plus petite ombre de retenue, sans logique ou même cohérence discernable, la raison n'ayant pas la moindre prise sur ses accès de colère.

Elle se mit à s'en prendre à tout et à tous. Cela semble lui être venu à la faveur de ces grandes manœuvres contestataires et revendicatrices de 1936, dont elle avait fiévreusement partagé avec son amoureux, promptement devenu son mari, la ferveur et l'intensité.

Il semblerait que sa rage ait eu pour origine le constat, fait par elle-même, que la révolution n'était, une fois de plus, pas allée jusqu'à son terme, et que le pire de ce que ces « ils » avaient fomenté contre les pauvres gens depuis la nuit des temps restait scandaleusement à l'œuvre. Et s'appliquait tout particulièrement, de manière irréfutable et que chacun d'ailleurs pouvait constater s'il était de bonne foi, à la prendre pour cible, elle en particulier, principalement elle.

Elle, bougre de bougre !

Extrémiste et jusqu'au-boutiste, elle l'était dans tous les sens du terme et dans un tourbillon de contradictions : pour prôner l'arasement des séquelles nauséabondes du vieux monde et pour préconiser le retour à la prétendue douceur de vivre de l'ancien temps (dont elle avait fait l'un de ses mythes favoris) ; pour abolir les vieilleries et bannir la nouveauté. Elle s'en prenait aux ordonnateurs et représentants de la loi et à ceux qui l'enfreignaient, aux amoureux exhibitionnistes et aux timorés refoulés qui (en Allemagne où elle en vint ultérieurement à vivre dix années de son existence) n'osaient se tenir par la main dans la rue. Elle haïssait l'ordre tout autant que le désordre, la contrainte comme le moindre soupçon de laxisme.

Dans une même séquence, elle pouvait pleurer sur les effroyables conditions d'existence qu'avait effectivement connues son enfance et regretter amèrement la perte de ce temps magnifique où tout avait été plus beau, plus grand, plus noble, plus propre, plus humain, meilleur marché, plus goûteux, mieux organisé, mieux géré, mieux réparti, plus vivable. Et ce temps-là était exactement le même que celui qu'elle décriait par ailleurs, souvent dans la foulée de la même tirade, avec désolation.

Au demeurant, sa vie ayant été extraordinairement nomade, rien ne lui plaisait de l'endroit où elle se trouvait, quel qu'il soit, l'endroit quitté, qui lui avait antérieurement si fort déplu, acquérant avec le recul des mérites et des qualités après lesquels elle ne se lassait jamais de soupirer. Tout était mieux avant, mais également ailleurs; quel que fût cet avant et où que pût se trouver cet ailleurs.

Heureuse de quitter l'horreur de sa vie aux champs, qu'elle regretta aussitôt, elle quitta avec ravissement l'abomination de son existence de bonne assignée à résidence, pour finir par la chérir avec nostalgie; puis elle plongea goulûment dans les délices d'une domestication semi-citadine, d'apparence moins abrupte, qu'elle trouva aussitôt détestable avant de soupirer sur ce beau temps d'autrefois, quand elle l'eut abandonné pour un emploi de femme de ménage surexploitée en manque des délices perdus de l'ancien servage, ainsi de suite, regrettant chaque fois de la façon la plus amère et la plus démonstrative les conditions de vie véritablement idéales qu'elle avait successivement perdues. Le summum de sa frustration, et le moment de sa vie qui resta pour elle le lieu géométrique de sa nostalgie, ce fut cette effroyable expérience américaine où, en 1946, elle s'en fut à l'aventure, à la suite d'un G.I. ivrogne qu'elle dut quitter sous la pression de la Croix-Rouge américaine pour se réfugier chez de vieux émigrants d'origine française (qui ne parlaient plus, trente ans après être arrivés aux *States*, en 1919, que le patois du Gard, dont elle s'accommoda fort bien en recourant aux services gratuits de celui de Lozère, les deux étant probablement aussi proches l'un de l'autre que l'est le luxembourgeois du badois). Elle avait dû finir par rentrer en France après une année d'errance; mais dans sa mémoire, cet exil pénible et décevant autant que frustrant avait été le meilleur moment de sa vie !

Lorsque son mari la trompa par lassitude (car elle lui menait la vie dure et il n'était pas homme à supporter indéfiniment d'aussi incessants et injustifiés accès de récrimination), elle refusa de discuter, exigea le divorce qui la laissait seule avec un enfant, une pension alimentaire insuffisante et l'obligation de marner dix heures par jour à astiquer et balayer des appartements bourgeois, alors que la bonne pâte d'homme était au bord du retournement psychologique, et de la culpabilisation rédemptrice. Mais le masochisme qui sous-tendait sa neurasthénie lui dictait de ne surtout jamais se dérober aux appétissantes suggestions proposées par ce merveilleux destin contraire, dispensatrices d'affres délicieuses.

Commença alors une séquence de quelque cinquante ans (c'est-à-dire jusqu'à sa mort) durant laquelle elle ne cessa d'alterner les diatribes contre l'époux infidèle et trop faible pour avoir su résister aux envoûtements d'une demi-sorcière italienne, tout en clamant les mérites de cet homme beau, bon, généreux, courageux (tout autre chose enfin que la pauvre chiffe molle allemande qu'elle avait épousée en secondes noces à son grand regret rétrospectif, regret ou plutôt remords qu'elle ne manquait jamais de proclamer haut et fort, de préférence en présence de l'intéressé perclus de culpabilité et tout près, à l'instar de Sveik, d'opiner : « *Jawohl, Herr Hauptmann* »). Au nom de Paul, elle se récriait dans un premier temps : qu'on ne lui parle plus de ce traître, déserteur du foyer où l'on pouvait s'engueuler gentiment à longueur de journée en s'envoyant des assiettes à la figure à travers la cuisine-salon-salle à manger; puis elle enchaînait, sans avoir le sentiment de se raviser, en se rappelant comme il était astucieux, drôle, charmant, gentil, attentif, bon père, courageux résistant, syndicaliste exemplaire, et tout autre chose que ce pauvre Gerhardt, souffre-douleur seulement coupable de supporter sans rechigner les humiliations qu'elle lui imposait, en adulant même son bourreau domestique, le pauvre type, la larve humaine! disait-elle de lui : Tu crois qu'il va se rebiffer? Tu penses! Il a bien trop peur de moi! Plus je lui en dis, plus il plie l'échine! Pauvre type! Ah, ce n'est pas ton père qui m'aurait laissée lui parler comme ça! Il m'aurait retourné deux baffes, vite fait, lui! Et en plus, il était rigolo, Paul, tandis que cet *arme und lumpen Kerl*, regarde-le s'excuser d'être ainsi humilié! Qu'est-ce que j'ai fait au Bon Dieu pour avoir hérité d'un pareil pantin articulé?

Voilà ce que son fils pouvait entendre de façon réitérée à chacune de ses visites. Il avait essayé à plusieurs reprises de se mêler de cette pénible affaire, de lui faire entendre raison. C'était pour l'entendre lui répondre qu'il ne savait pas ce qu'elle endurait, que ce n'était en plus sûrement pas lui, toujours dans son coin en train de lire, jamais à rigoler, exactement comme son croque-mort d'oncle, et tout à l'opposé de son père, son gai luron de père, son joyeux drille de père, toujours avec le mot pour rire, et le poing dressé s'il le fallait, la baffe prête à jaillir de sa colère, ce n'était donc pas lui qui serait en mesure de lui conseiller quoi que ce soit; bon, juste, il y avait cela, pour ce qui était du père, et à son débit : il n'aimait pas la danse, alors qu'elle aimait tellement ça, elle, la danse, et puis, bien sûr, il s'était laissé embobiner par cette garce… Mais au moins on rigolait, quoi, avec Paul ! Pas comme avec ce mollasson de Gerhardt, pas non plus comme avec lui-même, son fils, oh, certes bien gentil, mais pas drôle pour deux sous, toujours en train de lire, de rêvasser, au lieu de jouer aux boules, de boire un canon, d'en sortir une bien bonne… Ah, qu'elle était malheureuse ! Qu'est-ce qu'elle avait bien pu faire à ce salaud de Bon Dieu ?

L'accord entre Juliette et Paul, au moment où ils avaient décidé de s'unir l'un à l'autre par les liens du mariage, portait sur divers aspects de la vie en général, ainsi que sur le partage de quelques convictions fermes : premièrement, Dieu n'existe pas ou bien c'est un salopard narcissique et cynique ; deuxièmement, les patrons sont tous des profiteurs et majoritairement des exploiteurs ; troisièmement, la société des humains gagnerait beaucoup à être radicalement changée ; quatrièmement, et d'après leurs expériences respectives, la famille est, plutôt qu'un panier de crabes, un sac d'ordures ; cinquièmement, les hommes politiques, qui sont des pourris et des parasites, ne sont pas plus fiables que des faussaires et pas davantage respectables que des truands ; sixièmement, l'armée est constituée d'un ramassis d'incapables aisément convertis, si l'occasion se présente, en tueurs à gages ; septièmement, les fonctionnaires cumulent paresse, veulerie, sadisme et inaptitude généralisée. À ce fonds s'adjoignit en cours de route une aversion partagée pour les Boches, autrement dit Fridolins, ou encore Fritz, Schleus, Doryphores, Verts-de-Gris, tous héritiers du sanguinaire casque-à-pointe et du uhlan éventreur.

Cela constituait une solide base d'affinités électives laissant présager une union à la fois idyllique et relativement idéale.

Si, à l'usage, ce pronostic se révéla faux et même lamentable, c'est que d'autres facteurs, décisifs, avaient échappé à la vigilance de nos tourtereaux *front-popularisés* à outrance.

Soyons donc, hélas a posteriori, plus lucides qu'ils ne le furent en leur temps, et ne tergiversons pas plus qu'il n'est raisonnable, quelle que soit la dureté du diagnostic postopératoire qu'il convient de dresser : Paul était un bel homme, débonnaire quoique sanguin, à la fois hardi dans son attitude publique et, malheureusement, d'une grande faiblesse pour tout ce qui touchait à la sphère privée, ce qui ne fut pas sans effets déplorables. Juliette, pour sa part, sans être affectée d'une laideur rédhibitoire, était plutôt mal bâtie et proposait au monde et à l'univers entier un tempérament, une nature et un caractère aussi rébarbatifs que décourageants. Pour ce qui est du physique, elle disposait certes de seins monumentaux, dotés de surcroît d'une fermeté de granit margeridois ou de basalte aubracois, et de fesses rebondies à souhait ; mais sa silhouette était de ce type court sur pattes et râblé que le Massif central, fidèle à son passé aurignacien et chanceladéen, produisait à coups de généreuses et prolifiques giclées spermatiques en ce temps-là.

Si la Dame de Brassempouy gagne beaucoup à n'avoir conservé intacte que sa seule et absolument ravissante frimousse (puisque son corps devait vraisemblablement s'apparenter à ceux de ses cousines de Lespugue et de Vestonice, offrant au regard de débordantes et désolantes surcharges cellulitiques), la malheureuse Juliette n'avait même pas à proposer cette énigmatique gueule d'amour dont le charme illumine une vitrine du musée des Antiquités nationales de Saint-Germain-en-Laye après avoir somnolé quelque vingt mille années durant dans les labours du plat pays landais. Son visage était dénué de grâce et son corps n'était nullement de ceux qui font se dresser et roidir, à sa seule vision, l'organe reproducteur du mâle (ce qui, étrange cas de figure, n'empêcha toutefois pas l'impétrante de séduire, par de très mystérieuses voies, au moins quatre individus appartenant à trois nationalités différentes).

Il se peut que la vivacité de son propos et sa force de conviction peu commune aient exercé une puissance, non pas vraiment de séduction, mais d'assujettissement, hors du commun. Il faut bien se rabattre sur une hypothèse de cette nature car enfin, disons, en usant de la litote, renforcée d'un zeste d'euphémisme, qu'elle n'avait vraiment pas tout pour plaire.

De surcroît, une fois appâté par cette force attractive peu ordinaire et d'origine inconnue, le mâle ainsi subjugué ne tardait pas à se trouver confronté à certains aspects de son caractère et de son comportement qui ne plaidaient pas en faveur d'un hypothétique surgissement de cet amour fou qui emporte tout sur son passage. On peut s'enamourer d'une quasi-Mélusine ou d'une presque Viviane, voire d'une maléfique mais enjôleuse

Morgane ; mais beaucoup plus difficilement d'un bulldozer psychoaffectif.

Placée sous de tels auspices, leur lune de miel fut de courte durée : le ronron amoureux eut tôt fait de se transformer en bourdonnements, vrombissements, tumultes vocaux et gestuels, les deux époux étant d'une égale vivacité et d'un sens hyperdéveloppé de l'incendie verbal et de l'expression paroxystique.

La guerre calma passagèrement les esprits en séparant momentanément (c'est-à-dire depuis la « drôle de guerre » jusqu'à l'armistice) les belligérants domestiques.

L'ÉTRANGE NAISSANCE DE MARIE JULIETTE

Il n'est pas inutile, car possiblement éclairant et quoi qu'il en soit fort pittoresque, de rappeler la façon pour le moins surprenante dont Juliette, deuxième, dans l'ordre d'apparition, des cinq Marie Malgoire successives, fut éjectée du nirvana amniotique et propulsée, *manu militari*, dans le monde peu engageant des assez peu recommandables vivants appartenant à la catégorie autoproclamée espèce humaine.

Sa mère, courtaude mais surpuissante matrone surréalistiquement affublée du prénom angélique et doucereux de Virginie, lequel lui allait comme un gant au sabot de corne d'un bœuf de labour, ignorait depuis son plus jeune âge ce que peut vouloir dire le mot repos, sans même parler du polysémique concept qu'il était censé recouvrir et nommer.

Elle avait toujours été une bête de somme, tout comme son mari affecté au soin de transformer des troncs en planches dans une scierie qu'il mettait, six jours sur sept, une bonne heure à rejoindre à pied, chaque matin, afin d'y commencer son éreintant ouvrage au lever du soleil et de le laisser reposer (l'ouvrage, pas lui-même qui devait à la nuit refaire en sens inverse sa seconde bonne heure de marche) dès que le soleil commençait à basculer derrière la crête du Truc du Midi.

La religion, étroitement solidaire de l'ignorance militante de toute espèce virtuelle de méthode de contraception (sauf la plus illégale, à laquelle elle n'eût pour rien au monde envisagé de recourir), était cause de ce que, tous les dix ou douze mois, un nouveau rejeton venait s'adjoindre au lot des survivants et des mort-nés, lesquels, au total et tout compris, durent se monter au nombre de dix ou douze, dont sept qui échappèrent au fatum de la mortalité infantile, alors fort en vogue au sein de l'incommensurable sollicitude du bon vouloir divin.

À la campagne, en ce temps-là, la moindre tâche revêtait un caractère d'urgence absolue et il aurait été hors de question qu'une jeune femme gravide, sauf état critique induisant une très regrettable paralysie momentanée (ou bien, hélas, définitive, ce qui était trop souvent le cas, et ce qui avait été notamment celui de la première épouse de Jean-Baptiste, morte en couches, son fils ayant été élevé par Virginie, la seconde épouse Malgoire), qu'une telle jeune femme, au ventre digne d'offrir aux regards une très honorable représentation figurée du fameux Zeppelin, tirât donc profit de ce sournois prétexte pour couper à ses devoirs de lieuse, d'arracheuse, de cueilleuse, de ramasseuse et de faneuse.

C'est ainsi que l'ectoplasme Marie Célestine Juliette naquit aux champs.

Lorsque les douleurs s'annoncèrent et que les fameuses eaux commencèrent à se faufiler, via l'utérus puis le rupestre vagin, vers le tout proche sol herbeux, Virginie n'eut ni le temps de se précipiter jusqu'à sa maison distante de deux kilomètres ni celui d'appeler à l'aide. Elle s'en fût d'ailleurs voulu de céder à pareil marasme émotif et ne cria donc : Eh, venez, je viens d'accoucher, sans surcroît d'emphase, que lorsque la chose fut faite, rameutant ainsi, après la bataille, ses compagnes également requises à travers champs par l'éreintante corvée agricole.

Virginie, dont la mère avait été, dans un hameau encore plus perdu que son Montrodat matrimonial, une sorte de guérisseuse, savait tout faire de ce qui tournait autour de la naissance, de la mort, des maladies courantes (onguents, infusions, baumes, sectionnement de cordon ombilical) ; c'était du reste à elle qu'on faisait appel dans ce bled où le médecin n'était requis qu'à l'article de la mort, généralement pour la devancer d'un souffle (quand ce n'était pas après que celle-ci eut enfin conclu sa phrase elliptique en posant en majesté son ultime complément d'objet direct ou indirect sur le verbe enfin conjugué au mode du définitif absent de l'infinitif). Accomplir sur elle-même ces gestes qu'elle connaissait par cœur et maîtrisait parfaitement n'était que jeu d'enfant ; si bien que, lorsque ses compagnes eurent franchi les cent ou deux cents mètres qui les séparaient d'elle, elles virent Virginie debout, tenant l'ignoble chose hurleuse dans son tablier.

C'est au creux de ce même tablier que la future Juliette rejoignit le domicile familial, où elle occupa le berceau de bois deux ans plus tôt inauguré par son grand frère Jules, un an après réemployé au bénéfice de sa grande sœur Clémence, et qui verrait, durant les cinq des années suivantes se succéder le grand Augustin, la petite Augustine, la souffreteuse Maryse et la cadette Denise.

Le soir même Virginie s'occupait à ses tâches domestiques ordinaires, et si elle ne rejoignit pas le collectif des faneuses dès le lendemain, c'est qu'un nouveau-né requiert des soins vigilants au moins pendant ses tout premiers jours d'existence ; ce qui fit qu'elle se cantonna désormais aux activités sédentaires, lesquelles, compte tenu du bas âge de Jean (le fils du premier lit), de Jules, d'Augustin, de Clémence et de Juliette, exigeaient d'elle l'usage des huit mains dont elle disposait (chacune des deux en chair et en os que chacun pouvait voir quadrupler à vue d'œil, à l'usage et sous la contrainte).

Ainsi Juliette, comme il a été dit précédemment, naquit au milieu des bleuets, des coquelicots, des orties, du bouillon-blanc, du trèfle, de la luzerne, et des résidus de paille piquante résultant du récent fauchage (tâche noble qu'avaient, par conséquent et préalablement, accomplie les mâles) au moyen de ces faux dont on aimait entendre le bruit régulièrement cadencé de l'aiguisage (précédé du crachat sonore propulsé par le faucheur en direction de ses paumes et sur la pierre à aiguiser).

Son premier landau avait été un tablier noir à fleurs blanches, dont l'approximative propreté était toutefois agrémentée d'odeurs champêtres dont il n'est pas interdit de penser qu'elles aient été enivrantes et même euphorisantes (paradisiaques, diraient ceux qui ne savent pas ce que veulent dire les mots...), deux vertus ignorées des faneuses, mais certainement encore davantage de la pauvre chose brusquement condamnée à un exil sur terre qui devait durer quatre-vingt-trois ans.

De ces circonstances si abruptes, Juliette n'avait gardé aucun souvenir, comme on peut aisément s'en douter. Elle ne les connaissait que par ouï-dire, sa mère les lui ayant souvent décrites en riant de bon cœur, le sentiment que cela eût été signe de précarité, menace de danger mortel (pour les deux protagonistes), et globalement dramatique n'effleurant même pas son esprit qui en avait vu d'autres, et qui ne restait pas un mois sans fermer les yeux d'un de ses concitoyens, sans faire la toilette funéraire du défunt, sans aller préparer une potion ou un placebo pour un voisin ou une voisine, sans jouer les sages-femmes bénévoles et, en fin de compte, sans côtoyer en parfaite familiarité les vies et la mort au jour le jour.

Du contexte dans lequel s'effectua son surgissement au sein de l'humanité aurait probablement dû résulter un tempérament geignard ou souffreteux. Juliette fut tout au contraire plutôt hurleuse, intempestive, brusque, cynique (quoique, paradoxalement, et dans le même souffle, romanesque et forte pleureuse, mais pour des raisons étrangères à d'aussi pitoyables circonstances originelles).

Jamais on ne l'entendit admettre que son enfance avait été abominable, bien au contraire. Elle décrivait avec une sorte de fierté et même de gaieté désinvolte ces atroces conditions de vie, un peu comme si elles n'avaient été, en fin de compte, qu'une suite ininterrompue de causes d'émerveillement, de motifs de béatitude, de prétextes à s'enthousiasmer !

Mieux encore : à son fils, elle ne cessait de répéter qu'il lui manquerait toujours à lui, pour savoir ce qu'est vraiment la vie, d'avoir traversé de telles épreuves ! Ma foi, pourquoi pas ?

*

Son vrai frère aîné étant un égoïste pervers et sournois, sa sœur également aînée propulsant à jets continus sur son environnement immédiat (le seul qu'elle connût jamais) les éclats d'une méchanceté abyssale, les autres étant trop jeunes avant qu'elle-même ne fût happée par son destin de serve rurale, son préféré était en fin de compte leur demi-frère, Jean, un grand gaillard qui avait quinze ans de plus qu'elle.

Celui-ci en voulait à son père, qu'il accusait d'être responsable de la mort de sa mère, une femme qui, d'après la photo dont il disposait, avait été fort belle. Son père lui rendait cette inimitié, exactement pour le même motif (plus plausible dans ce sens-là, puisque la jeune femme était morte en accouchant et donc de son accouchement).

Non qu'il détestât sa « belle-mère », Virginie, qui de fait l'avait mieux couvé qu'elle ne le fit ensuite de ses propres enfants, par souci probable de compensation du deuil prématuré, et aussi parce que la défunte avait été sa meilleure amie et avait, sur son lit de mort, organisé le remariage de son futur et très prochain veuf avec cette dévouée camarade d'enfance. Le mariage avait eu lieu quelques années plus tard, juste le temps que le deuil puisse accomplir son œuvre de décence socioreligieuse ; mais, en attendant, Virginie s'était occupée du fils de son amie d'une façon telle que plus tard, lorsque son infirmité et ce gaz récurrent des tranchées venaient le pousser à la boisson, elle seule était capable de le calmer en lui faisant faire cinq ou six fois d'affilée le tour du village avec son accordéon et en chantant «Viens Poupoule, viens Poupoule, viens... ».

Jean était d'une nature enjouée, quand le gaz ne s'y mettait pas ; il se peut que, d'autre part, il ait été plutôt doué, ainsi que semblait l'attester, outre son tempérament de conteur et de débatteur, son goût pour le chant (qu'il tenait peut-être de ce père détesté) et pour la musique en général (il avait appris tout seul à jouer, fort bien, de l'accordéon).

Mais, mobilisé à dix-huit ans, il avait fait partie des sacrifiés du Chemin des Dames, où il perdit une jambe et gagna... un gazage pulmonaire à perpétuité (*Vielen Dank, IG Farben*). La boisson seule, avec l'accordéon, pouvait le consoler un peu ; et, dédommagé de ces déboires (liés à la reconquête de l'Alsace et de la Lorraine) par l'attribution d'un emploi de facteur rural, il couvrait l'une des deux ou trois plus vastes (et moins peuplées) communes de France, tournée qui commençait aux aurores puisqu'il devait descendre à Marvejols récupérer le courrier avant de parcourir deux ou trois dizaines de kilomètres de ferme en ferme, à pied (son vélo de fonction ne lui servant guère, à cause de sa jambe en bois, qu'à supporter l'énorme sacoche de cuir).

Juliette adorait ce grand frère (qui dans son esprit était plutôt un double frère qu'un demi). Et si ses relations avec les autres, dont elle fut séparée prématurément, restèrent fort distendues, elle ne cessa de le voir avec grand plaisir, lui, chaque fois qu'il lui arriva, jusqu'à la mort de Jean, de monter passer trois ou quatre jours au pays (jamais plus, tant, pourtant ravie d'y venir, elle n'avait qu'une hâte, lorsqu'elle s'y trouvait : en repartir !).

Sa mémoire de ce lieu hors du temps, resté jusqu'au milieu des années soixante loin de toute civilisation, était étrangement liée à des microréalités anodines, mais qui dans sa tête prenaient des dimensions démesurées.

Il y avait le souvenir du four banal, dans lequel un jour, quand elle avait cinq ou six ans, son sadique frère qui allait devenir plus tard pion d'internat dans un établissement confessionnel, puis bedeau au village même, l'avait enfermée (elle y était entrée par jeu et il avait, par jeu lui aussi comme il s'en excusa plus tard, fermé la porte métallique, la laissant hurler jusqu'à ce qu'un villageois, passant par là, vînt, stupéfait, la délivrer !) Mais c'est l'odeur de pain, les jours où le village entier venait, à tour de rôle, le faire famille après famille (comme au Moyen Âge), qui envoûtait sa mémoire et illuminait soudain son regard et ses propos.

Il y avait cette autre odeur : celle du savon de Marseille sous la voûte humide du lavoir, où les femmes venaient par trois ou quatre taper à bras raccourcis, avec des battoirs de bois, sur le linge, tout en parlant, avec cette tessiture si puissante et si musicale dont disposent notoirement les Protoauvergnates encore pleines de la rumeur (et de l'apparence physique) des Aurignaco-Magdaléniennes à peine souillées par trois gouttes de sang celtique et par nul autre, qu'il fût d'origine latine, wisigothique ou franque ! Cette précision, bien entendu, n'était jamais apportée par Juliette elle-même, qui n'avait pas la moindre idée de ces choses-là ! En revanche, l'odeur de lessive en grand, celle du salpêtre grimpant le long des murs du lavoir couvert, le bruit des coups donnés avec force et de façon rythmée, tout cela garda, sa vie durant, sa fraîcheur native, sa force de suggestion, ses vertus de rapatriement.

Il y avait aussi l'odeur âcre et puissante de la corne brûlée des sabots de bœufs que l'on ferrait certains jours au *ferradou* (qu'on appelle travail en français).

Et puis celle de l'herbe mouillée, celle du grand noyer qui montait la garde à l'angle du mur d'enceinte enclosant la vieille maison familiale.

L'odeur de la bouse de vache aussi, et celle des fleurs qui sortaient tout ébouriffées de par-dessus les murets protégeant l'intimité des jardins potagers, dont la porte fermée au cadenas laissait supposer qu'ils recélaient de mirobolants secrets...

L'enfance de Juliette avait été un bouquet d'odeurs parfumé de cris et de chants d'animaux divers, dont la gent ornithologique assurait le chorus ou si l'on veut le *tutti* mélodique. Cette polyphonie combinée à la subtilité des fragrances florales et fruitières aurait pu lui inoculer le virus de la poésie ; il n'en fut rien : quoi qu'elle en ait pu dire en son âge adulte, et quelle que fût la tonicité de son lyrisme emphatique et récriminateur, la poésie n'était pas son fort. Son fort, c'était l'acrimonie, la vindicte, la rodomontade, l'insulte sans répit ; en gros, elle s'était lancée dans une entreprise de dénigrement systématique du monde en général, des gens en particulier et, de façon plus générale, du sort (dont Dieu, quoiqu'il n'existât pas, devait bien admettre qu'il était le comparse, le complice et probablement l'instigateur sournois).

Elle en voulait à l'univers entier, incapable qu'il avait été de reconnaître, stimuler et mettre en valeur les mérites inconnus de la petite Juliette.

Seul baume de précaire apaisement, le souvenir de ces journées de douze heures passées avec ses brebis dans la verdure odorante et le doux chant du Colagnet lui était un placebo, qui n'aurait su agir utilement, s'il n'avait été accompagné d'un soupir quasi continuel.

Ainsi allait la vie de Juliette, dans la nostalgie, dans la mélancolie, dans l'insatisfaction, dans la neurasthénie virulente. Dans l'irréel d'un perpétuel *Tombeau des regrets...*

*

Pas plus que la sempiternelle hiérarchie des valeurs, la tout aussi fumeuse chronologie des événements n'a jamais eu la moindre prise sur l'advenue et la prégnance des faits, qui ignorent les critères et chérissent le hasard subjectif.

Aussi, n'hésitons pas à revenir en avant après un spectaculaire saut périlleux arrière.

Revenons par conséquent à l'une des périodes cruciales de l'existence de Juliette, déjà plus embarrassée des atours pesants de sa défunte naïveté champêtre, mais point encore désabusée comme elle ne tardera plus guère à l'être de façon définitive et fort amère.

Elle avait donc pris dans sa toile arachnéenne de veuve noire mâtinée de mante religieuse défroquée un beau spécimen de l'espèce humaine, brut de décoffrage, disposant toutefois de ce fond que ne peuvent éviter d'avoir en réserve les natifs du calvinisme récurrent des schisto-granitiques Boutières. Brave aux deux sens du terme, c'est-à-dire gentil et courageux, il était aussi innocemment naïf, redondance psycho-comportementale qui fait les benêts, les Candide de Voltaire, les génies avortés dans l'œuf, les vilains petits canards jamais parvenus à faire muer leurs ailes de patauds en majestueuses voilures de cygnes.

Et elle l'emmerda autant qu'elle put, n'hésitant pas à passer outre les limites de la décence ou, faute de mieux, de la prudente stratégie.

Paul (il s'agit bien de lui, hélas !) n'y vit que du feu, ne comprit goutte à cet embrouillamini caractériel. D'autant que l'événement, digne du combat entre Enlil et Enkidou et de la dispute entre Gilgamesh et les dieux courroucés, à cause d'un égocentrisme narcissique tout à fait indigne de leur noble et grandiose statut, survenait au moment où le pauvre hère se trouvait confronté à de délicates et monstrueuses échéances historiques.

Revenons donc, ainsi que nous l'avons déjà suggéré plus haut, au nœud de l'intrigue.

À peine mariés, Juliette et Paul s'étaient employés à faire comme font tous les nouveaux couples matrimoniaux, à savoir : s'adjoindre une unité résultant de la fusion de leurs deux ADN, leurs flux sanguins respectifs ainsi mêlés se voyant de la sorte assigner la tâche toujours délicate, et présomptueuse, consistant à faire, inch'Allah, de l'union de leurs ancestrales nullités, ce joyau, cette pierre philosophale, ce chef-d'œuvre absolu que serait l'être parfait, leur ressemblant à l'un et à l'autre, mais en infiniment mieux, au point de les surpasser en beauté, en puissance, en finesse et profondeur d'esprit et en pouvoir, transcendant de la sorte, au point de les transfigurer, l'état et le degré d'existence qui leur étaient échus à eux-mêmes, et que le sort les avait empêchés de transgresser ou, mieux encore, d'outrepasser.

Le problème que posait, de toute évidence, la juxtaposition de leurs deux boiteuses incompatibilités se voyait aggravé par celui que laissait prévoir le projet, certes non formulé mais secrètement couvé, de voir leur misérable larve se transformer, sous l'effet d'une éducation rationnelle et équilibrée, à la fois en Tristan et en Einstein, en Zorro et en Jaurès, en Du Guesclin et en Henri Garat. C'était bien entendu oublier ou ignorer que ladite larve était en fait irriguée, de façon paritaire, par le sang de l'un et par celui de l'autre, et qu'aucun de ces deux flux sanguins – force était de le déduire en considérant d'un œil objectif l'état en lequel leurs ascendances les avaient eux-mêmes laissés – n'avait jamais, depuis la première génération de ces *Homo Sapiens-Sapiens* dont avait hérité par voie migratoire le territoire de l'Ouest européen, été capable de favoriser l'éclosion d'un Archimède, d'un Galilée, d'un Clément Janequin, d'un Charles Baudelaire, d'un Wolfgang Amadeus Mozart ; ce qui faisait que, à l'impossible nul n'étant tenu, bien heureux serait-il, ce gentil garçonnet, si, ne mourant pas en bas âge et ne finissant pas sur l'échafaud ou sous les ponts, il parvenait à modestement passer du stade, honorable mais modeste, d'ouvrier boulanger, alias Paul *himself*, ou d'employé de maison, alias Juliette *herself*, à celui, guère mieux rémunéré mais moins éreintant, de guichetier aux PTT (ce sigle prestigieux signifiant qu'à l'époque dont nous parlons ici le téléphone et le télégraphe filaient le parfait amour, qu'ils croyaient éternel, avec la poste, ce qui simplifiait la vie de tout le monde).

Mais passons.

Paul dormait mal car la larve criait en pleurant, ou inversement, ce qui ne change rien au résultat qui se manifestait par une intense production de nuisance sonore, pour des raisons que nul motif d'origine clinique ou psychomotrice ne sut expliquer en son temps (ni depuis du reste, encore que personne ne se soit sérieusement employé à décrypter le substrat sémantique de cette énigme), le pauvre boulanger, parti sur le coup de dix-huit heures, chaque jour que les dieux du fournil héraclitéen font, pétrir, enfourner puis défourner, rentrait fourbu autant que harassé au logis sur le coup de dix heures, et, en guise de repos, n'avait de choix qu'entre prendre son mal en patience, c'est-à-dire subir les effets préjudiciables de l'insomnie provoquée par les cris du petit con, et bercer iceluy du bout du pied, tout en lisant avec peine (car le sommeil est sans pitié) les inepties journalistiques du jour.

À cela s'ajoutant le fait que Pénélope de Brassempouy y Lespugue y Vestonice ne lui laissait guère le temps de respirer entre deux récriminations (car il faut savoir que, ouvrier boulanger d'élite, notre homme était pourtant et de façon incompréhensible – car on est manuel ou on ne l'est pas, sacré nom d'un chien ! – incapable de changer une prise électrique, voire une ampoule également électrique, ou même de coller de façon digne de foi et d'une façon durable une rustine sur le pneu d'une roue de vélo crevé sous l'effet de sa rencontre non souhaitée avec un clou perdu, et que cette inaptitude généralisée était la cause de maints reproches, les uns acerbes, les autres dépréciateurs, au pire infamants, au mieux moqueurs), notre Paul, qui avait naguère renoncé à poursuivre des études pour lesquelles il était, selon la rumeur, bien disposé, afin de fuir ce foyer maternel (le père ayant rendu l'âme précédemment) qui ne lui était pas franchement hostile, mais qui s'avérait résolument invivable (tout enfant né d'une mère calviniste du début du XXe siècle étant à même de saisir sans autre commentaire ou explication ce dont nous parlons ici à demi-mot), notre Paul donc s'emmerdait à cent sous l'heure, se ruinait la santé et, récompense de haut prix, se faisait enguirlander de façon incontinente par l'accorte servante férue de dancing qu'il avait cru bon d'associer à ses problématiques perspectives d'avenir.

Un jour, ayant été démobilisé, il reçut, au débotté et sans avoir été préparé à l'advenue d'un tel événement, le commandant Picard, qui avait été son chef de bataillon sur le front statique de La Vésubie où s'était récemment déroulée, durant des mois, la guerre d'observation entre les armées italienne et française, tandis que d'autres conscrits et rappelés se faisaient, les uns tuer ou estropier, les autres capturer et *Kriegsgefangeniser* quelque part entre Colmar et Dunkerque (quelques-uns ayant choisi judicieusement de se replier en bon désordre jusqu'à Poitiers, Valence, Carpentras, Lombez, Saint-Jean-de-Luz, dans l'attente de jours meilleurs).

Le commandant sus-désigné, qui fit une brillante carrière, au point de la ponctuer au grade de général, puis de la finir malencontreusement sous contrôle judiciaire, peut-être même en forteresse, pour avoir continué, bien au-delà de l'armistice, à alimenter la C.I.A. ou l'Intelligence Service en renseignements top secret, sous prétexte qu'on n'a rien à cacher à ses alliés, même lorsque le motif justifiant ladite alliance est forclos, périmé, sans objet, le commandant donc lui tint à peu près ce langage :

– Et bonjour, sergent-chef et maître pointeur Untel, que vous êtes patriote, que vous êtes courageux ; si votre bravoure est à la mesure de votre dévouement et de vos dons de pointeur dans l'artillerie de montagne, vous participerez avantageusement au mouvement constitutif d'une authentique Armée Secrète qui, refusant l'infamante capitulation et emboîtant le pas au discours du colonel, surclassé général de brigade à titre provisoire, Charles de Gaulle, s'apprête à résister pied à pied à l'envahisseur et à ses séides. Bien reçu ? Parfait, rompez.

Et c'est ainsi que Paul devint résistant avant même que le concept n'ait été officialisé et avant, donc, que le premier « terroriste » n'exécutât un officier allemand dans le métro parisien.

Les choses étant encore en gésine et quelque peu en suspens, Picard, puis le relais qui le remplaça très vite, lui assignèrent diverses tâches, dont une assez surprenante et qu'avec le recul on peut dire cocasse (relever, à partir de 1942 et du franchissement de la ligne de démarcation par les Teutons, les numéros et les lettres des plaques minéralogiques des voitures militaires allemandes, alors inscrites en caractères gothiques indéchiffrables pour toute personne n'ayant pas étudié l'allemand tel qu'on l'enseignait et l'écrivait encore en ce temps-là). Un de ces mystérieux messagers lui confia un jour, soigneusement enveloppé dans un chiffon huilé ou couvert de graisse, un mauser récupéré Paul ne sut jamais où, avec pour mission de le cacher soigneusement et de le conserver au frais jusqu'au jour où…

Tout allait bien jusque-là, et Juliette, consciente du caractère exceptionnel et historique de la situation, ne fut plus, soudain, qu'attention et amoureuse sollicitude envers son souffre-douleur subitement métamorphosé en héros.

Les choses n'allèrent que mieux, du point de vue du statut matrimonial et de la tranquillité domestique de Paul, jusqu'au jour où, prévenu par un voisin sincèrement, et de ce fait innocemment, pétainiste, quoique rigoureusement anti-Boches, qu'il allait être par les soins de celui-ci dénoncé à la préfecture (et non pas à la Kommandantur) à cause de l'obstination qu'il mettait, lui Paul, à continuer d'écouter Radio Londres, tandis que les Anglo-Américains judéo-capitalistes, brûleurs de Vierges patriotes et égorgeurs sournois de chevaliers à Azincourt, ne se gênaient plus avec nous, au point de se mettre désormais à nous bombarder à tire-larigot. La petite famille s'enfuit à tire-d'aile vers les hauteurs du massif hercynien.

Juliette rayonnait. Son homme était dans le camp des résistants, et puis il se passait enfin quelque chose d'intéressant puisque le trio familial faisait sécession, partait à l'aventure, vivait enfin une situation hors du commun. Tout ce dont elle rêvait depuis son juvénile exil dans les prairies de Margeride.

Tout annonçait la venue d'une ère de félicité et de gloire.

Les choses n'allèrent pas tout à fait dans ce sens, du moins au moment de se conclure ; mais, et plusieurs mois durant, ce fut en effet l'euphorie, l'exaltation. L'extase.

LES SANGLOTS LONGS...

De son enfance passée aux confins de la Préhistoire et du Moyen Âge, Juliette avait ramené, en un déconcertant mélange qui brinquebalait au fond de la musette trouée et copieusement élimée de sa mémoire, la vision la plus dure et la moins indulgente du melting-pot social et moral de l'environnement humain dans sa globalité, mais aussi un répertoire de chansons mélancoliques et pessimistes, apprises pour une bonne part de la bouche de son père, pour l'autre de la TSF, dont elle était devenue une auditrice acharnée à partir du moment où, chez ses patrons de Marvejols, cette boîte magique était entrée dans l'espace de sa plus secrète intimité.

De son père, elle tenait une brève mais vivace anthologie de chants traditionnels, que le vieux Jean-Baptiste chantait, de sa voix juste et émouvante de baryton, en patois occitan du Gévaudan, dont on apprendra sans doute avec étonnement qu'il différait par maints aspects de celui du Rouergue aussi bien que de celui du Vivarais, départements limitrophes, ce qui semblait témoigner de la nette différenciation qui devait exister, dès la période de La Tène, entre ces populations placées sous l'autorité d'occupants de culture et de parler celtiques, mais d'origines vraisemblablement diverses. À la TSF, elle devait un choix sélectif (orienté du côté de la tristesse, qu'elle ne pouvait concevoir que dans sa version la plus abyssale et définitivement inconsolable) de chansons réalistes, dont le substrat sémantique faisait référence à des abandons, à des morts subites, à des deuils, à de lourdes déceptions sentimentales.

Ainsi, sa vie durant, son fils l'entendit-il (selon une périodicité qui pouvait tantôt s'espacer, tantôt se resserrer au point de constituer un enchaînement de complaintes et de romances d'une durée occupant l'intégralité de la matinée, qu'elle consacrait chaque jour au ménage et à la cuisine, chez elle comme chez ses différents et successifs patrons) égrener l'une après l'autre les perles rares de son récital privé. Cela allait du *Sul pont de Mirabel* et de *O calha, bella calha* paternels aux *Roses blanches* ou au tragique *Ils sont partis sur la barque légère, les petits gars*, popularisés par la grande arracheuse de pleurs que fut en ce temps-là l'illustre Berthe Silva. Et cela incluait d'inattendues incursions dans des folklores exotiques, tels que le vendéen (origine qu'elle ignorait absolument, de la même façon qu'elle n'eût été en mesure de situer clairement la Vendée sur une carte de France) « La maman du petit homme lui dit un matin, à seize ans t'es haut tout comme notre huche à pain ; à la ville tu ferais un bon apprenti, mais pour labourer la terre, t'es ben trop petit mon ami, t'es ben trop petit, dam' oui ! » ou le dauphinois (*Lo bossut*), et même le lorrain (*En passant par la Lorraine*) et le québécois (*À la claire fontaine*).

Il n'y était à peu près question que d'amours malheureuses, d'enfants noyés ou assidûment venus, larme à l'œil et triste sourire aux lèvres, en visite au chevet de leur mère mourante.

La conviction qu'elle mettait dans son interprétation allait de pair avec la grande justesse de sa voix de mezzo capable de monter en soprano si besoin était ou de descendre jusqu'à la sombre tessiture du contralto. Une véritable Yma Sumac, sans doute à cause de l'altitude à laquelle elle avait été conçue, puisque cet apanage des chaînes andines mais aussi de celles du Massif central (d'où sortirent plusieurs grandes voix soi-disant toulousaines car elles avaient débuté au Capitole si proche de leur berceau) a fait la renommée, non seulement de la chanteuse postinca, mais aussi de Régine Crespin et de bien d'autres divas.

Curieusement, elle qui pleurait presque autant qu'elle criait, jamais son fils ou sa fille ne la virent essuyer la moindre larme lorsqu'elle articulait avec un soin infini et sur le ton le plus juste du monde ces perles d'émotion pour âmes désespérées. La tristesse des autres, celle qui se chante, celle des amours mortes, des enfants noyés, des mères expirantes, des soldats sacrifiés, des canuts exploités (car bien sûr elle savait aussi l'immortel chant des canuts, de même qu'elle n'ignorait rien de la prosodie du *Temps des cerises*), cette tristesse-là avait le don de la revigorer et de lui rendre un tonus que déprimait et hachait menu à tout moment le rappel en sourdine des pires malheurs qui soient et qui aient jamais été : les siens propres. Il faut dire qu'elle eût trouvé bénins ceux de Médée aussi bien que ceux de Phèdre, si le nom et la renommée de ces grandes héroïnes avaient eu l'occasion de parvenir jusqu'à ses oreilles ; ce qui était fort loin d'être le cas.

Ce saule pleureur constamment fleuri aux couleurs du deuil eut toutefois sa phase de récession, répit qui dura de mille neuf cent trente-six à mille neuf cent trente-neuf.

C'est alors que, suscitée, puis stimulée par les douces ivresses de l'euphorie popularo-frontiste, qui annonçait rien moins que la concrétisation du rêve fait en 1789, ravivé en 1871, et depuis caressé en sourdine, une verve subite s'empara de la rêveuse mélancolique à tendance parano-neurasthénique : ce ne furent soudain plus que des « Allons au-devant de la vie, allons au-devant du bonheur », des « Avoir un bon copain », des « Beaux dimanches au bord de l'eau ».

Lors de l'été 1938, poussant le landau bleu intérieurement drapé de blanc au sein duquel hurlait à pleins poumons l'intempestif bébé prolétarien, et chantant à tue-tête pour couvrir cette voix à la fois chérie et honnie, mais aussi pour se donner du nerf dans la montée, ils gravirent l'abrupt sentier qui conduisait au sommet du Truc du Midi, d'où l'on a vue sur la chaîne des Cévennes, sur les monts d'Auvergne et sur bien d'autres aspects de ce paysage de transition entre pays du calcaire et forteresse granito-basaltique. Pour respecter la vérité, qui ne souffre ni dissimulation ni approximation, il convient de préciser que c'est elle seule qui chantait à tue-tête. Car lui, plus timoré (le calviniste récurrent restant tapi dans l'ombre du faux boute-en-train), doté d'une voix moins puissante (une voix elle aussi probablement calviniste et héréditairement formée aux normes du psaume du désert, chanté *mezza voce* par souci de sécurité antidragonnades) et d'une mémoire prosodique moins affûtée, il se contentait de faire chorus au récital qu'il accompagnait d'un vague murmure censé tenir en gros la partie du continuo souvent dévolu au clavecin dans les pièces pour viole de gambe ou du bourdon dans maintes musiques populaires, spécialement celles interprétées sur une vielle à roue. Lui poussait le landau en faisant « mm... mm... » du fond de la gorge, en mari bien tempéré.

Mais le bébé, que vous et moi eussions sans honte voué aux gémonies et jeté aux orties tant il nous eût cassé les oreilles (sans parler de ces glandes d'où pourtant il était indubitablement issu et qu'il ne ménageait pas davantage, les cassant sans vergogne), le bébé, loin de goûter cet entrain mélodieux, pompait l'air au couple pourtant si bien disposé à son égard, mais aussi aux oiseaux qui n'y étaient pour rien dans toute cette affaire ni dans aucune autre, et aux belettes, aux hérissons, aux mulots, aux écrevisses, aux chiens errants, aux renards furtifs, aux scarabées dorés, aux arachnides au rouet.

Sans doute criait-il de se voir si bête en son bavoir; et aussi, Faust inversé, de son désir de vieillesse forcené. Bref, il aurait probablement voulu se voir plus vieux de vingt ans; et il tenait à ce que cette impatience se sût, s'ouït, se reconnût, se discernât, se comblât d'un coup de flûte enchantée...

Mais eux : « Sur la route blanche, un petit âne trottinait ; c'était un dimanche, et nous allions nous promener. »

Et lui, l'avorton frustré, par-devers lui et in petto ressassait : « *Eine Krähe war mit mir, aus der Stadt gezogen...* » ; il les voyait déjà ces corbeaux du *Voyage d'hiver*, violemment prémonitoires, non pas « *wie einst, Lili Marleen* », mais « *wie bald, Lili Marleen* ». Il criait par anticipation contre la guerre en gésine, contre les bombes et contre la fuite éperdue, contre la fin du duo de l'escarpolette que ses trop insouciants parents se renvoyaient sans savoir que, sous peu, c'en serait fini du monde ancien, des gravissements du Truc du Midi, des chants choraux à deux voix, des amour-toujours de Jean Sablon ou de Jo Lumière et des illusions, sans parler des haricots qui n'allaient pas tarder à manquer cruellement car c'en était indubitablement la fin.

Il criait, nul n'en était fort aise, et eux chantaient maintenant, avant que la bise ne vînt, que l'orage ne grondât, que le monde ne basculât de façon définitive et irrémédiable.

Oh, certes, Juliette ne cessa pas de chanter pour si peu, pour la vie perdue, pour le bonheur défunt ; mais elle chanta désormais seule, jusqu'à l'heure de sa mort.

La veille de sa mort elle entonna une fois de plus, comme elle le faisait vingt fois par jour, son anthologie familière, qu'elle égrenait air après air, dans un ordre immuable.

À son fils, qui ne criait plus depuis longtemps, elle disait chaque fois, au terme de son récital à voix légèrement estompée : Comment ça se fait, Monsieur, que quand je chante, ça me fait toujours pleurer ?

Il le savait, bien sûr, comment cela se faisait ; mais il ne le lui dit évidemment jamais. Elle ne l'eût du reste ni compris ni même vraiment entendu.

Lui pourtant, c'est par décence qu'il ne lui donnait pas la clé du chagrin qui lui montait aux yeux quand elle chantait ; mais c'était aussi parce que cela n'aurait servi à rien, puisqu'elle et lui, elle et le reste du monde, parlaient chacun sur un plan différent de celui où l'autre pouvait l'entendre.

« Jamais, jamais, je n'oublierai le beau Danube sous la Lune… »

Zu spät, Mutter, alles ist jetzt vorbei, alles kaput !

LES FRANÇAIS PARLENT
À QUI OSE LES ÉCOUTER...

La période de l'Occupation constitua le noyau dur de la *Geste* dont Juliette et Paul furent les protagonistes, sinon les héros. Contre toute logique, elle en fut aussi le moment le plus heureux, celui où leurs assez singulières forces respectives, ainsi que l'instinct de révolte qui les habitait, se combinèrent d'une façon enfin, mais hélas passagèrement, harmonieuse.

Jamais ils ne s'étaient si bien entendus, sinon durant les prémices de leur union, quand il ne s'agissait que d'être ensemble d'accord pour proclamer et manifester leur désaccord généralisé avec l'ordre du monde (dans l'attente d'une évaluation, encore à venir, de l'ordre, plus global et moins concret, des choses en général, lequel toutefois ne perdait rien pour attendre).

Ils réunirent le consensus enthousiaste de l'ensemble des présents, qui se comptaient au nombre de deux, eux-mêmes, le troisième n'étant encore que dans cette phase larvaire dont ils espéraient tirer la quintessence de ce qu'ils avaient, ensemble et séparément, de meilleur à leurs propres yeux.

Durant cette période à la fois dramatique, pour certains, même tragique, mais, d'un autre côté, exaltante pour les tempéraments à la fois hardis et contestataires, Paul et Juliette vécurent leurs heures sublimes, placées sous le signe de la transcendance.

Paul s'était donc enrôlé au sein du corps informel et sporadique d'une *Armée Secrète* plus virtuelle que démonstrative. Il y tenait le rôle de boîte aux lettres, de relais, de conservateur d'un mauser de récupération, puis de collecteur approximatif d'informations peu exploitables. Il y était aussi un assidu auditeur des messages, codés au point d'être incompréhensibles, diffusés par Radio Londres, dont il appréciait surtout, croyons-nous pouvoir dire sans trop longtemps hésiter, les interventions de Pierre Dac (« Radio Paris ment, Radio Paris ment ; Radio Paris est allemand » ; ou « Ah, ah, ah, ah, c'est la défense élastique ; ah, ah, ah, ah, on n'avait jamais vu ça ! »).

Plus tard, il s'affilia au mouvement, infiniment plus actif, des Francs-Tireurs et Partisans Français, les fameux FTP, concurrents tendance bolchevique des F.F.I., qu'ils furent invités de façon ferme à rejoindre, le moment venu, afin de faciliter la coordination de l'ensemble de ces groupuscules disparates.

Juliette n'était pas peu fière de ce mari assez héroïque pour consacrer le peu de temps libre dont il disposait à manifester son patriotisme et sa volonté indéfectible de régler leur compte à tous les salauds de la terre, à commencer par ceux d'Avignon, qui n'étaient ni les moindres ni les moins nombreux. Et le *Chant des partisans* s'ajouta, quoique en sourdine, au répertoire maison.

Lorsque le voisin pétainiste avisa Raul de ce qu'il en avait marre de l'entendre, à travers la cloison, écouter ces ordures d'outre-Manche, alors que ceux-ci se permettaient à présent, avec leurs acolytes amerloques de répandre des *tapis de bombes* sur tout le quartier Saint-Ruf et sur celui de la Route de Marseille, lui donnant deux heures avant d'aller, lui-même en personne et à visage découvert, le dénoncer comme mauvais Français à la préfecture du Vaucluse, sa pasionaria et lui-même bourrèrent, en deux temps trois mouvements, trois valises en carton de vêtements divers, fixèrent ce gourbi ambulant et brinquebalant sur le porte-bagages et le guidon du vélo, prirent leur mioche par la main, le portèrent, lui sur ses épaules sur un kilomètre, elle dans ses bras sur cinq cents mètres, ainsi de suite, jusqu'à la petite gare outre-Rhône qui, située sur la ligne Béziers-Clermont-Ferrand, comportait un arrêt verdoyant à La Bastide-Puylaurent.

Et vogue la galère !

Descendus parmi les prairies surchauffées des confins orientaux de la Margeride, ils avalèrent à étapes forcées, qui durèrent probablement deux ou trois jours, la distance séparant ce poste frontière, ultime borne de la civilisation urbanistico-industrielle des profondeurs de ce haut Moyen Âge récurrent dont le village aux trois quarts déserté (depuis 1918) de Montrodat était un reliquat poussivement resté à la traîne sur le chemin du progrès.

Montrodat, c'était le village natal de Juliette, celui de son père (sa mère était originaire d'un hameau encore plus insignifiant, Frayssinet-de-Peyre), celui de ses grands-parents paternels et des parents de ceux-ci, ainsi de suite par filiation rétroactive jusqu'aux abords du Chalcolithique, et même, à en croire certains signes de nature anthropologique (dont le caractère vivement inesthétique attirait l'œil et suscitait la curiosité de tout observateur, pour aussi bien disposé et scrupuleusement discret qu'il pût être), jusqu'aux stades ultimes de la longue séquence temporelle du Magdalénien, quelques bribes de faciès allant même plonger dans la mémoire génétique de l'Aurignacien graveur d'os de rennes et d'ivoire de mammouths.

La douzaine de résidents permanents, répartis en trois générations dépenaillées, avait, sinon oublié la petite Juliette, née parmi eux trente ans plus tôt, du moins ignoré l'ampleur de sa transformation, sous l'influence convergente de sa vie urbanisée, de sa condition de salariée, de celle de femme mariée et de mère, de celle enfin d'épouse d'un de ces voyous des villes qui arborent au revers de leur veste l'insigne de la CGT, qui sont à tout moment prêts à entonner l'air fameux agrémenté des paroles viriles d'Eugène Pottier, qui bouffent du curé même lorsqu'ils n'ont pas faim, et qui, bien entendu, crachent sans vergogne sur le vainqueur de Verdun (et futur vengeur de la France humiliée : car c'est ainsi qu'ils le voyaient le moustachu à képi qui avait fait le don de soi à la Patrie et à la Nation !).

Jules, le frère pion au pensionnat de Marignane (ou de Martigues, nul n'en a gardé souvenir car en fait, vu de loin, on a toujours confondu les deux localités), rapatrié pour cause de fermeture momentanée de l'établissement et flanqué d'un ancien pensionnaire orphelin, occupait les fonctions de bedeau (lui qui avait été à deux doigts d'accéder au rang de curé était même, en l'occurrence, un superbedeau, véritable bras droit du cureton, pour parler à la façon de Paul, autrefois chef de file des garnements de la laïque du Cheylard, accoutumés à crier «croa, croa, croa» lorsque ceux de l'école des curés, celle donc des curetons, les croisaient, trottoir contre trottoir). Le cureton était le plus pétainiste de tous les pétainistes de la commune (dont l'essentiel de la population vivait dans des fermes reculées ou des écarts encore plus perdus et s'en foutait ruralement de toutes ces histoires). L'arrivée de Paul lui causa un choc à la fois psychologique, idéologique et physiologique, de très haute intensité électrique. Il fit part à Jules de son embarras: jamais il n'irait dénoncer ce mauvais Français (d'origine parpaillote, et en plus professant un athéisme virulent), qui était l'époux d'une petite du pays, même si on ne l'avait pas vue bien souvent ni audit pays ni à l'église, et beau-frère du consciencieux et irremplaçable bedeau, mais tout de même, il fallait se retenir, bougre de bougre, pour ne pas courir à la gendarmerie...

Jules lui-même s'en alla dire à Juliette tout le mal qu'il pensait de son mari, du moins de ses convictions si outrageusement affichées, car il n'avait rien contre l'époux, le père et le travailleur. Celle-ci le traita de grenouille de bénitier, de corbeau, de crapaud, de défaitiste, de pauvre type, et le prévint que, s'il allait dire quoi que ce soit à qui que ce soit et où que ce soit, elle l'étripait à coups de fourche, de serpette, de faux et de laguiole. Elle lui rappela comment lui, cette ordure, l'avait enfermée dans le four banal, lorsqu'elle avait six ans et lui huit, ce qui était significatif de la fiabilité morale dudit inspiré de Dieu, dont on s'en voudrait d'aller chanter les louanges dans sa maison où règnent l'hypocrisie et l'humidité ambiante.

Paul se fit engager dans l'une des deux boulangeries de Marvejols, où il se rendait à vélo, et où sa gouaille faisait le bonheur des ménagères, même lorsqu'il leur demandait comment se portait leur mari qui était sûrement vichyste et, de ce fait, aussi froussard que traître. Étrangement, et malgré les « Chuuut !!! Chuuut !!! » du patron qui n'avait aucune opinion sur ce sujet mais redoutait une dénonciation qui l'aurait privé du meilleur ouvrier boulanger que l'on pût alors trouver sur l'ensemble du territoire de la Lozère – pactole pour la boulangerie qui héritait de cette aubaine –, ces sorties continuelles, proférées sur le ton de la taquinerie, restèrent impunies (il faut dire que les Allemands, des vieux sans grand enthousiasme national-socialiste, étaient cantonnés à Mende, soit à vingt-cinq kilomètres, et ne montaient jamais si loin ; d'autant moins qu'ils devaient disposer d'une demi-compagnie d'anciens de 14-18, si l'on en croit la rumeur).

Les vieilles biques, excitées par tant de culot et par la prestance du beau boulanger en maillot de corps enfariné, lui rétorquaient de temps en temps : « Dites donc, Popaul, vous y allez pas de main morte ! Qu'est-ce que vous aimez asticoter les gens, vous, alors ! »

Ce qui ne mangeait pas de pain (contrairement à elles, qui en achetaient à tire-larigot pour leur maisonnée, grâce au pactole en tickets de pain et autres victuailles rationnées que leur valait leur intense fertilité génitrice).

Paul établit un contact avec le maquis cantonné au château de Séjas. On lui signifia de se tenir prêt, en réserve, l'effectif étant largement suffisant pour le moment, compte tenu de la modicité des missions assignées, et le château plein à craquer avec tous ces jeunes réfractaires parigots qu'on avait grand peine à tenir (et dont un bon nombre se fit du reste, quelques mois plus tard, surprendre et liquider au fusil-mitrailleur au détour d'une route, surpris par une patrouille d'Allemands en embuscade, alors que ces inconscients gamins, profitant de l'absence momentanée de leur chef, avaient pris la traction avant à gazogène et, à six ou huit, comptaient aller jouer les Zorro à Marvejols).

La vie à Montrodat était assez croquignolette ; il faut savoir que le village ne comptait ni téléphone ni automobile ; le seul poste de radio était celui que Paul et Juliette avaient rapporté d'Avignon. Le couple vivait une existence bucolique ; leur enfant, déjà âgé de près de six ans, s'épanouissait dans cette ambiance chlorophyllienne, se gavant de mûres jusqu'à l'indigestion, ainsi que de noix, de prunes, de pommes et de poires, fruits dont les restrictions alimentaires l'avaient privé depuis toujours et qui poussaient à vau-l'eau le long des chemins ainsi que dans les vergers souvent désaffectés.

Le village avait été « envahi » par des « réfugiés », venus pour la plupart de la région de Marseille et généralement originaires, ou issus de parents originaires, du coin. Les gosses de ces « Marseillais » étaient si délurés que même l'enfant de Juliette et de Paul n'avait jamais rencontré semblables garnements dans sa banlieue d'Avignon ou à l'école maternelle des Cités Louis-Gros.

Juliette ne connaissait que trop l'égoïsme cynique et la pingrerie des paysans des environs, qu'elle avait eu, à ses dépens, l'occasion de côtoyer et d'expérimenter, de huit à quatorze ans. Elle voulut pourtant la soumettre à l'épreuve de la dramatique situation.

Si son mari avait trouvé un emploi et percevait un salaire, modeste mais les autorisant tous trois à ne pas mourir de faim (sans compter qu'il pouvait chaque jour apporter un pain entier de la boulangerie), tel n'était pas le cas de la plupart des autres réfugiés, qui étaient essentiellement des femmes et des enfants (les maris étant prisonniers de guerre, morts au combat ou entrés dans la clandestinité, certains étant même restés en ville, pour y préserver leur salaire tandis que leur famille était mise en sécurité à la montagne, pour y *profiter*). Alors Marie II entreprit de tenter une expérience, puis de prendre une initiative radicale.

L'expérience consista à prendre un matin son fils par la main et à partir dans la campagne en une randonnée qui parut interminable à l'enfant. Le but de cette épreuve n'était nullement sportif ou touristique, mais sociopolitique et se fondait sur une action d'intense culpabilisation de la paysannerie locale, entreprise dont la portée se voulait à la fois psychologique, citoyenne et moralisatrice. Elle avait préparé son garçon, alors âgé de six ans, à dire inlassablement, à l'abord des fermes et dès qu'un être humain y faisait son apparition, intrigué par cette soudaine irruption d'une femme et d'un mioche, sortis d'on ne savait où : Maman, j'ai faim... Maman, j'ai faim...

La fermière (car c'étaient toujours les femmes qui venaient s'informer, soit que les hommes fussent au champ ou requis par quelque tâche, soit qu'ils s'entendissent mal à ces affaires de discussion, bavardage ou oiseuses argumentations qu'il fallait improviser, toutes choses que leurs épouses maîtrisaient infiniment mieux) s'avançait et, sur le ton le plus revêche qu'elle était capable d'extraire de sa froideur naturelle, elle lançait : Qui vous êtes ? Qu'est-ce que vous voulez ?

– Vous auriez pas un bol de lait pour le petit ; on n'en a pas au village et on manque de tout... Un quignon, peut-être ?... Bien sûr, je paierai.

– Non, on a rien, fichez le camp d'ici ; c'est une propriété privée !

– Mais le petit a faim et soif, regardez comme il est maigre... Je ne demande pas l'aumône, je paierai je vous dis...

– C'est pas mon affaire. Vous avez qu'à le nourrir ! On n'a rien de trop chez nous...

– Ah, oui ? Vous savez, vous ne me reconnaissez pas,

mais je suis née ici et j'ai travaillé dans deux ou trois fermes quand j'étais enfant ; je sais ce que vous avez et ce que vous n'avez pas ; je sais aussi que vous préférez vendre vos produits au marché noir, à Marvejols, à Mende et ailleurs, plutôt que de les céder à leur prix normal aux malheureux réfugiés qui…

– À qui ça ? Connais pas. Ils n'ont qu'à rester chez eux ; on ne va pas s'installer chez eux, nous… On vend à qui on veut ; si on fait une faveur à l'un d'entre vous, on vous donne le doigt, vous voudrez le bras tout entier… Allez, du balai, ouste…

– Et si je vous dis que je vais aller dès demain voir le chef du maquis de Séjas et lui dire tout ça, pour voir ce qu'il en pense, qu'est-ce que vous me répondrez ?

– Je vous répondrai que vous pouvez aller voir le diable en personne, le Pape, qui vous voudrez, et que la loi, c'est pas le chef du maquis de Séjas qui la fait et qui doit la faire respecter, c'est l'État et ses ministres, ses gendarmes, ses juges, le préfet, le maire…

– Je me rappelais que vous étiez tous des salauds égoïstes ; je découvre que vous êtes en fait plutôt des ordures sans cœur, et je vous dis à bientôt…

– C'est ça, à plus tard… Passez à l'ombre.

Le soir, elle raconta l'histoire à Paul qui, à son habitude, entra dans une colère de Gaulois impulsif. Il parla d'aller dire deux mots de la situation à ses copains du maquis, afin qu'ils viennent montrer qui représente la légalité, ici, dans l'attente du retour au pouvoir de la vraie France…

Juliette interrompit son mari et lui dit qu'il y avait mieux à faire, plus mobilisateur pour les maquisards. Elle allait constituer une délégation de mères de famille réfugiées, les plus délurées, les mieux équipées en bagout, et qu'elles allaient, à trois ou quatre, monter à Séjas pour expliquer tout cela ; en plus, connaissant l'emplacement de chaque ferme à dix kilomètres à la ronde, elle était en mesure d'organiser une « tournée d'inspection », d'autant mieux qu'elle savait aussi qui était qui, étant fille de pauvres du pays, qui avaient eu affaire à tous ces moustachus ventrus et à ces mégères autoritaires, dans les années vingt.

Et elle fit ce qu'elle avait dit.

Le chef du maquis demanda qui représentait l'autorité municipale à Montrodat. Elle répondit : Le marquis de Chambrun ; mais en ce moment, le fils Gilbert est dans la clandestinité, c'est un des vôtres, un des nôtres, comme vous savez ; et son père n'est guère en position d'imposer quoi que ce soit à qui que ce soit, surveillé de près par les salauds de Vichy ; dans le village même, la seule autorité, c'est le curé, un pétainiste plus bête que méchant, qui n'ose pas dénoncer les réfractaires par peur des représailles, mais qui n'en pense pas moins...

– On va aller le voir et le sommer d'intervenir, pour qu'il impose à ses ouailles de vous vendre ce dont vous avez besoin au prix normal, et non au marché noir.

Deux jours plus tard, à la tombée de la nuit, la traction avant du maquis vint se garer devant l'église, ses occupants allèrent cogner à la porte de la cure et exposèrent au curé leur point de vue, qui pouvait être assimilé à un ordre impératif.

– Oh, vous savez, je n'ai pas à parler de politique en chaire…

– Demander à vos chères ouailles de se montrer un peu humaines, ou du moins de faire semblant de l'être, ce n'est pas de la politique.

– Oui, bien sûr, mais vous savez, tous ces gens venus d'un peu partout, et même de Martigues où il y a tant de voyous, cela ne rassure pas nos braves paysans, habitués à l'ordre, au calme et…

– Eh bien, ils s'habitueront aussi à partager un peu, non pas gratuitement, mais au prix normal, celui qu'ils ont perdu l'habitude de pratiquer. Si vous n'intervenez pas, nous y veillerons nous-mêmes.

– Oh, vous savez, finalement, je préférerais en effet que ce soit vous qui preniez cette responsabilité ; ces affaires-là ne sont pas du ressort de l'Église…

– Bien, c'est entendu. Vous avez une semaine pour prévenir l'ensemble des paysans de la commune qu'ils vont devoir, à raison d'un par famille, venir se réunir sur la place du village, ce jour en huit. J'ai entendu dire que vous aviez une moto. Utilisez-la pour faire la tournée d'information. Si une seule famille n'est pas représentée (à ce propos, vous allez me fournir la liste de toutes les familles résidant sur la commune), nous irons nous-mêmes chez elle et alors, il ne sera pas question pour elle de vendre quoi que ce soit à qui que ce soit et à quelque prix que ce soit : tous ses stocks seront réquisitionnés, ainsi que l'intégralité des prochaines récoltes. C'est entendu ?

La veille du jour dit, estimant que le curé avait accompli sa corvée, le maquis vint lui demander si l'affaire était entendue. À la réponse affirmative, l'adjoint du chef, qui était à la tête du commando, déclara :

– Bien, comme vous n'avez été coopératif qu'à contrecœur et pas du tout représentatif de ce que vous appelez la charité chrétienne, nous vous réquisitionnons votre moto, qui nous sera infiniment plus utile, ainsi qu'à la Nation insurgée, qu'à vous. Nous vous la restituerons à la fin de la guerre, car je vous signale qu'elle n'est pas terminée, la guerre, cher Monsieur.

Le lendemain matin, le maquis descendit en grande pompe (traction avant et moto ecclésiastique en tête) ; le chef, au moyen d'un porte-voix, fit le tour du village pour informer la population (dont les deux tiers au moins étaient constitués de réfugiés) qu'une réunion publique allait se tenir sur la place, entre le bassin aux têtards et le lavoir aux relents de salpêtre et de savon de Marseille.

La délégation des chefs de famille convoqués à Canossa, et qui n'en menaient visiblement pas large (peut-être craignaient-ils secrètement que ces « terroristes » ne les fusillent pour l'exemple), fut alignée devant le *ferradou*, tandis que les villageois permanents ou occasionnels étaient placés en face de cette sinistre brochette d'inhumains moustachus et de vigoureuses matrones (car l'autorité leur était souvent dévolue, au sein de ménages dont l'élément mâle était souvent aussi disert qu'une carpe).

Entre ces deux groupes, le chef et deux de ses adjoints se mirent de façon à être perpendiculaires aux deux grappes de gens, se tournant alternativement à gauche ou à droite, selon à qui ils s'adressaient précisément.

Le chef du maquis, un homme au parler net, franc, sans détour ni emphase, fit tout d'abord une courte déclaration liminaire, résumant la situation et visant à culpabiliser les ignobles péquenauds (terme dépréciatif qui n'est pas discriminatoire à l'égard de la profession d'agriculteur, mais désigne ceux d'entre eux qui eurent, en ce temps-là, des comportements purement abjects ; « péquenauds » étant en l'occurrence une litote, le terme de « salopards » leur convenant mieux, mais ayant déjà trop complaisamment été utilisé).

Il conclut ce discours à la fois moralisateur et humiliant en précisant que, à présent, il allait appeler, l'un après l'autre, les représentants de chacune des exploitations agricoles. Il avait fait faire entre-temps une rapide estimation des ressources alimentaires dont disposait chaque fermier, en fonction de l'étendue de son domaine et de la nature des cultures qui s'y pratiquaient. Cela à vue de nez, mais avec le concours de fins connaisseurs de la chose agricole.

Il commença donc : Monsieur Untel. Approchez-vous. Vous allez devoir, chaque semaine, vendre, au prix qui était en cours en 1939, tant de grammes de beurre, tant de litres de lait, tant de… ainsi de suite. Vos clients seront la famille Untel et la famille Untel.

Au suivant. Monsieur Tel Autre…

Ainsi, chaque paysan se vit-il assigner l'obligation de vendre ses marchandises à un prix depuis longtemps perdu de vue (et qui redevint normal une fois passée la période du marché noir et donc, non seulement celle de la guerre, mais aussi celle des restrictions alimentaires) à un certain nombre de familles (voire à une seule si leur propriété était peu productive).

Tête basse, ils obtempérèrent. Puis ils s'exécutèrent jusqu'à la période de la Libération, qui signifia le départ massif des réfugiés. Haïssant lesdits réfugiés, et plus encore « la Juliette », qui était l'instigatrice déclarée de tout cela et, comble de honte, native de la commune (ses parents n'en menaient du reste pas large, eux qui, certes, n'étaient nullement paysans, mais qui avaient, leur vie durant, cédé au titre d'esclaves à ces exploitants exploiteurs leurs rejetons afin d'alléger d'autant, chaque fois, la charge des bouches à nourrir), ils se gardèrent toutefois de rien manifester, sinon en faisant la gueule et ne pipant mot à chaque visite d'un de ces « étrangers ». C'est qu'ils craignaient les représailles. Ils se contentèrent donc de haïr en silence et dans le cocon hermétique de la bourdonnante intimité familiale.

D'autres événements, de nature et d'intensité diverses, survinrent au cours de cette année et demie de séjour, qui dura plus précisément du milieu de l'an 1943 à celui de 1944 pour Juliette et Paul, et jusqu'à 1945 pour leur Pierrot lunaire de fils.

La plupart de ces événements concernent au demeurant, et de façon quasi exclusive, ledit fruit de leurs entrailles.

À l'insu de ses parents, en effet, celui-ci vécut plusieurs existences, certaines successives, d'autres simultanées. En résumé, disons qu'il fut alternativement ou de façon synthétique un émule de Jean-Henri Fabre, de Humboldt, de Savorgnan de Brazza, de Livingstone (puis de Stanley, *I presume*), de Tarzan, de Zorro, de d'Artagnan, d'Hopalong Cassidy, de Winnetou, de Mowgli, d'Hercule, d'Ali Baba, de Sinbad, du Grand Ferré, ainsi que de bien d'autres, d'envergures diverses, mais toutes dignes de respect, voire d'admiration. Qu'il n'ait en ce temps-là jamais entendu ne fût-ce que ces noms ne change rien à l'affaire : au demeurant le petit Fabre, lorsqu'il s'engagea instinctivement sur la voie de l'observation entomologique, autour de sa sixième année, n'ignorait-il pas tout de Buffon, de Linné et des savants qui l'avaient précédé ?

Il côtoya des papillons, des libellules, des taons, des frelons, des bourdons, des abeilles, des guêpes, des hannetons, des lucanes, des vers luisants, des coccinelles, des taupes, des mulots, des musaraignes, des porcs-épics, des couleuvres et des vipères, des scarabées, des grillons, des sauterelles, des pies, des merles, des rossignols, des rouges-gorges, des hulottes, des chats-huants, des mythes vaporeux, des illusions d'optique, des fantasmes fantomatiques, des lointains embrumés, des horizons bouchés, des cieux d'orage, des crêtes empourprées, des matins bleuissants, des chants de toutes les tessitures, de longs moments de cafard, de soudains afflux de larmes qu'il fallait chaque fois rentrer car il aurait pu être vu, et qu'il en eût éprouvé de la honte, beaucoup de honte.

Un jour, sans qu'il sût pourquoi, le fringant Paul et

l'altière Juliette le prévinrent qu'il allait rester quelque temps durant chez papé et mamée, tandis que papa et maman redescendaient dans la plaine, où les attendaient les Gaulois. Une fois qu'ils auraient bien fait place nette et bouté hors, à eux deux et en un tour de main, le conglomérat de Casques-à-Pointe, de Doryphores, de Verts-de-Gris, de Fridolins, de Frisés, de Fritz et de Boches, sans parler des puants collabos, ils le feraient enfin revenir, tel Télémaque, pour ne même pas parler d'Ulysse ou même de l'Enfant Prodigue, au pays où fleurissent la vigne et l'olivier.

Ils partirent.

« Adieu, adieu, je pars sans détourner les yeux ! » Il valait mieux d'ailleurs car ceux de Juliette commencèrent par cet épisode cruel à se remplir de larmes, début d'une incontinence lacrymale qui devait durer jusqu'à sa mort dans un établissement spécialisé pour malades atteints du syndrome d'Alzheimer. Et ne parlons pas du Petit homme de la chanson, qui, bien trop petit pour participer à la libération du département du Vaucluse, n'eut à ronger que son frein, qui était usé jusqu'à la corde et de ce fait céda, l'abandonnant aux dangers de la pente de la mélancolie chronique, *dam'oui*.

DES GOÛTS ET DES COULEURS

La tête de Juliette est pleine d'odeurs et de couleurs, mais elle a bien du mal à les nommer de façon telle qu'on les puisse reconnaître, du mal même à les discerner, à les séparer l'une des autres. Car dans son souvenir elles font un tout. Mais ce tout gagnerait, pour s'épanouir et se diffuser en pleine liberté, à être sérié, trié, pris à part parfum par parfum, texture par texture, teinte par teinte.

Lui demander cela, ce serait demander à un mélomane ordinaire, amoureux fou mais naïf de symphonies colossales, de distinguer ce qui, dans la « Pastorale » du natif de Bonn ou dans la *Première symphonie* de Mahler, doit au hautbois ou à la clarinette, à la cymbale ou à la grosse caisse, à la flûte traversière ou au piccolo, au violon ou à l'alto, à la contrebasse ou au cor anglais.

Juliette se rappelle (c'est-à-dire qu'elle rappelle à elle, à volonté, sans même y penser ou le vouloir) des sensations suffocantes de gravité ou de finesse ; mais d'où viennent-elles ? Que sont-elles ? Elle en serait presque à se demander « qui sont-elles ? », si sa culture d'acculturée pathétique pouvait par le biais de ce stratagème mental sentir affleurer à la surface de sa conscience une nuance dont elle n'aura au bout du compte, et il faut bien ajouter hélas, jamais eu idée, sa vie durant.

Elle ne sait pas, elle ne sent rien, en tout cas rien en détail. Elle sent en bloc, dans la confusion. Et cette confusion ignore tout du lexique, des mots appropriés, de la façon dont on nomme, désigne, définit les choses, l'une après l'autre. Tout se confond et tout se surimprime sur tout, le gomme, l'efface, le désintègre, l'intègre et finit par le supplanter. Une réalité prend la place, et parfois même le nom, d'une autre.

Juliette est une palette olfactive et visuelle balayée par un ouragan qui a tout mélangé.

C'est à se demander si le malheur de notre Marie II n'a pas pour cause profonde, avant tout, cette ignorance, qui englobe celle de son origine, de son milieu naturel, de ce colossal magma de non-dit qui la précède et l'a propulsée sans égards dans un monde qu'elle eut en quelque sorte l'interdiction de connaître, de reconnaître, de localiser, de particulariser, de nommer, et en fin de compte d'aimer comme la prunelle de ses yeux.

Juliette aura été en souffrance de son identité aussi bien que de son riche anonymat ; elle sera restée coincée entre deux abîmes : un moi démesuré mais vide de sens ; et un enracinement multimillénaire dont elle n'aura jamais eu idée qu'il pût exister et si profondément agir.

Elle aura été la Dame de Brassempouy muée dès son sortir du ventre maternel en ménagère à contrecœur, en humain contrarié par l'incontournable prégnance de sa fatale sous-humanité.

Il aurait fallu lui dire : Te souviens-tu de l'odeur du noyer qui s'élevait en majesté entre le portail de la maison paternelle et le lavoir aux relents de salpêtre et de savon ?

Il aurait fallu lui demander : As-tu gardé en mémoire ces herbes qui ondoyaient contre les parois du bassin de la fontaine publique où s'égaillaient les têtards à queue agile ?

Il aurait fallu lui souffler : Je te vois allongée dans l'herbe à parler à voix haute aux sauterelles tandis que sur ta tête descend l'odeur du tilleul et que, dans ton dos, résonne le bruit que font les prunes en heurtant le sol.

Il aurait fallu lui rappeler le cri du chat-huant, le lancinant appel de la chouette, le bruit du tonnerre lointain, celui de l'eau contre la vitre de la cuisine, ou le crépitement du bois de châtaignier qui meurt en explosant dans l'âtre touillé par le pique-feu du père incapable de parler autrement qu'en chantant.

Mais qui eût disposé d'assez d'autorité, de présence d'esprit et peut-être d'amour pour oser dire des choses pareilles, et même pour se les figurer ? Qui aurait su rejoindre Juliette au ras de son enfance ?

Un poète, sans doute ; mais Juliette n'avait aucune confiance dans les poètes, qui lui paraissaient avoir pris la place des charlatans d'autrefois, ceux qui vendaient des oublies et autres sornettes.

Juliette est d'un monde qu'elle aura passé sa vie à récuser, à barbouiller de suie, à raturer, à condamner aux oubliettes ; un monde qui, pour se venger, ne lui aura pas laissé une minute de répit.

Un monde. Juliette est issue d'un monde dont elle n'est jamais sortie sans s'y être jamais enracinée. Un monde à vau-l'eau, à la dérive, en perdition, sans muscles, sans chair, sans nerfs, sans consistance ; un monde inextinguible, inaliénable, obsédant par son insignifiance, par sa magie.

Un autre monde.

Juliette aura vécu dans l'autre monde sans même le savoir.

Étrangère à tout et à elle-même, au point de n'avoir jamais eu le réflexe de se demander : Qui suis-je donc ?

Fremd ist sie eingezogen, und fremd zieht sie wieder aus. Étrangère elle était venue ; étrangère elle est repartie. Mais entendons-nous bien : étrangère, c'est à elle-même qu'elle l'était. Comment eût-elle pu l'être aux autres, puisqu'ils n'existaient pas ?

OÙ L'ON VOIT SURVENIR UN FÂCHEUX INCIDENT DE PARCOURS

Tout ce que nous savons désormais du courage et de l'esprit de décision de Juliette, mais aussi de ses aspirations, sans cesse censurées, à la rêverie la plus évanescente, ne doit pas masquer le fait, hélas trop prégnant et même spectaculaire, qu'elle était une tonitruante récriminatrice et, disons-le crûment : une emmerdeuse hors catégories.

On pourrait se demander, par exemple, ce qui l'avait poussée à accompagner son Paul matrimonial dans la cavalcade qu'il s'apprêtait à mener contre les hordes teutoniques. Il était clair qu'elle n'allait pas se mettre à charger elle aussi sabre au clair ou mitraillette au poing, et que d'autre part, son homme étant requis au sein d'une unité de FFI bâtie de bric et de broc, on n'allait pas l'engager au titre de cantinière.

Oh, ce n'est pas que la charge héroïque lui eût fait peur, ni que l'idée de nourrir ces braves p'tits gars l'eût rebutée ; mais, bref, soyons clairs : on n'avait pas besoin d'elle. Et elle le savait bien.

Alors pourquoi ne resta-t-elle pas « là-haut », auprès de son chéri-adoré si timide, si sensible, si seul ? Le prétexte probable fut qu'elle allait, en attendant la fin du conflit et le retour, d'un côté, de son guerrier, de l'autre de son hoir, mettre un peu d'ordre dans le petit appartement qui ne l'avait toutefois pas attendue pour rester en l'état nickel où elle l'avait laissé moins de deux ans plus tôt, et le préparer, ce nid douillet, à l'accueil triomphal du valeureux conjoint et de la chair de sa chair.

Tu parles, Charles !

Juliette, fine mouche et Machiavel prolétarien, savait ce qu'elle savait : Paul avait le béguin (voire plus car apparence d'affinité) pour la serveuse de la boulangerie où lui-même avait, jusqu'au moment de la fuite au désert, exercé ses talents de meilleur ouvrier boulanger du Vaucluse.

Ce béguin, dont il n'avait soufflé mot et qu'elle espérait bien platonique, rien ne disait que notre gaillard, profitant de circonstances propices, ne l'eût pas transformé en concrète réalité, sitôt tourné le large dos de la bouillante Gabale. Tout tendait même à suggérer le contraire. Si bien que veiller au grain lui parut être une évidente, sage et prudente mesure à prendre, toutes affaires cessantes.

Elle ne le fit point suffisamment toutefois puisque, à peine rentré au bercail, ayant repris sa place d'ouvrier d'élite au sein de la boulangerie toute frémissante de joie à l'idée de récupérer ce magicien du pétrissage, de l'enfournement et du défournement, Paul laissa ses yeux s'égarer par inadvertance du côté du corsage de l'accorte vendeuse.

Tant que cela restait entre eux deux, le mal restait circonscrit à l'espace étroit d'un intime secret et se résumait à quelques ébats de nature précipitamment érotiques probablement voués à s'éteindre d'eux-mêmes, sous l'impitoyable force d'arasement du temps. Hélas, le Popaul était trop imprégné de cette naïveté que favorise à gros bouillons une éducation placée sous le signe de l'austère candeur calviniste, rehaussée de schisteuses âpretés vivaroises. Sans doute trop harassé et à moitié endormi, il négligea un matin, rentré au logis familial, de vider ses poches et d'en extraire la pièce à conviction suivante :

Chéri, tu es sûr qu'on ne peut pas se retrouver dimanche, où tu sais ? Tu n'as qu'à dire à ta femme que tu es pris par ton syndicat... Ta E. qui t'aime.

Tudieu, vertudieu, ventre-saint-gris, palsambleu, ben vrai, ça alors, macarel de macarel et bougre de bougre, c'est-y Dieu possible ? À moi, me faire ça à moi ? Ah, l'infâme, ah, le moins que rien, ah, le traître parjure, ah, l'infâme salope, ah, la garce d'Italienne pourrie ! N'ai-je donc tant vécu que pour cette infamie ?

– Dis-moi un peu, Paul, c'est quoi, ça, là, que je viens de trouver dans ta poche ?... Non, non, je ne te fais pas les poches, mon cher ; je voulais juste ranger ta veste que tu as accrochée n'importe comment avant de te coucher ; et cette ordure de saloperie-là en est tombée ; je l'ai ramassée et, à tout hasard, pour voir s'il fallait la garder ou la jeter car tu ne vides jamais tes poches, si bien qu'elles sont toujours pleines de n'importe quoi... Eh bien, pour une saloperie, celle-là, c'en est une sacrément grosse, sacrément puante, sacrément honteuse...

– Aaaah, çaaa ? Ben tu vois bien que je n'ai pas cherché à le cacher... Parce que justement ça n'avait pas la moindre importance... J'étais loin d'imaginer que tu prendrais ça au sérieux... Oui, bon, elle n'arrête pas de me faire du plat, E., je croyais te l'avoir dit avant notre fuite en 43... Non, je ne te l'ai pas dit ? Ah, bon, au temps pour moi ; c'est sans doute à cause des événements... Oui, bon, elle me fait de l'œil si tu veux ; mais moi j'en rigole, je l'envoie pas promener parce que je prends ça pour une lubie de sa part, et...

– Une lubie qui t'appelle chéri, et qui te demande si tu ne peux pas me raconter des salades pour la rejoindre dimanche je ne sais où, mais tu sembles le savoir toi ; c'est une lubie bien familière, tu ne trouves pas, espèce de cochon ?

– Eh, comme tu y vas... D'abord je ne te permets pas de me parler comme ça. Je travaille comme un fou pour nourrir la famille...

– Moi aussi, mon cher, et je fais des ménages qui ne sont pas ce qui se fait de plus reposant, comme tu le sais.

– Oui, bon, je le sais, ça ; mais ce que je veux dire, c'est que...

– Ce que tu veux dire, je m'en fous ; mais ce que tu dois me dire, je le sais. Ce que tu dois me dire, c'est : oui, c'est vrai, ma chérie, je me suis laissé aller ; ça me démangeait, ça a été plus fort que moi ; elle m'a tellement harcelé que, fatigué par une nuit de travail au fournil, j'ai fini par céder, et maintenant je ne sais plus comment m'en dépatouiller…

– Voilà, c'est ça, je ne sais plus comment m'en dépatouiller, et…

– Eh bien, je vais te dire comment t'y prendre. Ce soir, quand tu vas arriver à la boulangerie, et qu'elle sera encore au magasin avant la fermeture, tu vas la prendre à part, oh, une minute, juste une minute, et tu vas lui dire : « Écoute, E., j'ai bien réfléchi, j'ai une femme, qui m'aime et me l'a prouvé, j'ai un enfant, que j'aime et qui m'aime aussi, qui me prend même pour un héros ; alors, tu vois, nos petites parties de jambes en l'air, *tu sais où*, c'est fini, terminé, *makache*, *finito*, *ciao bambina* » ; voilà ce que tu vas lui dire avec tes mots à toi de grand garçon bien élevé par sa maman si protestante, si morale, si peu aimante… À cause d'elle, parce que tu as été frustré de tendresse depuis ta naissance (mais et moi alors, hein, qu'est-ce que je dois dire ?), je veux bien passer pour cette fois sur ce besoin de chercher, partout où elle se présente, de la tendresse. Mais ce sera la dernière fois. Pour la tendresse, tu as ton fils ; moi, c'est pas trop mon truc, mais je n'en pense pas moins, et d'ailleurs j'ai plein de tendresse rentrée, oui Monsieur ; pas besoin d'aller en quémander chez une espèce de pute, oui Monsieur, de pute, ne hausse pas les sourcils. Tu n'as qu'à demander : « Juliette, un peu de tendresse, s'il te plaît », tu en auras aussi sec, comme tu as des nouilles quand tu en as envie et que tu me le demandes… C'est entendu ? Bien, alors c'est la dernière fois que j'entends parler de cette garce ; tu pourras juste me prévenir le jour où, par chagrin d'amour, elle décidera de quitter son emploi à la boulangerie afin de ne plus avoir le cœur en peine de te voir chaque soir et chaque matin sans plus pouvoir te retrouver *tu sais où.*

– Merci, je te remercie d'être aussi compréhensive. Ça n'aura plus jamais lieu, je te jure...

– Ne jure rien et ne me remercie pas ; je ne suis pas compréhensive ; je ne le serai jamais pour ce genre de chose ; simplement je te sais sollicité par toutes ces connasses, à cause de ta belle gueule et de ta fière allure, et aussi trop faible pour résister ; alors je te le dis : si tu veux rester vivre avec moi et avec ton fils, il va te falloir mettre le holà à tout ça. Sinon, c'est simple, on divorce et tu vas coucher avec toutes les femmes d'Avignon, du Vaucluse, de Provence, de France et du monde entier si tu veux ; mais des coups au cœur comme celui de ce matin en voulant ranger ta veste, je n'en veux plus, plus jamais, tu entends, plus ja-mais ; ja-mais.

DE LA DÉLATION ET DE SES CONSÉQUENCES

Juliette avait cru l'affaire réglée. Hélas, c'était compter sans la force de persuasion dont disposait E., la difficulté de Paul à résister à la tentation, la fatigue qu'il éprouvait de ces incessantes agressions moralisatrices de Juliette et la vie telle qu'elle est de façon générale.

Un jour, ce genre d'excellents amis et bons voisins comme on en trouve toujours quand il s'agit de nous plonger dans la difficulté ou si possible dans l'angoisse, ce genre d'amis vint, en la personne de la femme du couple bien intentionné, frapper à la vitre de la cuisine-salle à manger de Juliette et lui demanda si elle pouvait entrer.

– Bien sûr, Inès, entrez.

Quoique s'appelant Inès, elle était non pas espagnole, mais, elle aussi, italienne, ce qui ne la rendait pas pour autant solidaire de E., peut-être parce que les parents de E. étaient originaires de la riante Ombrie, tandis qu'elle-même venait en ligne directe des Pouilles.

L'omerta sicilienne n'était pas son truc, à Inès. Elle préférait tout déballer sans qu'on lui demande rien, à sa façon à elle, qui consistait à affronter sans scrupules ou complexes une assez spectaculaire difficulté, rédhibitoire pour bien d'autres qu'elle-même, à aligner un sujet, un verbe et un complément qui eussent été en mesure d'attester, par leur pertinence syntaxique et phonétique, qu'elle vivait en France depuis bien plus de dix ans.

Hélas, ce nonobstant, on la comprenait sans effort, si bien que Juliette entendit à peu près ceci, que nous aménagerons en langage vernaculaire courant, éludant ainsi le sort ahurissant que l'Ombrienne lui faisait subir sans aucun sentiment de culpabilité ou ralentissement de débit particulier (celui-ci semblant même prendre appui sur cette ahurissante approximation pour acquérir des ailes et s'en servir à tout berzingue, pour parler ici un peu familièrement, mais de façon parfaitement explicite).

– Vous savez, Juliette, je ne devrais pas vous le dire peut-être, mais c'est plus fort que moi, je ne supporte pas l'infidélité des maris, voilà : l'autre jour, dans la rue des Vieux-Sextiers, où je faisais des courses, je suis tombée sur votre mari. Bon. Il tenait par la main une bonne femme, qui avait un type italien, comme moi si vous voulez. Et à un moment ils se sont embrassés. Ça ne me regarde pas, bien entendu ; mais il était de mon devoir de vous prévenir. Je crois que vous devriez en parler à Paul, sans lui dire que c'est moi qui vous l'ai dit. Avec votre enfant, tout de même, ce n'est pas admissible. Ils ne m'ont pas vue. Mais je vous garantis qu'ils n'avaient pas l'air de se gêner beaucoup. Paul, tout de même, un si brave homme ! Ah, si mon Maurice me faisait ce coup-là, je crois que je prendrais un grand couteau de cuisine et que j'irais tuer la bordille. J'irais sûrement en prison, mais Maurice serait bien obligé de s'occuper de nos deux filles, et il aurait autre chose à faire que de penser à me tromper, le saligaud.

Le sang de Juliette ne fit qu'un tour, ou mettons un et demi car il allait à toute allure. Elle remercia Inès en lui posant la main droite sur son bras gauche. Et elle entra dans une tumultueuse concertation avec elle-même, d'où il ressortit qu'elle irait voir l'impétrante, puisque Paul était incorrigible.

Dès le lendemain, elle prit par la main son fils, alors âgé de huit ans et demi, et s'en fut au domicile du docteur X, dont E., ayant quitté la boulangerie sur la demande de son amant et par souci concerté de camouflage, était devenue la bonne à tout faire. Paul avait quelques semaines plus tôt annoncé la nouvelle à Juliette, pour désamorcer sa méfiance.

Elle sonna chez le médecin ; E. vint ouvrir et se trouva nez à nez avec Jeanne d'Arc, Jeanne Hachette et la Walkyrie en chef symbiotiquement associées.

– Regarde, salope, tu veux faire le malheur d'un enfant de huit ans ? Moi, je m'en fous ; mais lui, quand il n'aura plus de père, quelle sera sa vie, hein, dis-moi ? C'est ça que tu veux, qu'un enfant de huit ans se retrouve sans père, hein, dis-moi, sale garce ?

– Non, non, bien sûr, bafouilla la pécheresse ; c'est pas de ma faute ; Paul ne veut pas me lâcher… Je vais partir, quitter la ville, aller à l'étranger, je ne veux pas toutes ces histoires…

Jeanne d'Arc avait réussi son siège d'Orléans. Elle partit rassérénée, serrant de plus belle la main de son marmot, qui avait grand-peine à saisir de quoi il pouvait bien être question dans toute cette affaire. Ignorant tout du surréalisme aussi bien que du mouvement théâtral et narratif placé sous le signe de l'absurde, aucun de ces deux mots-clés ne vint à son esprit ; mais le sentiment de quelque chose de très mystérieux, qui devait tenir à la spécificité assez peu compréhensible de l'univers des adultes, lui vint confusément à l'esprit.

La sérénité dura ce que durent les roses, ou mettons la collectivité des roses issues d'un même rosier ; non pas, donc, l'espace d'un matin, mais celui d'une petite vingtaine de matins, à tout casser.

Elle avait un jour rencontré par hasard l'amie la plus intime de E., et savait où elle habitait. Afin de vérifier que la promesse de l'archétypale et emblématique ordure numéro un avait bien été tenue, elle alla frapper à la porte de la bonne copine.

Elle lui posa la question sans ambages ni faux-fuyants. La réponse, hésitante, bredouillante, embarrassée, ne laissa guère au doute le loisir de se glisser dans la conversation. Non, E. n'était pas partie ; oui, elle continuait de rencontrer Paul ; et à la place de Juliette, elle, l'amie fidèle de E., en tirerait des conclusions et prendrait les mesures qui s'imposent.

E. était, à son insu, fondée à faire sien l'adage fameux et pittoresque qui se traduit de la façon suivante : Mon Dieu, garde-moi de mes amis, mes ennemis, je m'en charge !

Que voulait-elle dire, l'amie ? Qu'il fallait que Juliette demande le divorce ? Qu'elle tue E. ? Paul ? E. et Paul ? Qu'elle se suicide après avoir égorgé son fils ?

Dans un premier temps, Juliette se contenta de beaucoup circuler dans le secteur de la ville où E. ne pouvait éviter d'aller et venir. Elle lui tomba enfin dessus un jour où, comme elle s'y était habituée afin qu'il en prît de la graine, elle se faisait accompagner de son pauvre fiston qui comprenait de moins en moins de quoi il pouvait bien retourner mais voyait bien que sa maman était en furie et qu'elle en voulait tout spécialement à cette dame-là…

Elle ne fit ni une ni deux. Elle portait un ceinturon de cuir autour de la taille ; elle le défit, le brandit et en cingla le buste de la parjure, lui courant après, tenant toujours son fils de la main gauche, tandis que la droite s'activait à la façon de celle d'un gaucho.

Le pauvre bambin faisait *in situ* et *in vivo* l'expérience de la honte, et ce n'était qu'un début, car, jusqu'au jour où le sort le sépara du quotidien de sa *mater dolorosa*, la honte fut son pain quasiment quotidien.

Quoi qu'il en soit, des gens s'interposèrent. Un homme lança, désabusé : Encore une histoire de jalousie !

Il poussa E. dans une pharmacie, des gens firent barrage pour arrêter la furie.

Le pauvre petit pleurait à chaudes larmes en criant : Maman, maman, arrête, maman !

Elle lui dit : Tu vois cette salope ? Elle veut te voler ton père.

Par-devers lui, il convint que ce n'était pas très gentil de la part de la dame, et qu'elle avait bien mérité d'être fouettée de la sorte ; mais il se disait aussi que ça ne valait sûrement pas tout ce scandale, cette honte publique, ces hurlements insupportables, ces gros mots… Elle aurait pu la fouetter en silence, dans un coin, derrière les remparts par exemple ; il y avait plein d'endroits tranquilles, derrière les remparts…

Ils rentrèrent à la maison, et s'accomplit, sous les yeux du garçon éberlué, cette ultime scène mémorable de la vie du couple né en 36 pendant les grèves homériques et en instance de mort pathétique, exactement dix ans plus tard.

Cette scène consista en un échange de cris, d'injures, de menaces, de coups portés à hauteur d'épaule pour Paul, qui veillait semble-t-il à ménager le visage et la poitrine (escagasser les seins d'une femme ne pouvant venir naturellement au bout des poings d'un honnête homme ; c'est une chose qui ne se fait pas), et au hasard pour Juliette (qui de son côté ménagea ce qu'on appelle en termes galants les parties, quoique celles-ci aient vraisemblablement été à l'origine du délit et que, de son point de vue, ça ne leur eût pas fait de mal d'en prendre, si l'on peut dire, plein la gueule, à ces parties-là).

Le spectacle, accompagné d'appels affolés de l'enfant (papa, papa ! Maman, maman ! Papa, maman ! Arrêtez, s'il vous plaît, arrêtez, arrêtez...), fut ponctué par une soudaine inspiration de Juliette Un gros réveil se trouvait sur l'étagère au-dessus d'elle. Elle s'en saisit de la main gauche, le fit instantanément passer dans la droite, le brandit au-dessus de l'épaule, à la hauteur de son oreille droite et le propulsa en avant en direction de celui qui, pour quelques jours encore, était son conjoint. Un relent de scrupule la fit *in extremis* viser plutôt le mur derrière sa cible : le chef-d'œuvre de l'horlogerie jurassienne alla exploser contre ledit mur dont il ne ménagea pas la tapisserie, disparaissant ainsi à jamais de la liste des objets qu'il conviendrait de se partager, selon les termes et dispositions stipulés dans l'acte de divorce.

De toute façon, à compter de ce jour, Paul n'en aurait plus besoin pour le réveiller à seize heures trente chaque jour après sa longue sieste et avant son départ pour le fournil au centre-ville. Il disposerait de celui de E., chez qui il s'en alla aussitôt loger.

Ultérieurement, ils déménageraient dans le grand appartement de la boulangerie dont son patron, qui prenait sa retraite, lui confia la gérance.

Finis Julietta et Paulus amoris.

LA VIE SANS PAUL

Autant les prémices de la rupture finale avaient été dramatiques et tonitruantes, autant la séparation par voie légale s'effectua dans la dignité et même une espèce de cordialité. Car Juliette, qui, dans le mouvement, savait être démonstrative, optait pour l'apparent sang-froid, rehaussé de dédain, dès qu'un semblant de recul sur l'événement lui était octroyé par les circonstances.

Paul, de son côté, n'était pas chien et son vieux fond d'éducation protestante le conduisait en secret au seuil de la culpabilisation, qu'il franchit même, subissant en son for intérieur les effets d'un violent mouvement d'autoflagellation dont il conserva sa vie durant les séquelles. Il aimait de surcroît indubitablement son fils. Mais, à un moment, c'en avait été trop : cette mégère acariâtre et impulsive lui pompait l'énergie et lui gâtait le caractère. Il avait, comme on dit aujourd'hui, craqué. Non pour se laisser aspirer par une authentique passion amoureuse (car E., pas si mal que ça de sa personne, n'était tout de même pas, surtout du point de vue du tempérament, qu'elle avait froid et cynique, l'affaire amoureuse la plus excitante ni la plus reposante du siècle), mais pour disposer d'un peu de répit et même du simple droit de respirer sans sentir sur sa poitrine cette pression qui, partie des tympans, se diffusait inexorablement et finissait par susciter, dans sa complexion de bilieux, un accès de tension dont l'issue promettait d'être, à moyenne échéance, irréversiblement tragique.

Il avait concédé la pension alimentaire la plus élevée que son salaire lui permettait d'assumer, ce qui n'allait toutefois pas chercher loin ; quant au partage du mobilier et des ustensiles divers, il le laissa s'effectuer au gré de son ex. Juliette, de son côté, quoique conservant, afin de n'avoir pas à en racheter d'autres, les deux lits et l'armoire ouvragés en des temps anciens par le père menuisier (et précocement décédé) de Paul, ne fut pas plus vacharde que de raison. Heureusement pour elle, ce qu'elle conserva était de valeur monnayable suffisamment honnête pour qu'elle en pût tirer, le moment venu, un prix qui lui permit, ainsi qu'on va voir sous peu, d'acquérir un billet de traversée sur un cargo mixte Le Havre-La Nouvelle Orléans, en classe *Lumpen miserabilum migratiensis.*

La vie à deux, mère et fils, allait quelque peu ramener le calme à la maison. Ouf. L'occurrence, largement bénéfique, fut cause du fait que le petit bonhomme ne souffrit que modérément de cette séparation, sa nature plus volontiers contemplative et placide que tourmentée et agressive se prêtant du reste fort bien à l'exercice de patiente digestion affective qu'il s'agissait d'accomplir, si possible, en souplesse. Car, chacun sait ça, entre un couple de parents qui se mangent le foie et la perte relative (en l'occurrence au dimanche près, qu'il allait passer, dès le samedi soir, chez papa et belle-maman E.) de l'un des éléments constitutifs de la très sainte cellule familiale, un gosse n'hésitera pas une seconde. Assez de cris, assez d'insultes plus humiliantes pour lui que pour les protagonistes inconséquents, assez de larmes maternelles et d'encombrées explications paternelles sentant le mensonge à plein nez et ne trompant pas plus l'innocente victime que sa mère, assez, assez, assez !

La mère faisait des ménages, ce qui, la pension servant à couvrir le montant du loyer, permettait tout juste de se nourrir, chaque soir, d'un bol de café au lait enrichi de pain sec trempé dans celui-ci, et, à midi, d'une assiettée de riz ou de pâtes alimentaires, voire de pommes de terre servies bouillies à la croque au sel ou en purée, le tout agrémenté tantôt de deux œufs, tantôt d'une tranche de jambon de Paris, tantôt d'une mince saucisse d'Alsace ou de Francfort, voire, le dimanche, d'un quart de poulet chacun (dont il restait le plus souvent, leur appétit étant de nature discrète depuis l'heureux temps de la guerre, suffisamment de restes pour servir d'accompagnement froid mais rehaussé de moutarde, lors du déjeuner du lundi). Le luxe, c'était la salade, frisée, scarole, laitue, batavia, endives, que Juliette savait assaisonner de façon admirable, avec cette pointe d'ail qui suffit à transformer cette herbe banale en délice pour sultan ottoman, satrape perse ou Dieu-Roi sumérien, akkadien, babylonien ou assyrien (ne parlons pas des Pharaons, car, étant d'essence divine, ils étaient vraisemblablement dispensés de l'obligation de se nourrir).

La pauvre chose, qu'on avait extirpée du carré d'herbe de sa petite enfance (et de la gabegie d'observation dont elle se nourrissait, grâce à l'assistanat expérimental d'insectes et d'oiseaux tous plus déconcertants et ce nonobstant familiers les uns que les autres), pour la propulser au cœur d'une sauvagerie bien plus grande, où elle avait découvert les aigles, les corbeaux monumentaux, les pies-grièches, les vautours fauves, les rouges-gorges, les roitelets, les pinsons, les rossignols, les chats-huants, les hulottes, les grives au vol ras et applaudissant puissamment des ailes, avant de la rapatrier vers les triviales réalités d'une après-guerre sans relief, sauf celles de ruines encore fumantes, cette pauvre chose, déjà désabusée et circonspecte, avait encore rétracté l'envergure de sa présence au réel et concentré celle qui la solidarisait vaille que vaille au continuum terrestre en un point précis, et étroit, d'elle-même, instinctivement, et à l'usage, persuadée du bien-fondé de l'expression populaire courante selon laquelle « on n'est jamais si bien servi que par soi-même ».

Replié sur son quant-à-soi, il continuait donc d'observer et d'emmagasiner toutes sortes d'expériences, de constats. Les mots ne lui venaient pas encore aisément, son pactole lexical ayant hérité de la pénurie séculaire et sans doute multimillénaire de deux pesantes lignées d'ignorants et d'incurieux.

Mais, cela n'étant pas aisément transmissible, et du reste peu susceptible d'être formalisé dans la conscience du *bout d'chou* insensiblement devenu garçonnet et élève du cours élémentaire première puis deuxième année, il n'était nullement en mesure de communiquer à sa mère ne fût-ce que le dixième de ce qui se passait en lui. En eût-il été capable que l'état d'esprit qui sous-tendait en permanence son humeur, mais aussi le goût qu'il avait acquis par la force des choses du silence, de la solitude et du secret, et surtout peut-être la défiance qu'il avait été amené à nourrir à l'égard des adultes, ses parents compris, enfin tout cela, quoi, aurait eu le résultat qu'on devine et qui en effet s'offrit à sa nature et à son tempérament, lui créant un art de vivre tout spécial. L'humanité entière passa invariablement et définitivement à côté de lui sans rien voir, rien comprendre, rien sentir de ce qui le mouvait, l'habitait et le tourmentait. Il avait été transformé en une sorte d'observateur étranger considérant le monde et ses vicissitudes à la façon du Persan imaginaire de Montesquieu, tout en restant en permanence frustré que ses aspirations et ses curiosités ne se trouvassent jamais assouvies par son pitoyable environnement.

Maint esprit rationnel mû par de sympathiques et un peu naïves convictions démocratiques estimera, et se hasardera peut-être à dire, que c'était le rôle de ses « enseignants » de compenser ce manque, d'ouvrir la voie à l'expression de ces ténus, mais incassables, filaments d'autonomie de pensée. Ils procédèrent au rebours de cet idéal pédagogique, que semblait pourtant leur imposer déontologiquement leur quasi-serment d'Hippocrate corporatif. Balourds, limités du point de vue de l'envergure cérébrale aussi bien que du côté de l'affectivité, ils s'avérèrent, l'un après l'autre, incapables de déclencher le processus d'adhésion de sa curiosité sans mesure aux normes et principes de l'éducation laïque, obligatoire et prétendument émancipatrice.

Car, et ce fut clair pour lui dès l'âge de dix ans, l'émancipation de leurs élèves n'était ni l'un de leurs soucis majeurs ni l'une des spécificités de leurs attributions, et, de ce double fait, nullement de leur compétence et de leur ressort. Ces hallebardiers de l'Éducation nationale, dotés de grotesques blouses grises, étaient, selon les circonstances et en fonction des fluctuations de leur humeur, de tristounets figurants ou de sinistres gardes-chiourmes.

Ainsi, le garçon, laissé au gré des courants contraires de son imagination et de sa frustration sentimentale, s'en fut résider intérieurement en des zones auxquelles n'auront jamais accès les inattentifs agités du monde du dehors.

Cela ne perturbait point trop la souffreteuse Juliette, laquelle, repliée de son côté sur son cancer érotico-sentimental, n'avait que peu de place à accorder aux éventuelles velléités éducationnelles qui eussent pu tourmenter sa conscience, si l'opportunité s'en était présentée, ce qui ne pouvait être le cas, elle-même n'ayant jamais été confrontée en sa jeunesse à quelque forme, fût-elle embryonnaire, d'éducation que ce soit.

Car Juliette, qui avait été elle-même élevée sans que nul songeât à l'éduquer ni même à la comprendre, n'avait absolument aucune aptitude pour ce genre de choses bien compliquées, selon elle probablement superfétatoires et procédant d'une vision luxueuse, bourgeoise, de l'existence. Elle n'y songea même pas, estimant qu'elle avait elle-même fait sans, et que son hoir n'avait aucun motif d'en demander plus (au demeurant, pouvait-elle subodorer qu'il pût y avoir un plus, de quelque ordre qu'il fût ?). Et son rejeton, timide et d'une discrétion caricaturale (au point que l'on pût incidemment, au bout de peu de temps, oublier qu'il était présent et que l'on en vînt, entre voisines ou de sœur à sœur, à évoquer crûment des aspects de la vie qu'il eût probablement beaucoup gagné à ne découvrir que bien plus tard, disons à l'âge adulte), se gardait bien d'appeler à l'aide ou même de manifester une présence réclamant attention, sollicitude, tendresse, compréhension, distribution de conseils, de recommandations, de rassurantes informations.

Juliette, sans enfreindre les règles ordinaires et tout en veillant soigneusement à ce qu'il fût propre, correctement habillé, nourri du mieux possible, avait à fouetter de tout autres chats. Elle le laissait pousser comme on l'avait laissée pousser elle-même, avec en plus le sentiment d'y mettre davantage de soin, ce qui n'était au demeurant, et soyons juste, pas entièrement faux d'un point de vue strictement matériel. De surcroît, elle avait remplacé le laxisme éducationnel de parents écrasés par les tâches journalières par un grand renfort de sermons moralisateurs, parfois ponctués de taloches bien senties à propos de tout et de rien.

Tout cela était bien beau, mais il y avait des choses considérablement plus graves, urgentes même, qui ne se gênaient guère pour la tourmenter ou la titiller jour et nuit.

Si l'on accepte de voir les choses avec franchise et de les appeler par leur nom, on ne tardera pas à discerner, parmi ces éléments perturbateurs, un puissant facteur anxiogène et hystérisant : appelons-le frustration sexuelle. Encore jeune à trente-trois ou trente-quatre ans, la Marie n'avait qu'assez tard entamé sa part de jouissance corporelle, puisqu'elle avait été encore vierge à vingt-trois ans. D'autre part, la guerre lui ayant volé deux bonnes années, les derniers temps avaient été placés sous le signe d'une discorde peu propice au développement de gestes amoureux suivis d'érotiques occurrences complémentaires. Si bien que, son tempérament étant des plus vifs, le manque était en elle ressenti de façon obsessionnelle, ce qu'on ne saurait lui reprocher.

Et puis, quoi, élever seule un enfant qui n'allait pas tarder à devenir jeune homme, avec tous les problèmes que cela suppose, ce n'était pas une vie, surtout si l'on considérait les conditions objectives dans lesquelles tout cela avait lieu : la misère ou presque, en tout cas l'extrême précarité.

Juliette, consciemment ou non, délibérément ou non, cela jamais on ne le saura, partit en quête d'une âme sœur.

L'entreprise supposait qu'elle prît un certain nombre d'initiatives. Elle les prit.

D'abord, quel que soit l'état de ses finances, elle s'arrangea pour être toujours soigneusement mise. Ensuite, elle se dit que ce n'était pas en allant chaque jour balayer, passer la serpillière, le plumeau et astiquer quantité d'objets et ustensiles chez le médecin puis chez le dentiste qui l'employaient à faire leur ménage qu'elle allait rencontrer incidemment le Prince Charmant ou même, et plus modestement, le bon gars susceptible de combler ce double manque qui la tenaillait, l'un de nature affective, l'autre d'origine physico-sensorielle.

Alors, elle prit une décision qui, du reste, allait dans le sens de son goût profond, refoulé depuis des années : elle irait au bal, ainsi qu'ont toujours fait les jeunes filles en quête de prétendant ou de bonne aventure.

L'Avignon de l'époque, provisoirement dotée d'une garnison de soldats américains, destinés à rejoindre l'Allemagne sous peu (ou à être rapatriés après deux ou trois ans de séjour postlibérateur en Europe), comptait de nombreux dancings, où le be-bop et le swing faisaient rage. Ce que Juliette ne savait pas encore faire, de nouvelles danses ayant fait leur apparition, il n'était pour elle que jeu d'enfant de l'apprendre en un tour de main, de pieds et autres coups de reins de gymnaste.

Il lui restait une question à régler, pas des plus simples : son fils, âgé alors de neuf ans, était froussard. Ce n'était pas vraiment la faute de son tempérament ou si l'on veut de sa nature ; mais, outre le fait qu'un insidieux et peu conscient sentiment d'anxiété l'habitait depuis les bombardements de 1943 ou 44, la fuite en Lozère, la clandestinité, le départ inopiné et l'absence durable des parents, il éprouvait (peut-être du fait d'une contagion communiquée par sa mère à son inconscient) la hantise de l'abandon. Rester seul le paniquait, elle s'en était rendu compte à plusieurs reprises.

Elle entreprit de mener une campagne d'action psychologique rondement conduite, fondée sur le subtil argumentaire suivant : «Tu es un grand garçon à présent ; il faut bien que maman ait des moments de détente car elle travaille dur ; je ne rentrerai de toute façon pas très tard… »

Lui, aussi fier et raisonnable que peureux, ne pouvait que céder à la demande maternelle, qui signifiait en clair : écoute, lâche-moi un peu les basques (et non les baskets, qui à l'époque n'avaient même pas encore fait leur chemin métaphorique hors des salles de sport), laisse-moi respirer quoi ; je vais sortir chaque samedi soir, après le dîner (elle disait en fait le souper, comme on le faisait encore dans le Midi jusqu'à une date récente) ; je vais aller danser avec des copines ; je rentrerai pas trop tard ; pas de raison d'en faire une maladie ; tu dors, tu ne penses à rien, demain matin, quand tu te réveilleras, je serai là.

Voilà. Il lui fallut plusieurs samedis pour cesser d'aller se planter, aussitôt sa mère partie, devant la porte-fenêtre de la cuisine, qui faisait aussi salle à manger, et depuis laquelle on avait vue sur la cour de la maison dont ils habitaient le rez-de-chaussée. Il finissait, après deux ou trois heures de faction, par céder au sommeil et aller au lit. Puis il s'y fit et cessa ce manège puéril.

Quant à elle, elle était entrée dans l'ère d'une tout autre vie, désormais et pour pas mal de temps, placée sous le signe éclatant et assez extravagant de l'aventure.

Oyez, oyez, braves gens !

L'AVENTURE C'EST L'AVENTURE

Sans doute faut-il conclure, du triste échec du couple que formaient Paul et Juliette, qu'ils s'étaient trompés de partenaires, aussi bien en s'épousant l'un l'autre qu'en choisissant après divorce son nouveau mari pour l'une, sa nouvelle femme pour l'autre, qui, pour le moins, ne leur étaient absolument pas assortis. Ah, destin cruel et tragique méprise des amants désassortis !

Paul n'étant qu'un personnage secondaire de l'action nous n'irons pas nous étendre plus qu'il ne convient sur son cas. Disons, pour aller vite, que son second hymen ne fut pas davantage pour lui l'occasion d'aboutir en apothéose à ce nirvana affectif, sexuel et plus humblement relationnel, auquel tout individu est en droit d'espérer accéder chaque fois qu'il s'avise de lier son sort à celui d'un ou d'une partenaire. Il faut dire qu'il n'était une fois de plus pas tombé sur son idéale Virginie ; et ajoutons, en signe de deuil attristé, qu'il était destiné à ne jamais la rencontrer.

Quant à Juliette, dont il s'agit ici, ce nouveau départ se présentait, apparemment, sous d'excitants auspices.

Elle allait donc, chaque samedi soir, au dancing *Les Sources*, sis Chemin des Sources, dans le quartier des Sources, et plus précisément dans un coin gentiment arboré de cette Avignon extra muros qui s'enfonçait comme un coin dans la banlieue, alors maraîchère, constituant en ce temps-là un luxuriant et lucratif paradis vivrier pour peu que l'on y disposât de jardins, de vergers ou de champs cultivés ou qu'on fût négociant ou grossiste en telle ou telle sorte de produit récolté, cueilli ou moissonné sur une fraction de cette aire bénie des dieux et, plus encore, favorisée par les apports réguliers en limons du Rhône et de la Durance, véritables Euphrate et Tigre ou Nil vauclusiens.

Le boogie-woogie y régnait en maître et l'athlétique Juliette y compensait son manque de grâce par un dynamisme et un sens du rythme impressionnants. Les G.I. du camp provisoire installé du côté de la Durance en avaient fait l'une de leurs cavalières préférées. Et, férue de communication, elle ne manquait pas de rafler au passage, outre quelques paquets de chewing-gum pour son fils, des mots d'anglais, dans sa version états-unienne (façon pertinente de désigner les soi-disant Américains, qui ne le sont au demeurant pas plus que les Péruviens ou les Guatémaltèques, qu'on ne dit pourtant jamais « américains »), appellation que les Québécois ne nous avaient pas encore transmise, ce qui lui permit de découvrir qu'elle était douée pour apprendre les langues étrangères, facilité qui n'allait pas tarder à lui être d'une grande utilité en deux occasions décisives de son existence.

La première d'entre elles survint de façon impromptue et romanesque.

Ayant à ses côtés, au sein de l'écran humain qui s'étirait ce jour-là le long de l'ancien chemin, devenu avenue, de Monclar jusqu'aux remparts fantoches de Viollet-le-Duc, son fils à droite et, à gauche, la jeune voisine Sylviane, belle plante de dix-huit ans, elle assistait au départ définitif et spectaculaire de la brigade de soldats américains destinés, après un séjour de plusieurs mois sur les bords de la Durance, à remplacer en Allemagne certains régiments qui en assuraient l'« occupation » depuis une bonne année.

Ils allaient à leur tour agrémenter leur régime alimentaire made in USA de *Bratwurst*, *Leberwurst*, *Schweinaxel*, *Rindfleisch*, *Schinken aus Schwarzwald*, *und natürlich Bier vom Fass*.

Ils étaient moins beaux à voir que lors de leurs sorties en ville en tenue numéro un et surtout de leurs prestations chorégraphiques de vieux habitués des rythmes en vogue du Nouveau-Mexique au New Jersey ; mais, malgré leur trogne ensommeillée et passablement hagarde, ils offraient un spectacle plutôt impressionnant auquel était sensible la chaîne ininterrompue de regards féminins qui, avec de grands gestes d'adieu, leur faisaient une haie d'honneur improvisée (les hommes, qui étaient à cette heure matinale requis par leur travail ici ou là, étaient d'autant plus rares que, de toute façon, ils ne partageaient que modérément l'engouement de leurs femmes, sœurs, filles, épouses, fiancées, petites amies pour ces types qui étaient venus aggraver leur sentiment confus de mâles vaincus, sauvés *in extremis* par ces étrangers aux uniformes impeccables, ignorant jusqu'aux cartes de restriction alimentaire et monopolisant les jeunes ardeurs festives, voire plus si affinités).

L'un de ces gais lurons présentement un peu flapis avait préparé un coup fumant. Soucieux de se trouver une correspondante qui lui pût tenir lieu, en quelque sorte, de « marraine d'occupation », il avait écrit quelques mots sur une feuille de papier, quelque chose comme : « *My name is Untel ; my military address in Germany is... ; I will be very happy if you accept to write some letters to me...* »

Il avait soigneusement entouré un caillou rond de la Durance de ce message en forme d'invitation et de requête, serré le tout au moyen d'un élastique et attendu le moment propice, celui où il apercevrait dans cette foule un de ces minois que les Françaises avaient la réputation de compter par millions. La chose faite, il lancerait avec une précision dont il se savait capable son caillou à la mer à l'élue de ses yeux et espérerait que sa prière fût entendue.

Le minois choisi fut celui de Sylviane, dont il visa ostensiblement les pieds en lui adressant un large et fort engageant sourire. Le sourire lui fut rendu, accompagné d'un geste d'adieu de la main sans doute encourageant pour le G.I.

La belle adolescente ramassa la boule de papier lestée de son galet de calcaire tendre descendu probablement des hauteurs des Alpes de Provence et la déplia. Elle lut sans peine cet embryon de message, ses sept ans d'anglais scolaire lui facilitant la tâche, qui n'était au demeurant pas bien compliquée, le substrat sémantique de ces trois phrases posant beaucoup moins de problèmes de compréhension que la lecture des *Daffodils at Ullswater* de Wordsworth ou des *Dits du Vieux Marin* de Coleridge, sans parler de l'*Annabel Lee* d'Edgar Allan Poe.

Elle sourit par-devers elle et se mit à re-froisser la missive pour la jeter dans le caniveau, en accompagnant ce geste d'un léger haussement d'épaules signifiant qu'elle ne voyait pas l'intérêt pour elle-même mais également pour le soldat d'une aussi platonique correspondance. Sans compter qu'elle fondait de grands espoirs sur la liaison avec le jeune Marcel qui avait l'avantage, lui, d'être là, et de lui avoir expressément déclaré sa flamme, flamme qu'elle n'était pas très loin de partager, la fusion des deux sources de chaleur et de lumière requérant toute l'attention de la jeune fille qui ne pouvait pas s'éparpiller, à moins d'accepter le risque de tout laisser lui filer entre les doigts.

Elle esquissa donc ce mouvement de regret, qui ne s'adressait bien sûr pas au G.I., déjà distant d'une ou deux bonnes centaines de mètres, les roues du GMC étant bien plus rapides que la vitesse de lecture de la jolie comtadine, mais à elle-même, et, levant la main droite, elle s'apprêta à rendre le message au sol qui le lui avait délivré. L'objet était pour elle sans objet.

Voyant cela, Juliette arrêta, d'une poigne ferme et d'un regard affectueusement indigné, le geste fatidique tout en lui disant :

– Qu'est-ce qu'il disait ? Des grossièretés ?

Sylviane procéda à une rapide traduction du contenu.

– Écoute, Sylviane, tu ne peux pas traiter comme ça un garçon qui a risqué sa vie pour nous tous, qui a participé à notre libération, et qui te demande juste un peu d'attention, de fraternité... Qu'est-ce que ça te coûterait de lui envoyer un petit geste d'amitié, trois phrases pour lui dire que tu as bien lu son message, que tu lui dis l'affection de tous les Français, la tienne en particulier, etc. ?

– Vous savez, Juliette, c'est pas trop mon truc... D'abord, je n'écris jamais de lettres à personne... Et puis, si je lui écris, il va se faire des idées, et je devrais le décevoir... Sans compter que mon Marcel ne serait sûrement pas très content que j'écrive de manière affectueuse à un étranger.

– Bon, je comprends. Alors donne-moi ce mot, je vais lui écrire, sans lui dire que ce n'est pas celle qu'il avait choisie. Je signerai Juliette, mais il ne connaît ni ton nom ni ton prénom. Et, en lisant ma réponse, c'est ton beau visage qu'il aura en tête. Ça le consolera de l'ennui, du cafard dans ce pays lointain où en plus il risque bien de ne pas avoir affaire à de jolies jeunes filles éprouvant de la sympathie pour ces Américains qui auront tué tant de jeunes soldats allemands.

– Je suis d'accord, mais comment vous allez faire, puisque vous ne connaissez pas un mot d'anglais ?

– Je me débrouillerai. Soit je lui écrirai en français et il le fera traduire par quelqu'un qui connaît plus ou moins notre langue, j'en ai rencontré parmi eux; soit j'achèterai un dictionnaire français-anglais... C'est ça, c'est ce que je vais faire et...

– Bon, vous y trouverez les mots que vous voulez lui dire, mais vous serez incapable de conjuguer les verbes, de faire de vraies phrases.

– Ne t'inquiète pas... Je ne suis allée en classe que deux ans et demi; mais, en écriture, je me débrouille bien et je crois que je ne fais pas trop de grosses fautes... En anglais, je trouverai un moyen; quand on veut se faire comprendre, on y arrive... Donne-moi ce papier...

– Vous mettrez tous les verbes à l'infinitif? Sans compter que parfois il y a des façons différentes de dire une chose... par exemple «*I love*» et «*I like*» signifient tous deux «J'aime», mais ne parlent pas du même type d'amour, vous comprenez? On n'aime pas les gâteaux comme on aime son amoureux... Vous voyez ce que je veux dire? Et c'est seulement un exemple.

– Je ferai de mon mieux... Mais, dis-moi, c'est quoi, l'infinitif?

– Eh bien, par exemple, l'infinitif de «je mange», «tu manges», nous mangeons», etc., c'est «manger», c'est le verbe manger... L'infinitif de «je suis», «tu es», il est», ainsi de suite, c'est «être». Vous voyez? Mettons que vous vouliez lui écrire «Je vous aime» (en plus, on ne dit jamais «tu» en anglais, sauf à Dieu...), vous allez prendre votre dictionnaire et vous écrirez «Je aimer vous», ce qui, en anglais, donnera «*I to love you*», ce qui est très bizarre (vous risquez même de lui écrire «*I to like you*», ce qui n'est pas très amoureux; et encore c'est un cas simple, où il ne pourra que comprendre et sourire avec tendresse);

mais parfois vous écrirez des choses totalement incompréhensibles…

– Oh, tu m'embrouilles, ma jolie ; n'essaie pas de me décourager ; je me débrouillerai, je t'ai dit ; et s'il ne répond pas, eh bien j'aurai essayé et il sera content déjà que tu aies essayé, tu comprends ? Mais, comme tu es étrangère et que tu n'es pas obligée de connaître sa langue, il appréciera que tu aies fait l'effort, il sera touché, heureux même…

– Bon, ben, allez-y, je vous souhaite bien du plaisir, mais je vous félicite… Dites-moi si vous avez réussi, et… s'il vous a répondu !

Et Juliette de Bergerac fit ce qu'elle avait dit.

Elle fit l'acquisition d'un dictionnaire français-anglais, comme elle l'avait projeté. Puis elle se mit en quête des mots, l'un après l'autre : « Je : I ». Elle calligraphia chacun d'eux soigneusement après les avoir soigneusement notés, dans l'ordre, au brouillon. Avec « I », elle avait déjà fait aussi bien que Shakespeare au même niveau de sens. Et, quand nous disons Shakespeare, nous pourrions aussi bien dire Thomas Hardy, Charles Dickens, T. S. Eliot, Creeley, Burroughs même… Aucun n'aurait fait mieux qu'elle pour dire « Je » : le « I » était incontournable et irremplaçable.

Elle écrivit donc, à peu de chose près : *I to read letter of you. I to love Americans. I to hope you to be well in Germany. You to can to write at me. My address to be…*

Et voilà, semblable au Naoh de *La Guerre du feu* (qui, dans le parler oulamhr disait *atr* pour feu), Juliette inventait ainsi le langage de la communication de base.

And he understood, he answered, is it not wonderful?

It was the beginning of a very special and nice kind of postal exchange, indeed!

Et cela dura jusqu'au jour où, stupeur, Juliette reçut, en français, approximativement ceci :

Ma chérie, je suis libéré de mes obligations militaires et je vais retourner au pays. Je suis très amoureux de toi et veux te marier. Viens me rejoindre à Linton (Ohio), à l'adresse suivante :

Je suis propriétaire d'une ferme avec mon vieux père. Elle sera aussi ta ferme.

*Signé : John Flaherty, caporal-chef au Quantième Corps d'Armée de l'*US *Force in Germany ; pris en dictée et traduit en français par Jean-Gabriel Tremblay, sergent-major au détachement canadien intégré au susdit Corps d'Armée.*

John, tenant absolument à être bien compris, avait donc eu recours aux services de ce collègue québécois !

D'EST EN OUEST, DU NOUVEAU

Affreux dilemme, destin cruel ! Ne voilà-t-il pas que Juliette était invitée, elle, âgée de trente-trois ans, divorcée et mère d'un enfant de neuf ans, à venir dans l'Ohio pour y épouser un fermier américain, par suite d'un mensonge pieux !

La prudence et le réalisme lui commandaient de mettre fin au généreux subterfuge, car, sinon, mieux valait ne pas imaginer la réaction de dépit du G.I. grugé, quand bien même cela eût été fait pour la bonne cause. Elle s'arma donc de sa plus belle plume et, profitant que John Flaherty disposait d'un traducteur qualifié, elle écrivit en français, et en substance :

Mon cher John, je ne suis pas celle que vous croyez. La jeune fille que vous aviez choisie de loin était trop jeune et en plus fiancée. Elle m'a demandé de vous écrire à sa place, par gentillesse. Malheureusement, moi, j'ai trente-trois ans, je suis divorcée et j'ai un fils de neuf ans. Je le regrette beaucoup car je me suis attachée à vous. Mais vous voyez bien que c'est impossible ; vous seriez trop déçu en me voyant.

Or voici ce que répondit John : *J'ai moi-même trente ans*

et je suis aussi divorcé. Je n'ai pas d'enfant, mais le vôtre sera le mien, et ma ferme sera la vôtre. Je vous attends pour vous épouser. Venez.

N'importe quel être sensé et modérément prudent eût hésité, tergiversé et finalement refusé cette invitation, elle-même imprudente, que le simple envoi d'une photo d'elle eût probablement fait se dédire avec doigté et un soupçon d'affolement (en tout cas, s'il avait persisté dans sa proposition, cela aurait été en connaissance de cause ; non pas que Juliette fût carrément moche, mais enfin, son visage et moins encore sa morphologie générale n'étaient de nature à faire tomber à la renverse le moindre correspondant, qui a besoin pour s'exciter l'esprit et d'autres parties de lui-même de perspectives plus affriolantes. Car le charme virtuel de Juliette était tout dans la tête de Juliette, où, du reste, il peinait à cohabiter avec la réalité de son caractère et de son tempérament...).

Tout être de sens rassis eût pour le moins attendu la réaction du G.I. à la vue de ce cliché révélateur.

Juliette, non.

Elle vendit les meubles, la vaisselle et les bibelots qui lui étaient restés après le divorce et se constitua, vaille que vaille, le pécule l'autorisant à acheter, d'une part le billet de train (en troisième classe, comme il en existait encore alors) pour effectuer le trajet Avignon-Paris-Le Havre, d'autre part celui qui lui permettrait de disposer d'une cabine sommairement équipée dans un cargo mixte effectuant la traversée Le Havre-La Nouvelle Orléans. Il lui restait de quoi prendre en charge quelques faux frais, ainsi que le trajet en car pullman de New Orleans à Cincinnati, où John l'attendrait avec son véhicule à la gare routière.

Toutes ces explications furent pour la dernière fois données en français au « fiancé », grâce à la complaisance du Québécois. Ensuite, il lui faudrait bien se débrouiller comme elle le pourrait, avec son dictionnaire et les huit ou dix phrases basiques qu'elle avait apprises par cœur.

Elle était la preuve vivante que la vie s'accroche où elle peut, comme elle peut, vaille que vaille. Malheureusement pas toujours à bon escient.

Restait en suspens la question du fils, souci annexe qu'elle ne pouvait toutefois ni du reste ne voulait expulser d'un revers de main. D'autant que Juliette était sincèrement persuadée de l'aimer, ce fils d'autre part si gentil et ne posant jamais le moindre problème de quelque ordre que ce fût.

Elle envisagea de demander à Paul de contribuer à la prise en charge du voyage de l'enfant chéri, s'engageant même à rembourser le prix du billet dès que, mariée, elle serait en mesure de le faire. Mais dès qu'il l'entendit évoquer son projet d'embarquer le mioche dans cette aventure insensée, dont il avait tenté de la dissuader, il se récria :

– Écoute, tu prends de très gros risques, que je trouve complètement fous. Cela ne me regarde pas, bien sûr, et je me contenterai de te dire que tu es très imprudente ; mais je te connais : quand tu as une idée dans la tête, tu ne l'as pas ailleurs. L'avenir du petit par contre me concerne, lui. D'abord, il est en pleine année scolaire ; il a déjà perdu un an à cause de la guerre et de notre fuite en Lozère à l'époque. Et ensuite, si tu te mets à le trimbaler du sud au nord de l'Amérique, à le plonger dans un monde inconnu, dont il ne parle pas la langue, ça risque bien de provoquer un désastre. Et enfin rien ne te garantit que tu vas l'épouser, ton Amerloc. Je te propose ceci : tu y vas, tu épouses ton prétendant, et, dès les vacances scolaires, je te l'envoie ; tu n'auras même pas à me rembourser. Mais à condition que, dès l'an prochain, tu me l'expédies pour les deux mois d'été, pour remplacer les jours où je ne pourrai pas le voir dans l'année. On partagera les frais de son voyage, puisque tu auras de l'argent d'après toi, grâce à ton cow-boy. N'aie pas peur : tu en as la garde et tu me connais assez pour savoir que jamais je ne ferai d'histoires et n'essaierai de l'empêcher de te rejoindre ; ce serait d'ailleurs illégal.

L'affaire fut conclue de cette façon raisonnable. Fort heureusement, au vu de la tournure que prit l'aventure !

JULIETTE DU FAR-EAST

Le cargo mixte déposa la Gabale au Grand Cœur dans le port de cette ville des États-Unis, que Napoléon avait autrefois vendue, ainsi que, de façon globale, la Louisiane, au jeune État américain, et dont l'aspect architecturalement patrimonial est plus espagnol pour le French Quarter, et davantage britannique pour ce qui est des verdoyants *suburbs*, que français.

S'étant fait conduire en taxi à la gare routière, elle y prit le pullman en direction de Cincinnati, entrant d'un pas résolu dans les prémices d'une langue qu'elle ne tarda guère à parloter. Le voyage dura une éternité ou deux ; mais Juliette était dotée d'une résistance à toute épreuve.

John l'attendait comme convenu à la gare routière de la capitale de l'Ohio. Sans jouer les voyants extralucides, on doit pouvoir affirmer que, nonobstant la pétulance proverbiale de l'encore jeune *Juliet*, sa vision *in vivo* et sur pied ne dut pas convaincre le fermier qu'il avait réussi la bonne pioche : toutes les Françaises n'étaient donc pas Viviane Romance, Michèle Morgan ou Suzy Solidor. *But what could he do. It was too late*. Chose promise, chose due.

Il l'amena donc à Linton, puis, de là, jusqu'à la ferme isolée au milieu d'hectares et d'hectares, et d'hectares (et d'hectares) d'hectares de maïs.

Il présenta sa trouvaille européenne au vieux père, qui fit paraît-il bonne figure (et la prévint en douce et en charabia qu'elle n'avait pas, de son côté, fait la bonne affaire en tombant sur son galapiat de fils, pas mauvais bougre quant au fonds, mais poivrot invétéré). Il ne fallut pas beaucoup de temps pour que la native de Montrodat assistât à la scène, apparemment hebdomadaire, qui consistait dans le rapatriement, à bord de la Chevrolet du shérif, d'un John titubant, qu'on avait préalablement sorti d'un fossé, où il était allé s'encoigner main dans la main avec l'un de ses tracteurs, profondément engoncé dans les bras généreux et indulgents de Morphée. Elle s'était habituée à assister le futur beau-père dans la tâche qui consistait à le déshabiller et à le mettre au lit, le temps d'une cuvaison.

D'après ce qu'elle raconta plus tard, le vieux l'avait à la bonne, la trouvant travailleuse, soigneuse, méticuleuse même, tenant la maison avec fermeté et maniaquerie. Mais l'ivrognerie de l'ancien cabot-chef était parvenue à un stade de non-retour qui inquiéta, d'abord le shérif, puis, par ricochet, la Croix-Rouge américaine, confrontée, à travers l'ensemble du territoire national, à des cas pathétiques de « fiancées » néerlandaises, belges, françaises, italiennes, allemandes, voire britanniques (beaucoup moins nombreuses, sans doute de par leur connaissance de la langue qui les avait rendues aptes à jauger le fonds de leur prétendant). Les unes, comme Juliette, avaient répondu à l'invitation du G.I. (la plupart d'entre elles ayant toutefois eu sur Juliette l'avantage de les avoir connus et surtout d'en avoir été connues, le cas du coup de foudre épistolaire étant peut-être unique en son genre). Les autres étaient parties pour forcer la main à leur séducteur.

Une psy de l'American Red Cross, assistée d'un interprète, fit valoir à Juliette (laquelle tenta pied à pied, mais en vain, de convaincre la dame de ce qu'elle saurait tenir bon et même le faire progressivement remonter la pente, qu'elle avait un frère aîné ivrogne et savait comment s'y prendre, qu'elle avait de la poigne et de la patience, etc.) qu'il était impossible de la laisser épouser une telle épave, que c'étaient des problèmes graves en perspective et que les États-Unis d'Amérique étaient moralement responsables du sort d'émigrantes ainsi laissées à la merci de potentiels dangers publics. Le père corrobora, avec force soupirs et haussements d'épaules et de sourcils, ce triste état des lieux et ajouta qu'il avait espéré que la guerre lui mettrait du plomb dans l'aile, qu'il avait déjà vu la première femme du phénomène, quelqu'un de très bien au demeurant, faire ses valises dare-dare, appeler un taxi, avec sa complicité à lui, le pauvre père, fuir au loin et demander, puis obtenir sans mal, le divorce.

– *He is not a bad boy, but unable to have a normal way of life… Perhaps he becomes dangerous in few months… Too much alcohol, yes, too much!*

Juliette, qui avait en huit ou neuf semaines fait de fracassants progrès en américain, saisit presque aussi bien le sens du témoignage désabusé du père que l'appel à la raison de la psychologue laborieusement traduit en français. Elle comprit enfin dans quel pétrin elle était allée se fourrer, faute de s'être laissé le temps de jauger, à distance, la nature du zigoto. Elle n'avait pas d'autre solution que de s'en remettre à la mansuétude de la Croix-Rouge, laquelle apprit qu'elle était sans ressources et ne disposait pas des moyens nécessaires pour s'offrir un billet de retour au pays.

Il fut convenu qu'on lui trouverait un petit *job*, juste pour un an ou deux, le temps d'économiser les dollars nécessaires. On fit mieux puisqu'on lui trouva, à Linton, la ville la plus proche, un emploi de gouvernante auprès d'un vieux couple d'anciens Français, venus aux *States* en 1919 et confortablement installés. Le monsieur était assez mal en point, quoique lucide et pas vraiment impotent ; sa femme était valide mais avait du mal à s'occuper minute après minute de son vieux chéri, qui surtout avait besoin de compagnie. Le fait de disposer, près de lui, d'une jeune Française avec qui il pourrait bavarder à propos d'un pays qu'il avait quitté vingt-huit ans auparavant (et que la guerre avait dû beaucoup changer) lui serait très bénéfique et lui permettrait de franchir avec un peu plus de plaisir le cap de ses ultimes années d'existence.

C'est en tant que dame de compagnie qu'elle était requise, pour soulager la vieille dame, une infirmière s'occupant des soins quasi quotidiens.

Il se produisit alors un événement dont Juliette était loin d'avoir envisagé l'éventualité, qui était d'une surréaliste cocasserie.

Lorsque l'infirmière présenta – en anglais car elle n'était pas accompagnée d'un interprète, puisque les hôtes étaient, selon les informations, en mesure de s'exprimer dans les deux langues – la jeune femme déboussolée au couple, le vieil homme tendit la main à Juliette et lui dit : « *Come vas ?* » (ce qui se prononce « coumé vas », avec accentuation de l'*s* final…), et le reste de sa phrase d'accueil fut de la même veine, c'est-à-dire qu'il fut prononcé dans ce patois d'origine occitane, que Juliette reconnut instantanément et comprit parfaitement, bien que cette variante gardoise fût quelque peu différente du parler de Lozère.

Le vieux monsieur ignorait que Juliette était quasiment une payse, le chemin n'étant pas bien long des Cévennes à la Margeride. Il ne se rappelait tout simplement plus le français et, habitué à parler patois avec sa femme (sauf en présence des enfants et petits-enfants, qui ne connaissaient que l'anglais), il avait complètement oublié que ce n'était pas la langue que l'on parle, de façon générale, de Dunkerque à Menton. Il pensait ainsi s'exprimer en français !

Juliette, estomaquée, ravala sa surprise, et répliqua dans son patois à elle, qu'elle ne parlait plus depuis l'âge de quatorze ans où elle avait été placée comme bonne (les bourgeois de Marvejols ne s'exprimant bien entendu qu'en français, quoiqu'ils comprissent probablement l'idiome de leurs parents et de leurs ancêtres). Le léger froncement de sourcils de monsieur et madame Mirabel laissa deviner que ces légères différences de prononciation les surprenaient, mais ils durent se dire que c'était probablement une question d'accent régional. Ce n'était du reste pas faux, à cela près que cette différence, qui n'allait pas jusqu'à ce qu'on ne se comprît pas, avait pour ligne de démarcation approximative le Collet de Dèze et non pas la fameuse, fluctuante et au demeurant fictive ligne de séparation entre oc et oïl, qui est censée courir en zigzaguant, de Valence à Cognac.

L'intégralité du séjour de Juliette se passa sous l'égide de ces deux variantes infimes d'un même patois que nous dirons lozéro-gardois. Sauf, bien sûr, lorsqu'elle s'adressait au fils Mirabel, qui ne connaissait que l'anglais, et que ce charabia informe de ses parents amusait, tout comme devait amuser les enfants de ces Polonais, Allemands, Italiens ou Juifs d'Europe centrale la façon qu'ils avaient de ne se parler entre eux que dans leur langue d'origine.

Juliette ayant évoqué avec eux cette histoire de langue leur rappela que ce qu'ils parlaient était la belle langue du pays (elle leur demanda d'où ils étaient originaires, et elle leur expliqua que Montrodat, près de Marvejols, se trouvait à quelques dizaines de kilomètres de la Vallée Française, et qu'on y parlait aussi en patois entre soi, mais que ce n'était pas le vrai français). Ils lui demandèrent de dire quelques mots en « vrai français ». Elle le fit et cela les fit rire, mi-gênés, mi-étonnés.

– *Comprénès ?*
– *Un po, ma es droulo…*

Cette coïncidence fut cause d'un instantané resserrement des liens qui les unirent affectueusement jusqu'à la mort de monsieur Mirabel, laquelle mort déclencha le départ de Juliette, puisque la veuve n'avait aucun besoin de compagnie et qu'elle s'en fut d'ailleurs vivre chez son fils.

Le fils Mirabel et sa femme avaient une petite fille de six ou sept ans, qui faisait le ravissement de Juliette. Blonde aux yeux bleus, coiffée d'anglaises toujours soigneusement disposées, elle était une caricature de ces enfants américains dont le cinéma commençait à divulguer l'image mièvre. Pas pour Juliette, qui se fût récriée, gravement indignée, si l'on avait avancé un propos aussi obscène pour parler de cette incarnation de l'idéal enfantin, version féminine, qu'était la jolie fadasse Beverly-Ann.

Lorsqu'elle retrouva son fils, et durant des années, elle ne cessa de soupirer après cette merveille de la nature, dont il lui fallut bien admettre qu'elle avait acquis dans son imaginaire un prix nettement supérieur à celui de son propre rejeton. L'enfance parfaite, c'était la guimauve aux robes de tulle ou d'organdi, qui paradait avec son sourire de clip publicitaire les soirs de *Thanksgiving*, de *Happy birthday* ou de *Happy Christmas* !

Son intégration à la famille fut cause d'un élargissement rapide de son univers convivial. Quantité de dames patronnesses, friandes de bonnes œuvres, se mirent à l'inonder, en toute occasion, de vêtements pratiquement neufs, voire entièrement neufs, qui la mirent en peu de mois à la tête d'une garde-robe non seulement fournie, mais encore au goût du jour (ce qui lui assurera un franc succès, à son retour au bercail, où de tels modèles de robes, de jupes ou de pantalons à pattes d'éléphant étaient loin de courir les rues).

Son fils n'était pas oublié puisque, trois ou quatre semaines avant la date de Noël (car elles avaient eu la délicatesse de se renseigner sur le temps qu'il fallait pour qu'un colis aille, par bateau, jusqu'en France), une délégation de ces généreuses donatrices apporta à Juliette deux cadeaux somptueux destinés au malheureux enfant privé de son irremplaçable point d'ancrage affectif.

À l'instar des vêtements dernier cri pour la mère, les deux présents pour le fils étaient de nature à faire tomber à la renverse le *vulgum pecus* infantile avignonnais. Qu'on en juge : le premier de ces trésors inestimables n'était rien moins qu'un sweet-shirt blanc cassé orné, sur le devant, de l'effigie d'un cow-boy dont le nom, qui était vraisemblablement celui d'un héros de western, était inscrit en rouge : *Roy Rogers*. L'effigie et le nom étaient entourés d'un lasso déployé du plus bel effet. Or, non seulement personne n'avait jamais vu de sweet-shirt, la mode n'en ayant pas encore traversé l'Atlantique, mais nul n'eût osé, en 1947, imaginer un vêtement sur lequel fût imprimé de la sorte un motif autre que géométrique, et de surcroît une tête de cow-boy fringant. Inutile de dire que ce sweet-shirt précurseur contribua considérablement à asseoir la renommée du fils jusque-là solitaire et mélancolique, soudain devenu exhibitionniste car auréolé d'un prestige nimbé de mystère. On peut le voir encore, sur une photo de classe de l'époque, plastronnant, bras passés derrière la barre servant de dossier au banc sur lequel il figure au rang des moyens (en taille) de la classe du cours moyen 1re année de l'école de la rue Thiers. Roy Rogers lui confère une prestance pour lui inédite, qui lui permit, sans que sa timidité décrût de façon significative, d'assumer dans le monde une présence beaucoup moins discrète. En quelque sorte, le cow-boy mythique et le sweet-shirt futuriste lui furent un cache-inhibition de premier choix.

Et ce n'était pas tout. Le second cadeau surpassait en jamais vu le vêtement de détente sus-désigné. Il s'agissait d'un colt d'au moins quinze, sinon vingt, centimètres de long, dont le corps, en plomb, se pliait à volonté, à la hauteur du barillet, pour qu'on y pût insérer une amorce, qu'un percuteur semblable aux vrais venait faire exploser dès qu'on appuyait sur la détente. Comble de raffinement, une crosse en bakélite imitait la corne de bœuf ou l'ivoire, et se trouvait ornée en relief du profil d'un Indien empanaché. Une pure merveille de l'industrie du jouet yankee. Qui eût osé rêver posséder jamais un objet aussi rare, somptueux, magnifiquement ressemblant, bruit compris. Et, pour que ce bruit pût accompagner les séances de jeu durant lesquelles notre ostrogoth *était* tantôt Roy Rogers, tantôt Tom X, tantôt Hopalong Cassidy, la généreuse manne avait songé à fournir trois ou quatre boîtes contenant chacune une centaine d'amorces, ce qui assurait à notre Roy quatre cents déflagrations, qu'il économisa avec parcimonie afin d'être longtemps en mesure de produire son effet garanti (car hélas il n'était pas sûr du tout de trouver d'autres recharges de ces précieuses munitions dans notre France à peine sortie des brumes du haut Moyen Âge).

Du jour au lendemain, notre petit esseulé fut entouré de convoitises admiratives, et il entra dans une phase d'affabulation narrative dont ces deux trophées attestaient la crédibilité : sa mère vivait dans un ranch à quelques heures de marche d'une réserve d'Indiens Sioux ; elle passait ses journées à mâcher des chewing-gums et à changer de vêtements ; et sa vie était un authentique roman d'aventures.

Le comble, c'était que, quel que fût le degré d'intensité de son pouvoir d'exagération, il n'en était pas moins vrai que Marie Célestine Juliette était littéralement en train de vivre une séquence de roman à la fois réaliste et surréaliste !

Quant à lui, il lui arrivait encore de pleurer en secret sa mère si lointaine, mais d'aussi concrètes et valorisantes satisfactions avaient pour effet de le dédommager sérieusement. Il pouvait se targuer de disposer d'une mère en quelque sorte américaine…

Pendant ce temps, Juliette s'intégrait à une réalité tout autre, dont elle ne se remit jamais d'avoir dû la perdre.

Car, durant ces mois passés au paradis, tout ne fut pour elle que ravissement. Tout l'enchantait : la façon qu'ils avaient de ne se mettre qu'exceptionnellement à table et de piocher individuellement dans le réfrigérateur quand ils avaient faim ; cette manière sublime d'aller au cinéma lesté d'un cornet de *pop-corn* ; ces randonnées de plusieurs centaines de kilomètres dans des voitures de soixante mètres de long et sur des autoroutes prémonitoires (car on n'en comptait encore aucune en France) ; cette façon de laisser constamment la télévision (qui elle non plus n'existait pas encore tout à fait chez nous), ce qui permettait de jouir d'une rumeur continue ; tout la faisait frémir et entrer en extase. Sans parler de ces ravissantes fillettes si adorablement coiffées comme des poupées et vêtues comme des enfants postiches destinés à figurer dans un show pour débiles mentaux. Juliette découvrit que la vraie vie, cela existait : c'était *the american way of life*.

Plus tard, quand elle sera devenue militante vivement extravertie du Parti communiste allemand, honni du gouvernement de la RFA, au début des années cinquante, elle n'en demeurera pas moins fidèle à cet amour fou. Et le monde idéal pour elle eût été une sorte de vie à l'américaine réglée sur le tempo psychorigide du socialisme soviétique. Une belle synthèse des affriolantes contradictions humaines.

Ce qu'a bien pu devenir Beverly-Ann, c'est une chose que Juliette cessa de savoir, cinq ou six ans après être rentrée en France (car, les premières années, elle en recevait à Noël une carte *with many kisses*).

Son fils avait beau être une crème de petit, puis de grand, garçon, jamais il ne parvint, en termes de rayonnement affectif, aux chevilles de la mièvre fillette en sucre d'orge si propre, si bien élevée, si (artificiellement) bouclée. Juliette ne sut donc jamais qu'elle avait probablement fini par devenir l'une de ces blondasses insipides, à indéfrisable grotesque, que l'on voit aligner des conneries affligeantes dans les feuilletons télévisés pour demeurés mentaux.

Mieux même : les années-lumière qui séparaient son fils de la fée Beverly-Ann ont dû, avec le temps, devenir des siècles-lumière. Puis des éternités-lumière. Juliette mourut et Beverly-Ann disparut complètement de toute cosmogonie intergalactique.

RETOUR À LA RÉALITÉ

Les meilleures choses ont une fin. C'est ainsi que l'Amérique se déroba sous les pieds de Juliette.

D'abord *lo pauvre mossu Mirabel morut*. Et sa veuve n'avait besoin de personne pour bavarder avec elle car son imaginaire s'était américanisé au point que, même si elle continuait à parler gardois, cela ne la motivait plus beaucoup une fois son mari reparti vers les châtaigneraies pentues du paradis.

Alors les économies déjà réalisées par Juliette se virent grossies de l'apport d'une collecte effectuée par les bonnes âmes de Linton, et notre Surcouf reprit le large.

Partie de New York, elle se retrouva sur l'un des quais du port du Havre, d'où elle prit le train pour Paris, puis un autre pour Avignon, c'est-à-dire la case départ. Avec ceci de particulier qu'elle n'y avait plus ni domicile, ni mobilier, ni la moindre source de revenus.

Entreprenante, elle trouva, dès le surlendemain de son arrivée et de son installation chez d'anciens voisins et amis, un emploi dans une fabrique de pâtes alimentaires où, à la chaîne, elle accomplissait tant des prouesses telles en matière de productivité qu'elle se fit regarder de travers par ses consœurs qui étaient fort loin d'atteindre son niveau de rendement.

Ce qui donne l'occasion de pointer l'un des aspects du tempérament et de l'idéologie de Juliette : elle était farouchement *contre* les patrons (quels qu'ils soient dès lors qu'ils étaient patrons) et *pour* le travail, quel qu'il soit, pourvu qu'il soit bien fait et avec les plus grande intensité et efficacité possibles. Cela produisait un effet bœuf. À un point tel que, lorsque au bout de quelques semaines son patron la convoqua pour lui proposer le poste de contremaître, chargé de faire un peu bouger la productivité de la chaîne, elle lui répondit qu'elle comprenait son souci, mais qu'il était hors de question qu'elle joue les gendarmes avec ses camarades, que c'était à lui à les motiver !

N'étant pas en mesure de reprendre son fils avec elle, elle le faisait à partir du samedi après-midi ; le soir il dînait avec l'amicale « famille d'accueil », il dormait dans le lit de sa mère, auprès d'elle, passait le dimanche avec elle et rentrait à l'heure du dîner au domicile paternel.

Le samedi après-midi se passait le plus souvent au *Monoprix* et aux *Nouvelles Galeries*, dites aussi *Noga*, rue de la République, puis souvent au cinéma. Le dimanche, ils allaient soit sur le plateau de Bellevue, qui était encore alors une immense garrigue trouée d'avens transformés en champignonnières, où ils baguenaudaient durant des heures, soit dans ce paradis aujourd'hui disparu au profit d'une urbanisation inconsidérée, qu'on désignait par l'expression de « En Durance ».

Il s'agissait de l'endroit où venaient converger et se confondre la capricieuse Durance et le Rhône majestueux. Ce milieu amphibie comportait, outre des bancs de sable mouvant, des îlots que le débit de l'affluent faisait fréquemment changer de forme ou d'emplacement, et abondamment fourni en roseaux, sureaux et autres arbrisseaux fluets.

La rive droite, celle située du côté d'Avignon, et donc dans le département du Vaucluse et le Comtat Venaissin (tandis que la rive opposée se trouvait dans les Bouches-du-Rhône et donc en Provence), était soulignée d'un étirement continu de saules pleureurs, de peupliers, d'acacias, de trembles, de bouquets touffus de canisses, de puissantes masses buissonnières, de platanes et, en arrière-plan, de cyprès qui formaient des haies destinées à protéger du mistral ou du vent du sud les cultures maraîchères omniprésentes.

La tumultueuse Juliette n'avait qu'à mettre les pieds dans cette zone entre ciel, eau courante et végétation au comble du délire, aussitôt la petite bergère des confins de la Margeride retrouvait son regard, et la volubile contradictrice polyvalente redevenait cette silencieuse contemplatrice qu'elle avait été, du temps de son merveilleux esclavage.

Elle amenait son fils avec elle et lui communiquait ainsi ce qu'il y avait de meilleur en elle : cette mélancolie, cette nostalgie d'elle ne savait quoi, mais d'insistant, cet art de voir, d'un œil pourtant apparemment absent, en fait accommodé pour des cibles infiniment lointaines, les herbes et les feuillages de la proximité ; par moments, même, elle murmurait des chansons dont la tristesse s'accordait à la perfection à la tonalité ambiante. Et à l'atmosphère impalpable.

Même s'il tarda beaucoup à en prendre conscience, c'est dans ce bain d'ineffable et diaphane contemplation que son fils vint emmagasiner les ressources de rêveuse méditation dont il devait faire le plus aigu de sa présence au monde.

À ces journées placées sous l'égide de la rêverie naturaliste, dont ils faisaient, probablement chacun à sa façon, leur régal, s'ajoutait, le soir, quand ils étaient ensemble, ou bien souvent en plein vent, sur le plateau désert des hauteurs rhodaniennes en territoire gardois, ces soudains accès de lyrisme mélodique ou d'affabulation rétrospective. En ces moments, soit elle distillait un à un ces airs appris dans son enfance ou durant son adolescence, soit elle se mettait à raconter ces choses surprenantes ou énigmatiques qu'elle avait vues, entendues, vécues, éprouvées autrefois, entre huit et quatorze ans (parfois, elle arrivait à remonter le fil jusqu'à sa sixième année, et alors elle pouvait réciter par cœur *La Cigale et la Fourmi*, *Le Corbeau et le Renard*, ou raviver le souvenir de la nuit où la foudre était entrée par la cheminée, mettant le feu à la maison de ses parents, incendie heureusement vite éteint par son père, avec l'aide des voisins...).

Certains dimanches, Juliette, qui avait, croyait-on, pris aux États-Unis des manières d'une grande liberté (alors que l'hypocrisie et la pruderie y étaient souveraines comme on le sait mieux à présent), n'hésitait pas à se mettre torse nu devant le bassin d'où partait, depuis la terrasse des Etiévant, un gros tuyau en caoutchouc noir destiné à l'arrosage du grand potager de Maurice. Elle était donc en culotte, ses seins monumentaux et droit érigés à l'air libre, et s'aspergeait au moyen de ce tuyau car il n'y avait ni baignoire ni douche en ce temps-là dans les maisons modestes. Cette liberté stupéfiait et embarrassait son fils, faisait rire Inès, la femme de Maurice, qui, lui, faisait mine de s'en ficher comme de la chose la plus ordinaire, tout en lorgnant en douce ces rotondités spectaculaires.

La gêne du fils s'accompagnait d'une sorte de sourde admiration, d'abord pour les gros seins, ensuite pour le culot faramineux.

Les tenues qu'elle exhibait, toutes ramenées des USA dans trois malles cabines, faisaient sensation. Certaines lui donnaient de faux airs de star hollywoodienne, malgré son gabarit point tant enrobé (car elle n'avait pas beaucoup de graisse, mais à la place des muscles puissants) que robuste. Avec un visage non point masculin, mais grossièrement dessiné, sauvage.

Le plus surprenant, c'est que sa tenue si insolemment américaine finissait toujours par l'emporter et que ses habits faisaient en quelque sorte le moine, sinon la vamp !

Cette mère toute apparence dehors impressionnait son fils, même si elle gênait aux entournures sa pudeur. Mais c'est sans réserve qu'il adhérait aux manifestations de son tempérament par à-coups contemplatif (et il se serait, rétrospectivement, bien dit qu'il était aussi méditatif, ce tempérament, s'il n'avait su que, pour méditer, il faut disposer d'un fonds et d'une densité que peut seule constituer et nourrir ce qu'on appelle la culture ; car Juliette était pratiquement inculte, et l'on ne médite pas sur son inculture ; on ne spécule pas sur le vide intérieur ; or l'intérieur de Juliette était certes plein, mais ce qui le remplissait, c'étaient de très pauvres substances à base de frustration, de regrets amers, de sombres perspectives, des prurits de sensations fortes et de confus sentiments, et concernaient exclusivement les affaires liées à la pauvre vie quotidienne ou à de vagues fantasmes sentimentaux...).

SIEGFRIED IDYLL

Juliette avait repris ses bonnes habitudes de bête de dancing. Ce fut l'occasion de sa seconde idylle post-matrimoniale. Une idylle une fois de plus placée sous le signe du cosmopolitisme; mais terminée cette fois-ci de façon à la fois moins lamentable et plus radicale.

Avignon avait, dès 1945, reçu en guise de dotation un lot de prisonniers de guerre allemands, qui avaient été affectés au déblaiement des ruines considérables provoquées par les bombardements anglo-américains, la ville ayant été choisie comme objectif pour divers motifs stratégiques et circonstanciels (état-major allemand pour le Grand Sud-Est, lieu de repos et de reconstitution des unités décimées en Tunisie et en Libye, nœud ferroviaire de première importance, présence de deux ponts : un sur la Durance et un sur le Rhône, décisifs pour la circulation des renforts ou des éventuelles manœuvres de repli de la Wehrmacht...).

Trois d'entre eux étaient demeurés sur place parce qu'ils y avaient trouvé du travail et que l'Allemagne était dans une situation postcataclysmique, génératrice d'un faramineux marasme. Ils cohabitaient dans une espèce de baraquement qui, après avoir servi de logement collectif pour la trentaine de faux prisonniers, qui n'étaient en fait nullement gardés et tenus seulement, après avoir accompli la journée durant leur tâche de déblaiement, de venir dîner et dormir (ce qu'en bons Allemands, d'un modèle qui semble avoir disparu, ils faisaient sans le moindre écart de conduite, disciplinés et soigneux), leur tenait lieu de domicile.

Ils avaient pris chacun un des nombreux lits disponibles et, au moyen de planches, s'étaient aménagé chacun son box individuel ; même chose pour les lavabos, également au nombre de trente, chacun s'en étant attribué un, à bonne distance de ceux des deux autres. Et ils menaient leur vie librement (n'ayant en guise de loyer qu'à entretenir ce local, au cas où il serait appelé à resservir, ce qui ne fut bien évidemment jamais le cas, puisqu'il finit par être démoli et remplacé par un immeuble), les trois ayant été engagés par une fabrique de carrelages.

Disposant de tempéraments et sans doute d'origines sociales fort différents, ils menaient des existences autonomes, ne se voyant que le soir au coucher et le matin au lever et pendant leur petit déjeuner qu'ils prenaient ensemble, puis à la fabrique tant qu'ils y travaillèrent, avant que chacun d'eux trouvât un emploi mieux adapté à ses compétences et en vînt à mener sa vie hors de l'ancien pseudo-stalag aménagé.

Hermann, homme très futé et sans doute doué pour les langues puisqu'il maîtrisait déjà le français, finit par devenir contrôleur des billets d'entrée du cinéma *Le Palace*; il y séduisit la fille unique du propriétaire, monsieur Pezet, l'épousa et, son sérieux ainsi que son efficacité ayant été constatés, il dirigea enfin la salle, le beau-père gérant la petite chaîne constituée de toutes celles qu'il avait acquises les unes après les autres dans l'ensemble du département. Le fils Hermann, qui n'apprit probablement jamais à parler allemand, fut gardien de but de l'équipe de football d'Avignon, quand celle-ci monta en seconde division.

Nous évoquerons beaucoup plus longuement, et ultérieurement, le cas de Kern, qui est appelé à séjourner durablement dans ce récit, dont il ne va pas tarder à devenir un élément de première importance, y occupant même le décisif second rôle.

Enfin, il y avait Werner, dont le nom de famille est paradoxalement tombé dans les oubliettes d'un injuste mais impitoyable anonymat, car, de par sa prestance et de par son antinazisme rétrospectif, il eût assurément mérité un sort du côté de la mémoire sélective du récitant ici présent. Des trois, Werner était de loin le plus séduisant.

Berlinois arraché, comme ses deux compagnons, à sa famille (qui, pour ce qui le concernait, appartenait à la classe bourgeoise) un an avant le début de la guerre, il avait participé aux victoires, puis aux défaites d'une Wehrmacht dont il n'avait, du moins selon lui, jamais fait sa tasse de thé. Des *drei arme Kameraden*, il était à coup sûr le plus cultivé et avait pu, en quelques mois, apprendre à parler lui aussi très correctement le français.

Pour se figurer son apparence, il suffit de se rappeler celle du Siegfried que Fritz Lang proposa à l'imaginaire de millions de spectateurs. Bel homme, astucieux, beau parleur, il avait tout pour plaire. Dès que Juliette fit sa connaissance au dancing des *Sources*, elle en fut violemment amoureuse. Quoiqu'il disposât des moyens de séduire n'importe laquelle des habituées de ce bal du samedi soir, il se laissa emballer par la verve éminemment tonique de la très étrange et déconcertante ouvrière à la chaîne dotée d'un tempérament de Surcouf, de Bayard et de Du Guesclin.

Ils dansèrent à en user le parquet, se donnèrent rendez-vous pour le lendemain matin et, à l'heure dite, chacun juché sur son vélocipède, s'en allèrent pédaler du côté de l'abbaye de Frigolet, outre-Durance. Le coup de foudre se transforma en orage d'été qui emporta dans sa furie tout ce qui se présentait : sentiments, euphorie physiologique, fantasmes et perspectives d'avenir.

Dès la semaine suivante, elle demanda à son fils de venir avec son propre vélo (son père lui en avait offert un à l'âge de onze ans, lorsqu'il avait été admis en sixième). Il obtempéra et le trio s'engagea dans un périple qui engloba les confins nord-orientaux du département des Bouches-du-Rhône, dans cette zone alors (et peut-être encore) dédiée à la culture d'énormes quantités de fruits et de légumes, du côté de Châteaurenard. La nuit venue, ils dormirent à la belle étoile (et Dieu sait si elle était belle par cette nuit d'été provençale !), et le fils discret mais un peu gêné entendit, à faible distance du nid d'herbe qu'il s'était ménagé à l'écart du couple, l'énoncé des promesses, des projets, des espérances idylliques, puis les soupirs conjoints qui étaient le point d'orgue harmonique, puis la coda conclusive de cet accord sur tout.

À défaut de Roméo et Juliette ou de Tristan et Iseut, ou même de Siegfried et Brunehilde, c'était un très crédible Siegfried und Giulietta.

Sympathique en diable, le subtil carreleur de la SOPREMA avait emballé le fiston, qui le coopta *in petto* et *ex abrupto*.

Les amours de Juliette et de Werner durèrent à peu près deux mois. Le fils de Juliette et de Paul était aux anges. Il le fut encore davantage lorsque le beau Werner annonça à la quasi-Américaine qu'il allait partir en congé à Berlin, pour deux semaines, afin d'y retrouver ses parents, qu'il n'avait plus revus depuis le début de l'année 1939, c'est-à-dire depuis neuf ans.

Il tenait à s'y rendre pour deux raisons : la première, c'était son vif désir d'aller sonner les cloches à ces parents qui, en 1933, avaient voté favorablement à l'occasion du plébiscite d'Adolf Hitler, et qui avaient donc contribué, avec la très large majorité de leurs compatriotes, à l'élaboration du Grand Désastre planétaire que chacun connaissait désormais. La seconde était son secret espoir de trouver dans son pays un emploi mieux en rapport avec ses capacités, ses compétences et son niveau d'études. Une fois la chose faite, il appellerait à lui Juliette et son mouflet.

Somptueuse perspective pour Juliette et pour l'apprenti adolescent dont elle était affublée !

But wait and see, warten und sehen…

DE WERNER À GERHARDT,
OU
LE REMPLAÇANT MALGRÉ LUI

Le couple mère-fils se réjouit par avance, chacun séparément et les deux ensemble en tant qu'harmonieux duo, des perspectives ouvertes par la promesse de Werner, qui était un homme à qui l'on pouvait assurément faire confiance. Fuir, là-bas fuir... Ils se voyaient déjà passant sous la Porte de Brandebourg pour acheter du pain dans l'allée « sous les tilleuls » dont leur avait parlé leur amoureux, passer des dimanches entiers dans le parc du château de Sans-Souci, où, autrefois, selon les dires du carreleur lettré, Friedrich der Gross ne parloit tudesque qu'à ses cavales, ou encore sur les bords du lac de Wansee qui virent un grand poète dramaturge se régler son propre compte pour de bon, tout en embarquant pour sa traversée du Styx une belle jeune fille qui n'y était pour rien et avait probablement dit « oui » par étourderie, ignorant, la pauvrette, que toute mort est sans retour...

Les perspectives d'une telle migration faisaient naître en ces âmes simples des gerbes d'images toutes plus flatteuses et succulentes les unes que les autres.

Tout allait bien qui commençait bien.

Quelques jours passèrent dans cette euphorie prospective. Puis survint l'impensable.

Ce jeune homme grand et fort svelte, aux airs très distingués de maître d'hôtel, toujours tiré à quatre épingles, elle connaissait son nom pour l'avoir à deux ou trois reprises brièvement aperçu lorsqu'elle allait chercher Werner à leur baraquement domiciliaire et lui avoir été présenté sommairement. Elle savait qu'il s'appelait Gerhardt et qu'il avait trouvé à se faire embaucher dans de meilleures conditions qu'à la fabrique de carrelages, comme peintre décorateur (métier dont elle sut plus tard qu'il l'avait appris dans le détail et à un haut niveau de compétence à la *Berufschule* (l'École d'apprentissage) de sa ville d'origine).

Sa discrétion s'interrompait juste à ce point critique où elle était brusquement relayée par la timidité, laquelle se voyait solidement renforcée par sa très mauvaise maîtrise du français. Ce n'est pas qu'il l'ignorât, d'ailleurs, ce français, mais, s'il le comprenait plutôt bien, il le parlait de façon que nous dirons folklorique (à un niveau qu'il ne parvint jamais à dépasser de façon significative), ses efforts en vue d'être malgré tout compris s'avérant d'autant plus fragiles qu'il ne cessait, sans paraître en avoir seulement conscience, d'inclure dans ses phrases boiteuses des mots allemands, qui prenaient spontanément la place de celui qui lui faisait défaut en français (et qui parfois même venaient en double, ce qui le faisait redire la même chose, mais dans une langue absolument incompréhensible pour quiconque, français ou allemand, excepté Juliette et son fils, vite familiarisés avec cet idiome personnalisé). En gros, il était bilingue, mais d'une façon fort singulière, puisque, ne sachant parler correctement aucune des deux langues (l'allemand, il avait fini très vite, peut-être depuis le front de Carélie où il avait pendant des années participé à la guerre d'observation puis d'escarmouches contre les Russes, en tant qu'estafette à moto, donc pratiquement seul durant des heures à rouler dans la neige à deux portées de canon du cercle polaire, par le perdre de vue et d'ouïe, et ses trois années en France lui avaient porté le coup de grâce).

Il était donc venu trouver Juliette chez les Etiévant, afin de lui faire part de la nouvelle que lui et Hermann avaient reçue afin qu'ils la transmettent à qui de droit (c'est-à-dire aux propriétaires de l'entreprise de carrelages et à l'amie de Werner).

C'est sur son lit de mort que le malheureux avait songé à dicter cette lettre à sa mère, et avait transmis l'adresse de notre héroïne à ses deux copains.

Werner en effet avait, à Berlin, fait la rencontre frontale d'un tramway et la confrontation lui avait été fatale. *Er war tot ; kein Werner mehr.*

Gerhardt expliqua cela dans son incroyable sabir, fit part de sa tristesse et de ses condoléances à Juliette et, ce faisant, enclencha un processus dont seule sa propre mort, à lui, Gerhardt, serait en mesure de le délivrer.

Il dut d'abord subir la tirade de la semi-veuve colossalement éplorée, morceau d'anthologie à base de plaintes et de diatribes, d'où il ressortait qu'une fois de plus, et bien entendu à ses dépens exclusifs, le sort, Dieu, les humains en général, les Berlinois en particulier et leur système de transport urbain s'étaient ligués afin d'ajouter de la douleur à sa douleur coutumière, de la frustration aux manques qui la harcelaient depuis toujours. Naturellement, Werner ne fut pas épargné par ces diatribes, lui qui, étant fort bien ici, auprès de sa merveille de la nature, n'avait au fond rien à faire là-bas, chez ces barbares nazis. Gerhardt ne sut trop que répondre, mais fit front bravement, serra probablement la pleureuse dans ses bras. Grave erreur : elle n'en sortit plus jamais jusqu'à ce que son décès prématuré, à lui, la laissât elle, près d'un demi-siècle plus tard, plongée dans ce monologue perpétuel dont l'Alzheimer, qui vint clouer le bec à cette mémoire extravertie, a le secret.

Car, pour tenter de calmer ses pleurs, elle commença par rencontrer régulièrement Gerhardt, afin d'évoquer avec lui le défunt ; puis elle le vampirisa après l'avoir subjugué, envoûté, capturé à jamais.

Le samedi suivant l'annonce du drame, son fils apprit la nouvelle (occasion pour notre Phèdre mâtinée de Médée, de Cassandre, d'Hermione, d'Iphigénie et d'Écube de relancer la machinerie des larmes et des plaintes sur le mode du chœur antique). Il compatit sincèrement, par solidarité filiale, par sympathie à l'égard de Werner et aussi du fait de l'énorme et égoïste déception qui s'emparait de lui brutalement, au moment où il s'était déjà vu, premièrement, délivré des ennuyeuses astreintes de sa fastidieuse scolarité, deuxièmement, en partance pour un ailleurs tellement appétissant. Mais, restant en retrait du point de vue de l'expression, afin de ne pas remettre en route le moulin à lamentations et à vociférations, il finit par conclure, ainsi que sa mère l'y invita du reste en fin de tirade, que la vie, c'est ça : un enchaînement de déboires et de chagrins, une vallée de larmes, une suite ininterrompue de désastres programmés pour s'emboîter les uns dans les autres et, non pas se succéder, mais se cumuler. Il fit mine de se rallier à cette vision de la destinée humaine, du moins de celle de Marie Célestine Juliette Malgoire (laquelle ne pouvait guère, autant qu'il le sache, imaginer que le sort puisse avoir le bon goût et la générosité de l'épargner lui, son fils, assurément condamné à subir les pires avanies, du seul fait qu'il était né de ses entrailles, ainsi que nous avons déjà eu l'occasion de le dire).

Dès le samedi suivant, sa mère l'informa que le gentil Gerhardt, meilleur ami du pauvre Werner, allait se joindre à eux et les inviter, premièrement au café-restaurant de la Porte de l'Oule, d'où l'on avait vue sur les bords du Rhône, le pont suspendu, les frondaisons de la Barthelasse et, en arrière-fond, les modestes hauteurs du plateau de Bellevue, et deuxièmement, le lendemain, au cinéma.

C'est que Gerhardt n'avait pas le mollet cycliste dont avait disposé l'athlétique Werner. Ni son allure générale, quoiqu'il ne fût nullement privé de charme, malgré sa très grande austérité (laquelle du reste convenait à la situation et à l'atmosphère de deuil qui refaisait surface à la moindre occasion) et son début de calvitie prématurée (très prématurée même puisque, Juliette ayant trente-cinq ans, lui qui avait sept ans de moins qu'elle n'en avait que vingt-huit).

Gerhardt paraissait tout droit sorti d'une gravure de catalogue des magasins Thiery et Sigrand, habilleurs de luxe locaux pour quidams modestement argentés, faisant dans l'hyperclassique et l'ultraconventionnel, dont le magasin se trouvait alors place Carnot, dans ce centre-ville dont ils s'habituèrent vite à hanter les rues commerçantes (rue des Marchands, rue Carretterie, rue Bonneterie, rue du Vieux-Sextier, sans parler de la Ré, Champs-Élysées vauclusiens). Le généreux Gerhardt offrait des repas, des glaces, des places de cinéma, des traversées en bac à traille jusqu'à l'île de la Barthelasse, des montées en bus sur le plateau de Bellevue où le trio marchait, cueillait des fleurs aussitôt assemblées en bouquets voués à une progressive fanaison qui les condamnerait bien souvent à être jetés avec un soupir de regret juste avant la montée dans le bus du retour.

Deux fois par mois, le même trio allait assister, à l'Opéra municipal, à la représentation parfois des *Cloches de Corneville*, parfois des *Mousquetaires au couvent*, d'autres fois à celle de *La Veuve joyeuse* ou de *Véronique*, voire à celle de *Faust*, de *Rip*, de *Princesse Csardas*, de *La Fille de Madame Angot*, du *Pays du sourire*. Et le répertoire de Juliette s'enrichit de « Poussez, poussez l'escarpolette, poussez pour mi-ieux me ba-alancer », de « Pour faire un brave mousquetaire, il faut avoir l'esprit joyeux, bon cœur et mauvais caractère, se débattre et boire encore mieux», de «De-ci de-là, cahin-caha, va, chemine, va, trottine, va, petit âne, va de-ci de-là cahin-caha»..., de «De la mère Angot, je suis la fille, je suis la fille», de «Toujours sourire, le cœur douloureux...», de «Jamais, jamais, je n'oublierai le beau Danube sous la Lune...». Notons au passage que l'air favori qui avait rencontré le fond de l'âme, contre toute attente stoïque, de Juliette, c'était celui qui faisait dire, en chanson, au brave et malheureux Asiatique amoureux que la sagesse, toute taoïste, inhérente à sa condition et à son *background* culturel, c'était de sourire quelles que fussent les avanies que le destin se complût à vous infliger. Alors, au comble du désespoir, et tout en pleurant à chaudes larmes, elle fredonnait d'une voix de mourante: «Toujours sourire, le cœur douloureux...», roulant même les r ainsi que font les ténors par commodité d'élocution, mais aussi, en ce temps-là, les Protoauvergnats du Massif central, et donc, plus modestement, par atavisme mémoriel.

Finalement, à défaut de s'envoyer en l'air avec un athlète rigolo doté d'yeux variant entre le bleu roi et le bleu indigo, elle se consolait avec un peintre en bâtiment fluet, travesti en majordome, mais prévenant, empressé, visiblement amoureux. Elle ne serait pas allée jusqu'à dire qu'«à quelque chose malheur est bon»; mais, tout de même, les attentions et la discrétion du nouveau fiancé avaient du bon, et elle savait apprécier l'aubaine. Ma foi, la vie reprenait son cours, elle aussi cahin-caha, de-ci, de-là... L'usine à pâtes pour Juliette, les chantiers de peinture pour Gerhardt, le carré de l'hypoténuse pour la troisième roue du carrosse; puis l'euphorie dominicale, précédée de la séance de magasinage du samedi et de la station assise au *Café des Voyageurs* ou au *Régence*, ou encore à celui dont la terrasse se déployait à l'orée de la place de l'Horloge. Il arrivait même que le trio montât au Rocher des Doms, siroter une menthe à l'eau ou un sirop d'orgeat dans l'ombre des arbres qui enveloppaient la guinguette sise au bord du faux étang, domaine réservé de cygnes pas commodes et de canards quémandeurs.

Quant au ciné, ils n'avaient que l'embarras du choix : *Le Rex*, *Le Club*, *Le Palace*, *Le Capitole*, un ou deux autres, où nos amis hésitaient entre la romance pleine de pleurs (friandise préférée de Juliette) et *Tarzan*, *Zorro*, le film de cape et d'épée, d'aventures, de corsaires et, bien entendu le western (qu'affectionnaient de préférence Gerhardt et la susdite et plutôt choyée troisième roue du carrosse).

Cela dura des mois. Nous entrions dans le second trimestre de l'année scolaire. Quand, un jour, le majordome en bâtiment vint au rendez-vous hebdomadaire porteur d'une nouvelle de première importance. Il venait de recevoir une lettre de *Mutti*, dans laquelle *die gnädige Frau* lui faisait savoir, en des termes choisis car de circonstance, que le père Kern, son mari à elle, *sein Vater* à lui, était à l'article de la mort. L'article en question était indéfini du point de vue de l'échéance, mais semblait pressant.

Juliette, prompte à s'émouvoir à l'énoncé de toute nouvelle fleurant bon le drame, commença par entrer avec emphase dans tous ses états. Il la calma de la voix et du geste, de façon somme toute satisfaisante puisque efficace :

– Moi l'aimer pas, *mein Vater* ; lui pas bon ; *aber* lui mon père, *nicht war* ? Moi dois aller Dieburg, pour *Friedhof*. *Und* aussi, pour maison… Maison *Eltern*, père *und* mère, fabriquée avec sous à moi, *mein Geld* cinq ans front *in Norwegen und Finnland* et *Geld auch mein* frère, lui mort Stalingrad. Nous doit partager. *Mutti* ça écrit maison pour moi *weil Bruder* mort, et moitié payé moi. *Also*, moi arranger *alles klar* ; *und* toi *und* petit chéri toi venir Dieburg. Nous *heiraten*, marier, et moi trouver travail ancien patron apprentissage, Herr Knauf…

Nouvelle perspective d'excitant mouvement migratoire en direction de l'inconnu.

Juliette, toujours d'une grande délicatesse dans ses reparties, lança : « Bon, eh bien, d'accord, on attendra que tu nous fasses signe. Tâche juste de ne pas te faire écraser par un tramway comme Werner… Dès que tu nous dis de venir, on arrive. Essaie d'écrire ou bien trouve quelqu'un qui connaisse le français parce que je te vois mal faire une lettre et je ne comprends pas l'allemand. »

– *Ja*, moi ça donner Herr Helpert, lui connaît français ; moi parler lui quoi écrire, lui écrire, *kein Problem*.

Et Gerhardt prit à Avignon le Vintimiglia-Frankfurt, terminus où il monta dans la correspondance pour *die Kreisstadt Dieburg*, bourgade hessoise dont notre espèce de Pierrot lunaire était natif.

Ainsi l'itinéraire en forme de jeu de l'oie qu'avait jusque-là emprunté la bergeronnette sans houlette s'apprêtait à passer par la case : Dieburg. Le jeu de l'oie était au demeurant, détail infime mais représentatif du niveau des loisirs du trio, l'occupation favorite des deux enfants, Gerhardt et le fils de Juliette.

DAS LAND WO KEINE ZITRONEN BLÜHEN

La lettre arriva au bout d'à peine dix ou douze jours.

Elle confirmait l'appel à le rejoindre qu'avait laissé espérer le brave Gerhardt. Il pria Juliette d'aller voir son patron avignonnais afin de lui expliquer la situation, par correction. Ce qu'elle fit. Ledit patron fit part de son vif regret de perdre un ouvrier aussi compétent, qui travaillait comme trois Français, comme quatre Portugais ou comme cinq Maghrébins, à qui il en était même venu à confier des chantiers solitaires, où notre *Arbeiter* remplaçait avantageusement trois ou quatre bras cassés comme hélas on les voyait proliférer par les temps qui couraient, de l'avis général, lequel, comme tous les avis généraux du monde, s'y connaissait. Puis il souhaita bonne chance à la fiancée et lui demanda de transmettre son bon souvenir et ses condoléances à son désormais ancien meilleur peintre décorateur.

S'engagea alors une seconde séance de négociation avec Paul au sujet du gamin. Cette fois-ci, les conditions étaient bien différentes. Gerhardt était fiable, il connaissait Juliette avec qui il avait ébauché une liaison qui ne semblait pas l'avoir rebuté et ne risquait donc pas de se rétracter après découverte intempestive de ses particularités caractérologiques ; lui-même, Paul, s'était renseigné à son sujet et n'avait eu que de très bons échos le concernant. Deux hic pourtant : la scolarité de l'enfant, qui était de surcroît en milieu d'année scolaire dans une classe de sixième dont on disait qu'elle était capitale car elle servait de plaque tournante ou de poste d'aiguillage (on hésitait sur l'expression la mieux appropriée, les plus circonspects les enchaînant l'une à l'autre, sûrs ainsi de ne pas se tromper, optant pour la forme synthétique : une plate-forme d'aiguillage) ; et, sujet désagréable, gardé pour la fin, mais non le moins lourd d'implications morales, en termes d'honneur et de fidélité à l'idéal patriotique, le fait que le pays dont il s'agissait était la patrie des Boches, si l'on voyait ce qu'il voulait dire, Paul, c'est-à-dire un composé de uhlans incendiaires, de casques à pointe sanguinaires et de nazis mâtinés de gestapistes.

Juliette lui fit valoir qu'elle avait partagé avec lui une totale aversion à l'égard de ce peuple d'envahisseurs patentés, mais que Gerhardt, tout comme son précédent ami, Werner, était un brave garçon, délicat, timide, respectueux, tout sauf une brute et un sauvage ; en plus, il lui avait juré avoir gardé du nazisme et du militarisme germanique un souvenir révolté et dégoûté.

Quant à la scolarité, l'Allemagne étant occupée, notamment par les Français, elle trouverait bien un établissement pour enfants de familles participant à cette occupation (note de l'auteur : la chose eût été en effet probablement envisageable en zone française d'occupation, où, par dérogation et compte tenu des circonstances, parce qu'il était français, on l'eût sans doute accepté au sein d'un établissement pour enfants de militaires français du contingent d'occupation ; hélas, le hasard du découpage des zones d'occupation faisait que Dieburg ainsi que le Land de Hesse dans son ensemble se situaient dans l'*amerikanische Sektor*).

Le jeune garçon lui-même, qui avait deux ans de plus que lors de la tentative de conquête de l'Amérique amorcée par la bergère défroquée, exprima fermement son intention de suivre sa mère, non qu'il n'aimât pas son père, mais une mère est une mère, ça ne se discute pas.

Le père, qui n'avait au demeurant pas légalement le choix, céda. Et l'on passa aux préparatifs.

Quel émoi, quelle fébrilité, quelle hâte, mais aussi que d'appréhensions, et, au total, que d'excitation !

Le père alla voir le directeur du cours complémentaire où son fils suivait vaille que vaille une scolarité sans éclats, dans un sens comme dans l'autre. Il expliqua donc que le gamin allait partir à l'étranger avec sa mère. Nous aurons l'occasion de revenir sur la nature des obscurs éclaircissements qu'il apporta au pédagogue blasé, si l'occasion se présente et que l'affaire n'en vienne pas à nous sortir de la tête (car enfin, nous n'avons pas à penser qu'à ça, quantité d'autres sujets bien plus graves sont là, à nous encombrer l'esprit, à nous tordre l'âme, et c'est peu de le dire).

Juliette envoya une partie de ses effets en bagages accompagnés, l'enfant n'ayant besoin que d'une grosse valise que sa mère porta (ça n'est pas l'effort physique ni le poids d'une lourde charge qui auraient pu émouvoir ou contrarier cette force de la nature).

Et le jour J vint cogner à la fenêtre du calendrier.

Le Vintimille-Francfort, qui faisait un arrêt à Avignon autour de dix heures du soir, ne devait entrer en gare de Francfort qu'au milieu de la matinée du lendemain. Cela faisait dix ou douze heures d'un train émargeant pourtant à la catégorie des rapides, et qui disposait encore de cette très inconfortable troisième classe à laquelle le budget dont disposait Juliette les condamnait tous deux (Paul ayant élégamment pris en charge le prix du billet de son supposé futur mitron).

Ils s'installèrent tant bien que mal, dans un inconfort que venait accentuer l'odeur de fumée de charbon qui empuantissait l'atmosphère, sans parler des escarbilles qui venaient se loger dans un œil dès qu'on s'avisait de descendre la portière pour mieux voir le paysage nocturne qui défilait, la vitre ayant, sans doute depuis longtemps, perdu pratiquement tout de la transparente propreté dont elle avait joui en son insouciante jeunesse.

Il eût fallu une nature de brute épaisse, sans doute prise de boisson, pour pouvoir dormir sur les banquettes dont la dureté eût convenu à un fakir soucieux de discipline, tête collée à l'espèce de latte de bois qui suppléait le cuir dont étaient dotés les appuis-tête de seconde et de première. Alors ils allaient de la somnolence sporadique à l'hébétement constant, éparpillant des regards approximatifs à travers la nuit qui faisait obstruction à toute tentative impulsive d'observation ou de simple constat du bon défilement du paysage extérieur. C'est bien simple : que l'on se mette à fixer cette surface noirâtre, c'est aussitôt soi, soi-même et rien que soi, que l'on pouvait apercevoir ; et, avec ces yeux bouffis, ce teint pâlot, ces lèvres serrées, ce n'était pas joli-joli à voir. Autant le dire.

Lorsque le jour commença de poindre du côté de Colmar, ils étaient exsangues et leurs visages avaient perdu ce qui fait la spécificité de la figure humaine : cet air d'intelligence raffinée qu'on ne retrouve chez aucune autre sorte d'espèce animale. Et c'est là que survint enfin la première occasion, pour Juliette, de manifester le fond de griefs généralisés et quasiment abstraits qui l'animait en permanence et qui lui donnait propension à considérer a priori tout représentant de l'humanité ci-dessus désignée comme un ennemi potentiel, principalement attaché à lui nuire, à elle, alias Marie, alias Juliette Célestine, native de Montrodat, Lozère, et victime préférée du sort en général, ainsi que des gens en particulier (et, au tout premier chef, de la salope d'Italienne que l'on sait).

L'entrée en Alsace fut en effet logiquement accompagnée de la montée, dans des compartiments jusque-là aux trois quarts vides, d'Alsaciens se rendant à leur usine, à leur bureau, à leur commerce ou Dieu sait où (si tant est qu'Il ait à se préoccuper de détails aussi triviaux et qui, tout compte fait, ne concernent qu'eux seuls, individuellement et à titre strictement privé). Or, en 1949, rares étaient les autochtones de cette province brinquebalée d'un drapeau à l'autre depuis quatre-vingts ans, qui s'exprimaient spontanément en français, du moins entre eux (certains peinant même à le faire à l'intention d'un «Français de l'intérieur», comme ils les appelaient pour marquer leur différence, à eux, ni Boches ni Franchouillards). Comment leur en eût-on voulu? Ce serait mal connaître Juliette que d'imaginer qu'elle eût pu laisser passer cette marque de traîtrise, cet acte de désertion pure et simple, cette infamie, cet affront à la *lingua nostra*, symbole de l'unité nationale. Et elle, alors, est-ce que, dans cette même France, elle s'était jamais avisée de parler en patois quand elle allait acheter une miche de pain à la boulangerie de Marvejols?

Si bien que, à haute et intelligible voix, elle prononça soi-disant pour les oreilles de son fils qu'elle fixait en disant ces mots: «Tiens, je n'avais pas remarqué qu'on était entré en Allemagne; tu t'en es aperçu, toi? C'est bizarre, on n'a pas vu de frontière ni de douane...»

Étrangement, personne dans le compartiment ne se mit en peine de répondre à cette remarque faussement innocente, dont ils avaient bien senti l'intention résolument provocante. Mais les regards en disaient si long que toute parole eût été pléonastique. Après un temps de silence, ils reprirent de plus belle. Il n'est même pas impossible que, protégés par le bouclier de leur incompréhensible idiome, ils aient traité l'inconvenante Marseillaise (car il faut savoir que, pour les gens du Nord et de l'Est, tout accent méridional était alors dit marseillais) d'imbécile ou même de conne, voire de *Schweinhund.*

Enfin arriva le grand moment où la dramaturgie devait se nouer de façon paroxystique.

À Wörth, poste frontière allemand, un long arrêt fut ménagé, qui avait pour but de laisser le temps aux douaniers et aux policiers germaniques de faire leur office.

Après un interminable temps d'attente, ils virent donc monter dans leur wagon une espèce de *Feldmarechal* en grande tenue. C'était bien sûr le préposé au contrôle des passeports, mais son allure en imposait, surtout si on la comparait à celle de ses homologues français.

Le gaffeur de fils eut l'idée saugrenue, par plaisanterie, de dire à sa mère : Regarde, maman, on dirait un général SS !

A-t-on idée, quand on connaît Juliette, de proférer pareils propos, en supposant étourdiment qu'ils seraient déclencheurs de rires ? Déclencheurs, ils le furent certes, mais faisons l'économie du *r* : ils le furent d'ire, ce qui signifie « colère en trois lettres » selon le code usuel des définitions bien connu des amateurs de mots croisés. Quand il réalisa l'ampleur de sa bévue, il était trop tard. Le mal était fait.

Juliette se tourna vers l'élégant fonctionnaire, l'entendit dire : « *Pass, bitte* ; passeport s'il vous plaît… »

Sa réponse tomba comme un couperet :

– J'en ai assez de montrer des *papiers* aux Allemands ; on a dû montrer nos papiers cinq années durant aux Allemands ; maintenant c'est fini ! C'est nous, maintenant, les occupants et…

– Je vous comprends, Madame, répondit le policier avec courtoisie et dans un français parfait, à l'accent près ; mais c'est la frontière, vous devez montrer votre passeport ; n'importe où au monde on doit montrer son passeport à la frontière ; en plus, vous êtes avec un enfant, la réglementation est encore plus stricte dans ce cas…

– Je m'en fous… Son père était un résistant, un terroriste, comme vous disiez ; il s'est battu contre vous, contre vos SS, ce n'est pas pour que son fils ait maintenant à montrer ses papiers, ni moi…

– Mais Madame, c'est impossible, vous devez… Attendez, voilà une patrouille de l'armée française qui passe sur le quai, je l'appelle et…

– Faites ce que vous voulez. D'ailleurs ça tombe bien car je veux bien montrer mes papiers à des soldats français, puisque, en France, c'était aux soldats allemands qu'il fallait les montrer, il n'y a pas si longtemps…

Le policier héla le sergent et les deux chasseurs alpins qui le suivaient ; il leur demanda s'ils pouvaient monter car une de leurs ressortissantes faisait des histoires.

Pas emballé à cette idée, le sergent monta tout de même, suivi de ses deux hommes, visages aux trois quarts dissimulés sous leur ridicule galette bleue.

Le fonctionnaire lui expliqua la situation et ajouta que, si Juliette continuait de refuser de montrer son passeport, il se verrait dans l'obligation de la forcer à descendre du train, et, comme elle faisait des histoires, il prenait à témoin ces représentants officiels de l'autorité d'occupation.

Le sergent s'efforça de parlementer avec la quasi-Arverne, fit valoir que dans aucun pays on ne pouvait entrer sans montrer son passeport. Elle lui répondit qu'elle le lui montrerait volontiers à lui-même, mais pas à cet Allemand en uniforme car elle en avait assez vu, de cette espèce, et que le père de l'enfant s'était assez battu, pendant cinq ans, pour qu'on n'ait plus jamais à montrer ses papiers à des gens de cette Nation d'envahisseurs. Il rétorqua qu'il n'était pas habilité lui-même à exercer ce contrôle, qu'il était là seulement pour veiller à ce que les militaires français allant en permission ou en revenant soient en règle et ne fassent pas de scandale, ne soient pas ivres morts et disposent d'une perm' en bonne et due forme.

Il lui fit tout de même observer que, compte tenu des sentiments qu'elle manifestait à l'égard des Allemands, il se demandait ce qu'elle pouvait bien aller faire dans ce pays où il n'y avait à peu près que des Allemands, ainsi qu'elle devait bien s'en douter! Il ne songea même pas à lui demander s'ils étaient par hasard, elle l'épouse et lui le fils d'un militaire français en garnison; car il était évident que, voyageant en troisième, ce ne pouvait être le cas, les simples soldats voyageant ordinairement, et gratuitement, en seconde, tandis que les officiers et les adjudants avaient accès aux premières. Conclusion : qu'allait-elle faire en Allemagne, sinon y clamer à cor et à cri sa haine des Allemands, activité peu lucrative et modérément valorisante ? Difficile pour Juliette, consciente de l'absurdité de la situation, d'avouer qu'elle, qui éprouvait de l'aversion pour les Allemands depuis la récente période de l'occupation, se rendait dans ce pays, de surcroît couvert de ruines, pour... y épouser un Allemand !

L'argument était imparable ; elle le para par la fuite de toute espèce d'argumentation, en haussant les épaules, en grommelant : « elle est belle, notre armée d'occupation ; pas étonnant qu'on ait perdu la guerre en 40... », et en tendant son passeport au policier sans le regarder, pour souligner son mépris.

Ils traversèrent des villes qui, quatre ans après la fin de la guerre, faisaient encore piteuse figure, notamment la gare de Kaiserslautern, qui n'était qu'un amas de pavés et de briques dont on avait déblayé les quais afin que les voyageurs puissent y circuler. Parmi ceux-ci, on pouvait voir des quantités de gens dont la tenue minable laissait deviner qu'ils étaient des réfugiés de l'Est, fuyant l'occupation soviétique, le mur n'existant pas encore, ou expulsés de ces pays d'Europe centrale qui avaient compté d'importantes communautés allemandes, de la Roumanie à la Pologne, certaines d'entre elles installées là depuis le XVIIe siècle, voire plus anciennement.

À un moment, gênés par le spectacle que donnait leur peuple si fier et si discipliné à des voyageurs étrangers (encore fort peu nombreux en 1949), deux ou trois voisines et un voisin de compartiment se lancèrent dans des discours embarrassés : « *Krieg nicht gut,* guerre pas bon, *alles kaputt, Bomben, bumm, bumm,* cassé, *Ruinen...* »

– *Ja, ja,* Hitler pas bon, nazis pas bon, SS pas bon, ruines partout en Europe, à cause Allemands, *ja, ja...*
– *Ach, ja, Hitler nicht gut, Krieg nicht gut,* pas bon...

Imperturbable, le ricanement faisant trembler la commissure de ses lèvres, elle répliquait :
– Ah oui, Hitler pas bon ? Guerre pas bon ? Alors, qui choisir Hitler, qui vouloir guerre ? Polonais ? Tchèques ? Français ? Belges ? Hollandais ? Yougoslaves ? Oui, guerre pas bon, Hitler pas bon ; mais Allemands pas très-très bons non plus, vrai ou faux ?

La réplique était comprise, et ceux qui en avaient saisi la subtile filiation argumentaire traduisaient à ceux qui étaient un peu restés à la traîne. Un ou deux hochèrent la tête avec une apparence d'acquiescement accablé, les autres la baissèrent, leur tête à eux, ou se mirent à regarder ailleurs, du côté de la fenêtre par exemple. Convaincus ? Humiliés ? En tout cas, peu enclins à se défendre, à s'excuser non plus. Leur cas était différent de celui des Alsaciens qui pouvaient, eux, jouer la carte du malgré-nous, ce qui était justifié au demeurant pour la majorité d'entre eux ; les Allemands ne pouvaient guère répondre : Vous savez, on n'est pas vraiment allemands, après la Révolution française et sous Napoléon on a même été français à un moment... Ce n'est pas nous qui avons voté pour Hitler, qui avons défilé, acclamé, applaudi à l'invasion de l'Autriche, de la Pologne, ainsi de suite, c'est les Prussiens, c'est les Bavarois... Peut-être qu'ils l'auraient fait en douce s'ils avaient été chacun seul ; mais comment assumer pareil mensonge devant ces témoins qui leur auraient aussitôt soufflé en dialecte badois qu'ils ne manquaient pas de culot et qu'on n'avait pas à s'humilier de la sorte ?

Ils arrivèrent enfin à *Frankfurt-Hauptbahnhof*, sous une verrière qui semblait étrangement avoir été négligée par les bombes, puisque le reste de la ville était un champ de ruines, où des bulldozers avaient tracé des passages afin que la circulation pût s'effectuer. Partout, ce n'était que chantiers, échafaudages, chicots branlants. Nos deux Argonautes ferroviaires n'en croyaient pas leurs yeux.

Gerhardt les attendait au bout du *Gleis Drei*, du quai 3. Joie des trois protagonistes, puis recherche du quai d'où partirait la correspondance. Ils montèrent dans le teuf-teuf hors d'âge, aux wagons en bois, constitués chacun d'une salle unique qui disposait d'une allée centrale, de part et d'autre de laquelle, telles des vertèbres de bois jaune ciré, s'alignaient des bancs fixes, dont la dureté attestait la matière qui les constituait. Un dossier, tout aussi rigide puisque du même bois, permettait d'appuyer son dos. Des travailleurs fourbus, arrivés à Francfort au tout petit jour et repartant vers leurs villages ou bourgades situés à dix, vingt, trente, quarante, voire cinquante kilomètres, totalement hébétés et avachis, ruminaient leurs huit ou dix heures de travail forcé volontaire, dans l'attente d'un dîner frugal, d'un sommeil approximatif, d'un lever avant que le soleil ne montre la sommité de son arc de cercle culminant, et enfin d'un acheminement pesant jusqu'à la gare pour y prendre, gamelle au bras, le *Zug nach Frankfurt*...

Arbeit macht idiot, sicherlich...

Dès la gare d'Aschaffenburg, la physionomie de Gerhardt commença à se rembrunir. Passé l'euphorie des retrouvailles, il lui fallait bien en effet penser à la situation, totalement imprévue, qui se présentait aujourd'hui.

Son père mourant s'était rétabli, et c'est sa mère qui à présent s'acheminait vers une mort certaine. Outre la tristesse qui en résultait, Gerhardt adorant en retour cette mère dont il était le préféré à cause de sa gentillesse proverbiale, il fallait bien voir les choses telles qu'elles étaient : son père, petit maigre osseux mais brutal et vachard, le détestait ; il avait préféré autrefois son fils aîné, mort depuis lors du siège de Stalingrad ; mais sa chouchoute avait toujours été Lisa, la jeune sœur du pauvre Candide.

Or, nonobstant le fait que la belle grande maison avait été construite grâce à la solde mensuelle des deux frères régulièrement envoyée à leur père pour qu'il en prît soin (l'armée allemande ayant alors cette particularité unique en Europe, sinon au monde, de doter ses recrues d'un authentique salaire et non pas de cette ridicule solde qui permettait tout juste aux bidasses français d'aller au bistrot et de se payer des cigarettes), le père, à l'insu de son épouse, avait décidé que l'héritière serait Lisa. Lisa, outre qu'elle tenait son père aux petits soins, avait l'avantage d'avoir épousé un ambulancier de l'hôpital du Kreis, nanti du statut de fonctionnaire, beau Teuton originaire de Prusse et très bien élevé, qui présentait on ne peut mieux. Günther était d'autre part le fils de celui qui avait été le tambour-major de la clique des SS de Berlin, ce qui ne manquait pas de le nimber d'un prestige renforcé par le fait qu'il parlait un *Hochdeutsch* parfait, admirablement articulé, ce qui estomaquait et impressionnait les ploucs *Dieburger*, qui disaient *Moye* pour «*Guten Morgen*» et «*oïn mol*» pour «*einmal*». Hors de question de restituer à celui qui en avait assuré le financement cette grande maison avec jardin; Gerhardt était trop benêt aux yeux de son père; et, comble de déchéance, ne voilà-t-il pas qu'il rappliquait avec une de ces garces franchouillardes, qui avait sept ans de plus que notre Candide, était divorcée et se voyait lestée d'un morveux?

Si bien que Gerhardt était confronté à la nécessité de prendre les devants et d'informer Juliette que les choses n'allaient pas être aussi faciles et agréables que prévu. Si son père filait doux devant son épouse, qui était une femme énergique, Gerhardt savait fort bien quelle teigne il pouvait être, à l'abri des regards et des oreilles de son épouse Johanna.

Bref, l'affaire était fort mal engagée.

Arrivés à Dieburg, ils firent à pied le chemin de la gare au quartier périphérique, du côté de la route de Darmstadt, constitué de pavillons dotés d'assez vastes jardins, et arrivèrent enfin à la Feldbergstrasse, qui était une rue recouverte de terre battue, ou plutôt, très étrangement, de mâchefer, escortée d'un double alignement de ces villas pour ouvriers, moins modestes d'allure qu'on ne l'aurait pu supposer (la *Gemütlichkeit* étant restée alors la clé du douillet savoir-vivre germanique).

Juliette apprécia beaucoup la traversée de la bourgade, qui comptait nombre de demeures à encorbellement et à colombages. Puis elle fut conquise par les prairies et les masses forestières qui, de part et d'autre de la route de Darmstadt, séparaient encore, à l'époque, la ville proprement dite de ces extensions récentes, datant probablement des années vingt et trente, voire de l'époque de la guerre comme c'était le cas de la maison des Kern.

Elle apprécia aussi l'accueil de *Oma* (on l'appelait ainsi car Lisa venait de mettre au monde un bébé rose et potelé ; donc *Mutti* était aussitôt devenue *Oma*, mamée ; de la même façon *Vater* était devenu *Opa*, papé). La vieille dame lui mit les mains sur les joues, la regarda dans les yeux, et dit : « *Armes Mädchen…* », « Pauvre fille », d'une façon non pas dépréciative mais compatissante car elle savait ce qu'elle, mais aussi le fils qu'elle avait imprudemment amené avec elle et Gerhardt, allait devoir endurer, dès qu'elle ne serait plus là pour contenir la haine violente de son fou et égoïste de mari.

Comme prévu, Johanna quitta la vie quatre jours après l'arrivée de nos deux exilés, ou plutôt de nos deux naufragés.

La période de deuil, imposant un semblant de retenue à *Opa*, fut relativement calme. Il arriva même au vieil homme de montrer au petit *Franzose* comment s'y prendre pour peler une orange avec un couteau bien affilé et même effilé, de telle sorte qu'il n'en résultât qu'une seule épluchure, qu'on pouvait ainsi resserrer en une écorce homogène, sans qu'un millimètre de cette peau orangée manquât à l'appel.

Il lui fit également faire le tour du potager, en lui faisant observer (et le gamin comprit tout très vite) qu'il, lui *Opa*, connaissait le nombre exact de *Birnen* (de poires) et d'*Äpfel* (de pommes) que comptait chaque arbre (ils étaient encore petits et en effet n'en comptaient chacun qu'une petite dizaine). Le but de l'opération, et le futé garçon ne s'y trompa nullement, c'était de lui signifier qu'il n'était pas question qu'il en chapardât une seule, car l'œil du maître serait là pour reconnaître le larcin et punir ce délit abominable. Il ajouta, pour être bien compris, qu'il aimait, chaque matin, faire l'inspection de son potager et recompter avec minutie le nombre des fruits proposés par chaque arbre. Car, premièrement, *Opa*, qui avait fait la guerre en France, en 14-18, près de Béthune (*Pétoune* comme il disait), savait à quel point les Français, qui par ailleurs sont d'une saleté repoussante, sont voleurs, et deuxièmement il réservait cette production à son usage exclusif, l'habitude lui étant venue de déguster tantôt une pomme, tantôt une poire, à l'issue de chaque repas, après que la table eut été desservie, seul dans son coin, couteau en main.

Ce dont il raffolait, c'était de raconter à Juliette et à son garçon comment, lors de l'occupation de « *Pétoune* » (c'est le gamin qui avait compris qu'il s'agissait de Béthune, lorsque sa mère avait déclaré ignorer jusqu'au nom de cette localité !), les Français leur faisaient inexplicablement la gueule ; comment aussi eux-mêmes, face à ce comportement discourtois, s'amusaient à s'ébrouer et à pousser de grands cris ou à taper dans leurs mains comme pour faire s'éparpiller un troupeau d'oies menaçantes, afin de les voir en effet, spectacle des plus réjouissants, s'égailler...

Gêné, Günther s'était cru autorisé à faire observer, avec beaucoup de circonlocutions oratoires, que, en cas de guerre, les gens occupés ont en effet, et tout naturellement, tendance à ne pas faire fête aux occupants, voire à leur battre froid...

Opa avait répliqué que c'était bien là une remarque digne d'une bonne pâte telle que Günther, mais qu'il ne fallait pas qu'il se laisse entraîner à tant de laxisme sous prétexte de la présence de ces deux espèces d'usurpateurs qui venaient manger son *Schinken* et son *Harzer* (négligeant au passage que Gerhardt, légitime propriétaire de la maison, payait en plus une pension pour eux trois !). Il savait ce qu'il savait, les Français étaient des couards, des hypocrites sournois et des demi-sauvages dont la saleté faisait peur.

Günther n'avait pas cru devoir insister. Il avait expliqué en anglais à Juliette que *Opa* était au fond un brave homme, mais que la guerre de 14 l'avait secoué et la défaite humilié ; alors il en voulait aux Français ; mais c'était parce que, au fond, il ne les connaissait pas.

Opa avait demandé à son gendre ce qu'il marmonnait en français (Günther avait répondu que c'était de l'anglais et qu'il avait expliqué la guerre, les tranchées, et tout ça...).

Alors là ! Elle comprenait l'anglais, cette moins que rien, cette bohémienne ? Qu'un Allemand de bonne famille connaisse l'anglais, et même le français, et pourquoi pas le russe, cela allait en quelque sorte de soi ; les Allemands ont toujours été bien éduqués, et supérieurement intelligents. Mais celle-là, là, où est-ce qu'elle était diable allée trouver le truc pour apprendre l'anglais ? Il ne manquerait plus qu'elle se mette à apprendre l'allemand, à présent ! On aurait tout vu ! Il ne tarda de fait pas à tout voir car, au bout de deux ou trois semaines, Juliette était capable de discuter pied à pied, en cherchant ses mots, mais en se faisant comprendre, avec *Opa*, qui en fut soufflé et y trouva une raison de plus de détester sa future belle-fille. Il en avait conclu que, quoique sous-développés, les Français étaient tellement fourbes qu'ils se débrouillaient toujours pour se faufiler, grappiller un mot par-ci, une phrase par-là, leur double instinct d'espions et d'opportunistes les y aidant assurément. En tout cas, il fut brusquement évident pour lui qu'ils n'allaient à présent plus pouvoir être entre eux, qu'elle serait toujours là pour espionner le mal qu'il pouvait dire d'elle et de son fils, que c'était intolérable, qu'on ne pouvait plus être entre soi.

Puis il se calma en déclarant que cela n'avait au bout du compte aucune importance, car, ce qu'il avait à dire, il pouvait le dire à haute et intelligible voix, et que si la Française comprenait, eh bien, c'était tant mieux : qu'elle en prenne pour son grade, *Sakrament noch mal* !

Il entreprit aussi une campagne de démoralisation, en profitant de l'absence quotidienne de Gerhardt, parti tôt et devant rentrer tard des chantiers colossaux de Francfort en pleine reconstruction. À Juliette, qui acquérait à vive allure de solides rudiments d'allemand, ainsi que nous venons de le dire (même chose pour son fils, mais cet exercice est notoirement plus facile pour un enfant), il expliqua combien son fils Gerhardt était pleutre et inconsistant. Il affirmait ne pas comprendre qu'une femme d'âge mûr puisse confier son sort à pareille chiffe molle. Selon lui cette espèce de passivité mollassonne s'accompagnait d'un tempérament d'en dessous, disons le mot, sournois. « *Er ist falsch* », « il est faux », c'est-à-dire fourbe.

Juliette répondait sans se démonter que Gerhardt était au contraire un très brave homme, juste, généreux. Rien n'y faisait ; *Opa* riait. D'abord du fait qu'elle se débrouillât déjà pour se faire comprendre en allemand, ensuite qu'elle défendît de la sorte ce moins que rien minable.

Le fils de Juliette menait sa vie, rêvassant dans le jardin potager et fruitier, explorant les alentours, lorgnant du côté de la maison voisine, où résidait une jolie blonde de son âge, c'est-à-dire autour de douze ans (ce qui était en ce temps-là l'âge idéal pour ces superbes et blondes beautés teutonnes appelées, sauf exception, à devenir de solides matrones, caricaturales Gretchen dotées d'excédents graisseux et cellulitiques spectaculaires de façon vivement inesthétique, à cause probablement de leur régime alimentaire où féculents et charcuterie dominaient insolemment).

Un jour, ce fut le drame.

C'était un samedi après-midi. Gerhardt avait décidé de faire savoir à son père, sans trop d'agressivité car son tempérament ne s'y serait pas prêté, qu'il trouvait un peu exagéré d'être traité comme une espèce d'étranger et même d'intrus dans une maison dont il avait payé la moitié de la construction. Son père lui répliqua sans la moindre aménité, et même avec brusquerie, que cette maison, qui était la sienne, à lui, *Opa*, serait à sa mort celle de Lisa, une fille admirable qui lui faisait avec complaisance, au petit déjeuner, ses tartines de saindoux et, chaque soir, son infusion de *Bekunis Tee*. Lui, Gerhardt, était un irresponsable ; et, pour tout dire, il n'était pas question que le mioche d'une étrangère, française par-dessus le marché, finisse par hériter d'une belle et bonne maison allemande, *Gottverdamt !*

De manière inhabituelle, Gerhardt s'emporta, en vint à lancer au visage du monstre : *Du bist ein Schwein !* (Tu es un cochon !). Le vieux, que Gerhardt dominait pourtant de sept ou huit centimètres (mais pas du moindre gramme, tant il était maigre), se dressa sur ses ergots et envoya des deux mains une poussée de toutes ses forces dans la poitrine de son fils, lequel alla s'affaler deux mètres plus loin, se heurtant au passage à l'accoudoir du fauteuil réservé de *Opa*.

Blême, Gerhardt se redressa et soudain trouva les mots qui, en allemand, constituent le comble de l'insulte, et il conclut en signifiant à son père qu'ils ne resteraient pas une minute de plus dans cette maison qu'on lui volait.

Sa jeune sœur s'agitait en tous sens, sans intervenir dans la dispute ; Günther de son côté prit Juliette à part et lui expliqua en anglais qu'il était désolé pour ce qui se passait, et aussi que Gerhardt et son père s'entendissent si mal ; il précisa que lui-même, par souci de neutralité, préférait ne pas intervenir dans cette discussion, que c'était l'affaire de sa femme, pas la sienne, mais que celle-ci était fort embarrassée, prise entre l'affection pour son frère et le respect dû à son père, etc.

Gerhardt demanda à Juliette de rester dans leur chambre avec le petit jusqu'à son retour : il allait voir sa sœur aînée, Fina (Josephina), laquelle habitait avec son mari et ses quatre enfants, à une centaine de mètres, dans la rue perpendiculaire à la Feldbergstrasse, et lui demander si elle pouvait les héberger un mois ou deux, le temps de trouver un appartement. Fina était depuis plusieurs mois fâchée à mort avec le vieux schnock qui leur tenait lieu de géniteur, ainsi qu'avec cette pimbêche de Lisa, sa jeune sœur. Et elle avait déjà eu l'occasion de s'exprimer à propos de cette histoire de maison, qui revenait de droit à son jeune frère déjà pénalisé par cinq ans de guerre en Carélie, puis par son état de prisonnier en France.

Quand il revint, l'affaire était conclue. Elle et son mari ouvraient leur maison en grand à Gerhardt, sa fiancée et le fils de celle-ci. Ils seraient chez eux tant que ce serait nécessaire. Ils suggérèrent à Gerhardt de faire un procès ; mais comment argumenter, alors que l'argent envoyé par les deux garçons avait été placé sur le compte, et au nom, du vieux à la *Sparkasse* (la Caisse d'épargne) sans preuve qu'il appartenait aux deux fils ?

Ils firent leurs bagages et, en trois allers-retours, transférèrent leurs effets chez Fina et Joseph. Sans un mot du père, juste avec une tentative bredouillante de la sœur de dire qu'elle n'y était pour rien, que lui et leur père n'arrivaient pas à s'entendre, que cela s'arrangerait peut-être avec le temps… Le doux Gerhardt lui répliqua simplement en usant de l'équivalent allemand de : « Ferme ta gueule, salope ! » Elle la ferma donc, puis elle fit de même de la porte. Et ils ne se virent plus jamais de leur vie, quoique habitant durant près d'un an à cinquante mètres les uns des autres (mais les Braun et la petite tribu de Gerhardt évitaient de tourner dans la Feldbergstrasse ; ils allaient au bout de la Windbergerstrasse, et de là rejoignaient la route pour aller vers le centre-ville).

LA VIE CHEZ LES BRAUN

Les Braun formaient un couple sympathique, d'une générosité que renforçait la haine que Fina ressentait à l'égard de son père et de sa sœur.

Joseph travaillait dans une usine pas très loin de Dieburg, tandis que Fina, forte et assez grosse femme débonnaire, s'occupait de tenir la maison et d'élever avec vigilance leurs trois filles et leurs deux fils.

Joseph présentait une particularité, qui avait d'ailleurs été à l'origine de la violente séparation avec *Opa* : il était communiste, ce qui était devenu fort rare en République fédérale. Communiste, il l'avait déjà été avant la guerre, il s'en était caché durant la période nationale-socialiste mais pratiquait en secret sa dévotion idéologique avec une poignée de ses camarades (lorsque le parti fut interdit du fait du violent différend existant entre les deux États allemands, Joseph et plusieurs autres, au lieu d'adhérer au SPD, parti socialiste, restèrent, hors parti puisque le leur n'existait plus, par-devers eux fidèles à leurs convictions).

C'est chez les Braun que Juliette et Gerhardt procédèrent à leur mariage dans la plus stricte intimité ainsi que l'on dit. Ce fut un mariage civil, ce qui, dans la rurale bourgade passait pour une sorte de blasphème, et n'était qu'à moitié reconnu par les gens. À la mention *Religion* qui accompagnait automatiquement l'identité de chaque individu, Juliette avait indiqué *kein*, « aucune » ; fort embarrassé, le fonctionnaire du *Landrat* lui avait demandé : «Vos parents étaient quoi ? » ; elle répondit : Catholiques, mais je n'ai pas demandé à être baptisée, lorsque j'étais bébé, et je renie mon baptême. D'autorité, l'administration inscrivit sur ses actes officiels la mention *Katholisch* !

Les deux couples s'entendaient à merveille, et sortaient ensemble chaque samedi soir, pour passer trois ou quatre heures à la Gaststätte qu'ils affectionnaient, au centre-ville. Juliette raffolait de ces atmosphères où l'on riait, parlait fort, chantait en chœur en se tenant tous bras entrelacés et en se balançant tous ensemble au rythme de la chanson. Parfois, ils allaient dans un de ces lieux où la boisson et les chants à tue-tête s'accompagnaient de danses, auxquelles Juliette participait avec cet entrain qui en fit, ici comme autrefois à Avignon, une authentique vedette. Gerhardt, qui ne voulut jamais apprendre à danser, se réjouissait de voir sa «Yette» (diminutif qui masquait son impossibilité toute germanique à prononcer le son « Ju ») se réjouir de la sorte, et entraîner derrière son enthousiasme communicatif tous les autres danseurs.

Pendant ce temps, son fils, qui avait douze ans et commençait à éprouver les premiers élans d'une sexualité précoce, rejoignait les deux garçons Braun et leurs deux plus jeunes sœurs (l'aînée ayant sa chambre dans une petite maison à part, bâtie au fond du jardin). Ce petit monde avait quatorze et douze ans pour les garçons, treize et onze pour les filles (l'aînée avait quinze ans, ce qui voulait dire que le ménage Braun avait produit pendant cinq ans un enfant chaque année, de façon métronomique : il est vrai que cette productivité avait été fortement encouragée dans l'Allemagne vengeresse d'après 1918, et spécialement d'après 1933).

Les quatre frères et sœurs avaient pris l'habitude de pratiquer un jeu assez étonnant, qui consistait à « cacher », « *verstecken* », par l'intéressé une petite boule de papier sur une partie du corps d'un « cacheur », lequel s'abandonnait avec volupté à la fausse entreprise d'investigation de ses frères et sœurs. Le « trouveur » devenait à son tour « cacheur » et chacun avait le plaisir alternatif d'inspecter les recoins du corps de l'heureux vainqueur, qui était ainsi délicieusement tripoté par la fratrie avide de découvertes, même lorsque celles-ci furent, très vite, devenues du déjà-vu et revu. En fait, la question cessa vite d'être purement documentaire et même ludique pour accéder au stade de la jouissance parasexuelle individuelle et collective grossièrement… raffinée.

Le jeune Français, qui commençait à manifester visiblement son émoi physiologique, était donc pratiquement au niveau de capacité érectile du frère de quatorze ans, la précocité en la matière des gènes sudistes ayant fait son effet, et en cela plus intéressant que le petit Sepel, qui peinait encore à produire une érection franchement discernable. De plus, il avait le double avantage d'être tout nouveau et étranger, donc plus apte à stimuler la curiosité de la petite troupe d'investigateurs, lesquels, tacitement, s'arrangeaient pour le laisser gagner le plus souvent possible.

Le plus subtil, et le plus pervers du jeu, consistait à faire comme si tout endroit du corps (aisselles, interstices entre les doigts de pieds, bouche, oreilles) était d'égale valeur, cela afin de masquer la vraie finalité dudit jeu, qui était de se tripoter les uns les autres. Alors, pour la forme, les premiers « cacheurs » utilisaient ces « cachettes » anodines, qu'en effet, et chaque fois, chacun commençait par explorer, comme si de rien n'était, alors que chacun ne pensait qu'à glisser la petite boule dans les endroits les plus intimes…

La façon qu'avaient les trois autres « chercheurs » de tricher afin de laisser gagner le *Franzose*, c'était de laisser les doigts s'attarder en ces endroits de peu de prix, auxquels chacun avait logiquement renoncé dès les premières passes, abandonnés qu'ils étaient au faux-semblant hypocrite. Si bien que lui, d'abord innocemment, puis conscient de cet avantage qui lui était sournoisement concédé, mais aussi du compte qu'ils y trouvaient eux-mêmes, allait droit au but, c'est-à-dire à l'un de ces Graal érotiques privilégiés huit fois sur dix par le « cacheur », comme de bien entendu. Gagnant ainsi à peu près une fois sur deux (« *Ach, wie stark bist du!*»; «Qu'est-ce que tu es fort!» s'exclamaient les petits hypocrites...), il donnait libre cours à l'absence totale et tout à fait délicieuse d'imagination; c'était tout bénéfice pour lui, ainsi fouillé, caressé, tripoté, et pour eux qui pouvaient s'informer plus avant quant à la constitution d'un spécimen d'une autre race (car l'appartenance du Français à une race différente allait de soi, sans que la chose eût la moindre implication dépréciative). Chacun y découvrit certes vite que nulle différence notable n'était constatable entre un jeune mâle hessois et son homologue gallo-romano-franc; mais l'imagination fantasmatique compensait largement l'absence effective de singularité.

De délicieuses soirées avaient ainsi lieu, à l'insu du quatuor parental qui, lui, buvait, chantait, buvait, se balançait en rythme, buvait, dansait, buvait, riait, buvait, racontait des sottises, buvait, et rentrait finalement, sous l'œil indulgent de la lune, dormir de l'œil du juste, lou Pitchoun ayant rejoint son matelas posé sur le parquet, à deux mètres du lit où le jeune ménage Kern venait conduire son sommeil parallèle.

IM WALD

Chez les Braun, Juliette avait beau partager les tâches ménagères avec Fina, il lui restait pas mal de temps disponible. Elle choisit très vite de jouir de cette opportunité pour aller avec son fils, désormais aussi grand qu'elle, explorer les deux forêts qui faisaient une espèce de couronne à la bourgade, dont les abords immédiats étaient constitués de champs cultivés et de prairies à vaches, mais qui, cinq ou six kilomètres plus loin, cédaient la place à deux reliquats de ce qui avait autrefois appartenu au mythique Odenwald (la Forêt du dieu Odin).

Les forêts allemandes étaient alors de puissants sanctuaires dédiés au mystère, à la rêverie, et tout pleins de rumeurs secrètes (piverts, cerfs, coucous, pinsons, batraciens divers, hulottes...). Ce labyrinthe d'écorces et de racines, de buissons et de hauts fûts d'arbres, une, deux, voire trois fois séculaires, cette épaisse frondaison, ces rayonnements solaires, ces vaporeuses insinuations de bancs de brume, ces échos auxquels venaient se mêler les voix de la mère et de l'enfant entonnant à tue-tête des airs cueillis au fond de la mémoire des siècles, et dont Juliette, qui les avait appris de son père, inoculait la mémoire de son fils.

Par moments, lorsqu'ils étaient assis sur un tapis de mousse, au bord d'un étang explosant de coassements et transfiguré par le surplace aérien des libellules, il la voyait en quelque sorte entrer en elle-même, se taire, regarder fixement un point de l'espace dont il savait qu'elle ne le voyait pas vraiment ; elle partait probablement en quête de la petite fille de Margeride, qui, autrefois, dans la solitude colossale de la végétation, avait si souvent rêvé d'ailleurs, d'autre part, et peut-être même de rien, oui, rêvé de rien mais d'une rêverie d'une infinie profondeur. Il se pouvait même qu'elle-même, dans ces moments, ne rêvât de précisément rien, et qu'elle fût aspirée par un rêve universel, dissoute dans l'éther d'un voluptueux nulle part.

D'autres fois, Juliette ayant acheté une bicyclette et son fils empruntant celle de Gerhardt, ils partaient en de folles randonnées, au cours desquelles le garçon devait faire effort pour parvenir à suivre le rythme infatigable adopté sans effort par sa mère.

Ils revenaient chargés d'énormes bouquets de fleurs ou de sacs pleins de ces champignons qu'elle savait reconnaître.

S'arrêtant parfois en des auberges de campagne, ils commandaient des Sinalco, qui étaient des sortes d'orangeades gazeuses et légèrement acidulées, dont la principale particularité était de donner soif, au lieu de l'étancher.

Il arrivait que de microévénements donnassent à Juliette l'occasion de manifester son fier et impulsif tempérament.

C'est ainsi que, les routes allemandes étant souvent doublées d'étroites pistes cyclables fort pratiques, Juliette se refusait à emprunter celles-ci, sous prétexte qu'il n'y en a pas en France, ce qu'elle traduisait par un déconcertant : « En France, au moins, on peut rouler où on veut. Ici, ils vous forcent à rouler à côté de la route, comme si la route n'était pas faite pour tout le monde ! » Or ce comportement atypique, de surcroît contraire à la réglementation en vigueur, lui valut souvent les réprimandes de policiers en balade, appelée tournée d'inspection du bon fonctionnement de la circulation.

Mal leur en prenait. À peine avaient-ils fait observer, sur le ton de la plus grande sévérité, que les deux impétrants contrevenaient aux règles s'appliquant à la circulation à bicyclette dans des zones disposant de pistes cyclables, qu'ils recevaient aussi sec une bordée de récriminations.

Découvrant qu'il s'agissait d'une étrangère, en laquelle ils reconnaissaient instantanément l'accent français, ils ajustaient leur ton aux normes de la pédagogie élémentaire : Vous voyez, ici, le long des routes, il existe des voies pour que les cyclistes puissent circuler sans dommage ; il faut en profiter ; en plus, c'est obligatoire…

– Obligatoire chez vous, peut-être, répliquait-elle dans son allemand troué de fautes, mais jamais hésitant ; mais moi, voyez-vous, je suis française ; en France chacun a le droit de rouler où il veut ; c'est ça la liberté ; en France on n'a pas des flics qui viennent vous dire où vous devez rouler ; c'est pourquoi on n'a jamais eu de nazis ni de SS, *vorstanden ? Sind Sie* O.K. ?

Non seulement elle ne cédait pas d'un pouce, mais encore le pauvre flic, anéanti par ce bagout et par ces raisonnements cinglants, voire offensants, de surcroît nullement habitué à voir quelqu'un protester, refuser d'obtempérer, finissait par dire : Écoutez, moi je ne suis pas méchant ; mais je vous conseille quand même d'emprunter la piste cyclable, car si vous tombez sur un de mes collègues, un peu plus loin, croyez-moi, il ne vous fera pas de cadeau, lui... Moi je veux bien faire comme si je ne vous avais pas vus ; mais attention, ça peut vous coûter cher ; et si vous avez un accident, c'est vous qui aurez tort.

– Eh bien, si j'ai un accident, ça me regardera, moi seule ; et si j'ai un accident, ça voudra dire que vos automobilistes allemands conduisent n'importe comment ; parce que moi, je roule bien au bord, comme il convient...

AUTRES LIEUX, AUTRES MŒURS

Cette histoire de piste cyclable ne fut pas la seule occasion, pour Juliette, de manifester sa... différence. En vérité, tout contribuait à la faire s'exprimer, tout comme n'importe quoi suffisait à faire bouillir sa bile et s'enflammer son langage.

D'abord, il y avait ces formalités qu'elle n'acceptait de remplir que dans la mesure où on les lui avait clairement expliquées et justifiées. Ainsi, son mari étant incapable de se débrouiller dans ce qui ne touchait pas à son métier, où il excellait, ne tarda pas à lui déléguer le soin de s'occuper de tout ce qui touche aux relations avec l'administration, ainsi du reste qu'avec le reste du monde dans sa globalité. Un, il ne connaissait rien aux relations humaines ; deux, elle était experte dans l'art de clouer le bec à tout contradicteur et de faire des autres des alliés, des soumis ou de prudents adeptes de l'acquiescement... hypocrite, l'intime conviction n'ayant de valeur, selon elle, qu'à la condition qu'elle osât franchir le cap de l'expression claire et nette. Le silence suffisait à attester l'accord de principe, ou si l'on veut l'accord par défaut.

Elle n'hésitait pas une seconde, prenait la lettre, la circulaire ou le formulaire faisant problème ou soulevant question et allait où il fallait (le *Landrat*, la *Rathaus*, la *Bundespost*, le *Finanzamt*, *und so weiter...*).

Elle arrivait (et, très vite, les fonctionnaires s'étaient habitués à elle, la redoutaient, prenaient des suées froides à l'idée qu'ils allaient devoir argumenter sans fin, se faire rembarrer, quasiment – ou carrément – insulter...). Elle se plantait devant le pauvre employé d'emblée assigné à son apparent et résigné statut de fautif. Et cela commençait :

– *Guten Tag, mein Herr (*ou *meine Dame) ; mein Mann hat diese Papiere bekommen. Ja, also, was bedeutet es, können Sie mir bitte sagen ?*

Elle eut, à quarante-deux ans (encore une singularité dans la vie de notre atypique héroïne...), une fille de son second mariage. Lorsque celle-ci eut cinq ans, et qu'elle allait à l'école maternelle, elle revint un jour de classe avec, sur son cahier, un cercueil soigneusement dessiné, avec sa croix toute noire. Sa mère, stupéfaite, lui demanda : « Qu'est-ce qui t'a donné l'idée de dessiner ça ? Tu sais ce que c'est ?...

– Oui, c'est pour les morts, a expliqué la maîtresse.

– C'est la maîtresse qui vous a fait dessiner cette horreur ?

– Oui, maman. »

Le lendemain, accompagnant comme chaque jour sa fille à l'école, elle interpella la vieille instit et lui demanda :

– C'est vous, Frau Untel, qui avez fait dessiner des cercueils aux enfants ?

– Oui, bien sûr, pourquoi Madame ?

– Mais c'est une honte ! Comment est-ce que vous pouvez oser mettre des choses pareilles dans la tête d'enfants de cinq ans, qui ont bien le temps d'apprendre ce que c'est que la mort ?

– C'est pour les habituer à cette idée justement ; pour que cela ne leur fasse pas peur...

– Vous ne croyez pas que vous, les Allemands, avez fait suffisamment de morts comme ça, pendant la guerre ? Vous voulez en plus habituer les enfants à la mort !

– Mais c'est normal ; après, je leur parle du Paradis et...

– Vous leur parlez de quoi ? Vous vous autorisez à leur raconter des histoires d'église ?

– Mais c'est pendant l'heure de religion...

– L'heure de quoi ? Vous enseignez la religion à l'école ? Qu'est-ce que c'est que cette histoire ?

– Comment, vous ne savez pas qu'en Allemagne nous avons une *Religion Stunde* par semaine ? Ce n'est pas le cas en France ?

– Il ne manquerait plus que ça ! La religion, c'est l'affaire de l'église, du temple, des religieux ; pas celle de l'école ! Ma fille n'a pas de religion. Ni moi ni son père...

– Mais c'est impossible. D'ailleurs, sur son acte de naissance il y a écrit « catholique » à la rubrique « religion ».

– On ne m'a rien demandé, ni pour inscrire cette bêtise ni pour savoir si je voulais qu'on lui enseigne la religion... C'est obligatoire, dites-moi ?

– Oui, sauf si les parents signalent au *Landrat* qu'ils ne veulent pas que leurs enfants reçoivent d'enseignement religieux, pour ceux par exemple qui ont une religion qu'on n'enseigne pas ici, ou pour ceux qui déclarent officiellement n'avoir aucune religion. Mais c'est un cas si rare que je ne l'ai personnellement jamais rencontré depuis trente ans que j'enseigne…

Juliette s'en fut donc au *Landrat* (équivalent d'une sous-préfecture française) et s'adressa au service idoine, dont la fonctionnaire fut surprise de la requête.

– Mais quel mal est-ce que cela peut lui faire, à votre fille ? Ensuite, elle fera ce qu'elle voudra ; mais du moins elle aura appris les rudiments de la religion et pourra choisir !

– Elle peut aussi, ce qui me paraît plus honnête et plus sérieux, n'être déformée par l'enseignement d'aucune religion, et, plus tard, si elle veut en pratiquer une, elle pourra toujours choisir, parce que, ce que vous lui enseignez, je vous signale que c'est une religion précise, la catholique… Moi, j'exige qu'on ne lui parle pas de ça à l'école. Plus tard, si elle me pose la question, je lui expliquerai qu'il y a plusieurs religions dans le monde, et aussi quantité de gens, et j'en fais partie, qui n'ont pas de religion, qui ne croient en l'existence d'aucun dieu. Alors, puisque c'est la loi, eh bien respectez-la : écrivez « sans religion » ou « dispensée d'heure de religion », comme vous voulez. En tout cas, je ne veux pas qu'on aille l'influencer pendant les heures de classe sur cette question ; pourquoi pas aussi leur enseigner l'opinion du parti politique au pouvoir, tant qu'on y est, comme dans certains pays, et sûrement dans le vôtre sous Hitler ?

La petite Rosemarie (prénom emprunté à l'héroïne d'une opérette dont raffolait Juliette et dont l'air le plus fameux est : « Ô ma Rosemarie, / Les fleurs de la prairie / Se penchent devant toi lorsque tu passes / Comme pour s'incliner devant ta grâce... ») fut donc la seule élève de l'école dispensée de la *Religion Stunde*. Elle s'occupait durant ces séquences à dessiner ou à lire *Hansel und Gretel*.

Tout était comme ça. Elle recalculait les impôts de son mari et allait soit contester la somme, soit réclamer des explications. Si la municipalité prenait une décision qu'elle trouvait contestable, elle allait voir le service concerné et manifestait son désaccord ; si on lui répondait que c'était une décision du conseil municipal et que les fonctionnaires de la ville n'y pouvaient rien, alors elle exigeait de rencontrer un représentant dudit conseil ou le maire lui-même ou qui l'on voudrait qui soit compétent en la matière. On finissait par la mettre entre les mains d'un vague adjoint car elle ne lâchait jamais prise et qu'il valait mieux faire semblant de céder. Faute d'avoir obtenu cet embryon de prise en compte de son désaccord, elle menaçait d'en référer au *Landrat*, au ministère de l'Intérieur, au chancelier ; et il ne serait venu à personne l'idée que ce pût être paroles en l'air ou simple vantardise. Bref, elle était devenue l'emmerdeuse municipale.

Si l'on s'avisait (ce qui du reste ne se produisit qu'une fois, un fonctionnaire irrité se risquant à lui dire le fond de sa pensée) de lui lancer à la figure :

– Écoutez, Madame, vous êtes française ; en France,

on peut apparemment faire de tels scandales auprès de l'administration ; pas en Allemagne, alors…

– Je regrette, cher Monsieur, je suis aussi citoyenne allemande, par mon mariage, et à ce titre aussi légitime dans mes droits qu'un natif de Hambourg, de Berlin ou de Passau. Si je suis la première à exercer ce droit, c'est bien dommage, et cela veut dire que la démocratie a beaucoup de chemin à faire en Allemagne pour être autre chose qu'un principe sans aucune réalité.

Lui clouer le bec était impossible ; tout au plus pouvait-on espérer la rouler dans la farine en lui promettant qu'on allait soumettre le cas aux autorités supérieures. C'est du reste ce qui avait fini par venir presque spontanément à l'esprit des pauvres fonctionnaires littéralement débordés, tant ce comportement heurtait leurs habitudes d'obéissance, de soumission, d'acceptation, de résignation…

Lorsqu'elle allait au cinéma et que, pour rejoindre sa place au milieu de la rangée, elle demandait « Pardon » (mot français couramment utilisé en allemand) ou « *Entschuldigen Sie mir, bitte* », sans que personne bouge seulement les genoux, elle lançait à haute voix : « *Alle Schweine, diese Dieburger, richtige Bauern !* » (« Tous des cochons, ces Diebourgeois ; de vrais paysans ! »)

Un dimanche, un policier se présenta à la porte d'accès au jardin et à la maison dont ils louaient le rez-de-chaussée. La propriétaire, après l'avoir accueilli sur un ton des plus entendu, vint sonner à la porte de sa locataire et lui dit qu'un policier demandait son mari ou elle. Inquiète, elle s'apprêta à rejoindre le flic au portail en bois ouvrant sur la rue quand elle eut la surprise de tomber sur lui dans le vestibule, près de son appartement.

Il lui expliqua, embarrassé, que quelqu'un (en fait elle devina, puis sut clairement, qu'il s'agissait de la propriétaire, Frau Blank) s'était plaint qu'elle et son mari ne respectaient pas la législation sur le travail, strictement interdit le dimanche, du fait d'une disposition visant à respecter l'ahurissant diktat religieux.

– Bien, cher Monsieur; d'abord, avez-vous un acte vous autorisant à pénétrer dans un domicile privé?
– Heu... Non, Madame, mais Frau Blank, la propriétaire, m'a laissé entrer...
– Que madame Blank vous autorise à entrer chez elle, au premier étage, ça la regarde; mais, là, vous êtes chez moi, et moi je ne vous y autorise pas, alors sortez, je vous suis et nous allons discuter dans la rue, devant la maison, sinon ce que vous faites s'appelle violation de domicile.

Estomaqué, le policier obtempéra et s'attendit déjà au pire (d'autant qu'il avait déjà entendu parler de la Française des Kern...).
– Alors, vous me dites que des gens se sont plaints que mon mari bêchait le jardin le dimanche matin et que je m'occupe de tailler les rosiers ou de toute autre chose du même ordre, tout cela à cause de la religion catholique, qui l'interdit? Je suppose que si madame Blank, car je sais que c'est elle, qui est en effet une bonne catholique comme j'en ai déjà connu beaucoup dans mon existence, puisqu'elle est méchante, hypocrite, lâche, curieuse,

menteuse et médisante (je profite d'ailleurs de ce qu'elle nous écoute à sa fenêtre pour le dire à haute voix, comme ça ce sera fait une bonne fois pour toutes), si madame Blank est choquée de voir mon mari s'occuper de nos trois salades, de nos douze carottes et de nos groseilliers, elle doit l'être encore plus quand elle dit du mal de tout le monde; elle doit s'en vouloir beaucoup. Quant à mon mari et moi, Monsieur l'agent, nous ne sommes ni catholiques, ni protestants, ni juifs, ni rien; nous n'avons jamais eu affaire à un quelconque dieu qui nous aurait interdit de faire notre jardin quand nous en avons le temps. Et c'est justement le dimanche que nous en avons le temps, voyez-vous? Le jardinage n'est ni affaire de sainteté ou de religion ni une nuisance pour la société, sauf peut-être pour Frau Blank. Aussi je vous demande de transmettre à vos supérieurs l'information suivante: nous continuerons à jardiner quand nous en aurons le temps et quand ça nous plaira; cela ne gêne personne; nous ne faisons ni du bruit ni le moindre dommage. Les affaires avec le dieu de madame Blank regardent madame Blank et elle seule, dites-le je vous prie à votre chef, qui me connaît d'ailleurs et qui ne doit pas être impatient de me voir déboucher dans son bureau. Enfin, pour mettre fin à tout cela, sachez que, pour nous, ce n'est pas du travail mais une activité de loisir. *Ist es O.K.? Ja? Also, auf wiedersehen, ich wünsche Sie ein schönes Sonntag.*

Tout cela dans un allemand qui, de jour en jour, s'affinait et que personne n'hésitait à comprendre, quand bien même le genre des substantifs et les règles de la déclinaison n'étaient pas respectés de façon académique. En revanche, elle faisait effort pour user du meilleur allemand possible, celui de la radio, du cinéma, des journaux, et non pas l'espèce de salmigondis hessois. Ce qui laissait perplexes les Dieburgern et les mettait en état d'infériorité, eux qui n'auraient jamais osé parler autrement qu'en dialecte, par crainte d'être considérés comme prétentieux ou snobs.

DE QUELQUES ASPECTS DÉPLAISANTS DU CARACTÈRE DE JULIETTE

Ce courage, cet esprit de repartie, cette franchise sans un soupçon d'ambiguïté, dont Juliette avait fait ses qualités dominantes, ne suffisaient toutefois pas à masquer de bien désagréables défauts.

C'est ainsi que Juliette était jalouse, mais d'une façon pointilleuse et paranoïaque. Un jour, son fils, alors âgé de quinze ans, dut s'interposer au beau milieu d'une scène extravagante, dont voici la relation.

De son séjour en Scandinavie au sein de l'immense armée Mannerheim, partie dans un premier temps occuper la Norvège, dans un second temps soutenir les Finlandais dans leur guerre contre les Soviétiques (sans doute à propos d'arpents de neige totalement stériles), Gerhardt avait rapporté un coupe-papier artisanal, sculpté dans le bois par un Lapon ou quelqu'un d'approchant, mettons un Finno-Ougrien mal dégrossi, et une photo, un portrait de jeune fille blonde comme les blés, qui était enseveli au fond d'une boîte où s'entassaient quantité de clichés jamais regardés par notre ami.

Juliette, passant en revue l'anthologie des images du soldat Gerhardt Kern faisant mine de se raser, torse nu, dans la tourelle d'un char d'assaut, du même, agrémenté d'un casque et d'un fusil et en train de monter réglementairement la garde, toujours lui conduisant sa moto (puisqu'il était estafette), ou encore Gerhardt en tenue blanche de soldat des neiges enfoui sous son capuchon, etc., tomba ex abrupto et baba, si l'on ose user de ce terme plutôt vulgaire mais clairement explicite, sur le sourire éclatant d'une ravissante Scandinave.

Furieuse, elle la brandit sous le nez de Gerhardt : « C'est qui, celle-là ? »

– C'est Molle, une jeune fille de Norvège ; moi sortir avec elle *vielleicht ein oder zwei Monate, nicht mehr* ; après, moi partir *Finnland und* ça fini... Moi pas savoir quoi elle devenir ; elle peut-être mort, mariée, *ich weiss nicht.*

– Alors pourquoi est-ce que tu gardes son portrait ?

– Je pas savoir... Elle là dans boîte avec photos guerre...

– Tu es bien sûr que tu ne penses pas à elle et que tu ne voudrais pas la rejoindre ? Elle est jolie, hein ? Plus jolie que moi, non ?

– *Ach, du, Mama,* ça pas vrai, moi oublié elle...

– Bon, eh bien, alors, si je la déchire et la jette, ça ne te fera rien, pas vrai ? Hein ? *Was glaubst du ? Ist es keine gute Idee ?*

Et elle déchire en effet en quatre morceaux le si joli visage.

Gerhardt ne mentait pas en disant qu'elle était là parce qu'elle y avait été enfouie autrefois, en 1943 peut-être, et qu'il n'y pensait plus. Toutefois, je vis son visage changer de couleur et d'expression devant ce viol de son passé. Il bafouilla :

– *Aber, Mama,* pourquoi toi fais ça ? Ça vieille photo, vieux souvenir ; mais ça fini depuis quinze ans…

– Eh bien, comme ça, c'est encore plus fini, définitivement fini, mon cher Gerhardt.

Son fils, alors âgé de quinze ans, qui avait assisté à la scène et n'en croyait pas ses yeux se récria : « Maman, tu n'aurais pas dû… Qu'est-ce qu'elle te volait, cette Molle ? »

– Ah c'est ça, tu es bien comme ton père, comme tous les hommes ; vous ne pensez qu'à nous tromper et à cacher les preuves de…

– Mais Gerhardt n'a rien caché, et il ne t'a pas trompée, qu'est-ce que tu racontes ?

– Et voilà, vous êtes bien tous pareils, vous vous en fichez de ce qu'on peut souffrir…

– Arrête, maman, tu dis n'importe quoi et…

– Non mais dis donc, c'est comme ça que tu parles à ta mère, en plus ? Tu devrais avoir honte.

Elle était également susceptible et il suffisait de n'être pas d'accord avec elle, sur quelque sujet que ce soit, pour que l'on soit aussitôt soupçonné du pire.

Un jour que son fils avait près de quarante ans et qu'il déjeunait avec elle et Gerhardt, la discussion porta sur leurs prochaines vacances. Ils projetaient d'aller en RDA se ressourcer dans une atmosphère populaire, telle qu'on n'en trouvait plus, selon elle, en France ou en RFA. Ils allaient plonger dans le nirvana socialiste.

Son fils lui fit observer que, loin d'être un paradis, la RDA était éprouvée comme un enfer par ceux qui y vivaient.

– Qu'est-ce que tu en sais ? Tu y es déjà allé ?
– Non, mais chacun sait cela et c'est pareil en Union soviétique…
– Ah, nous y voilà ! Mon pauvre fils, si ton père t'entendait… Tu lis les journaux, tu écoutes la télé, et ça y est, tu prends pour argent comptant n'importe quelle baliverne et n'importe quelle propagande… Décidément, depuis que tu es un « Monsieur », tu es bien passé de l'autre côté ; oui, ton père aurait honte.
– Maman, mon père était socialiste, pas communiste ; par goût, il aurait en effet été communiste, parce qu'il trouvait la S.F.I.O. pas très nette, s'il n'y avait pas eu toutes ces histoires de goulag et de dictature que tout le monde connaît depuis longtemps. Moi aussi, j'aurais été communiste, à quinze ans, à vingt ans, à vingt-cinq, à trente, s'il n'y avait pas eu la Pologne, Budapest, Prague et tout ce qu'on a appris par la suite…
– C'est ça, c'est ça, parle toujours… Tu es passé de l'autre côté, tu es dans le camp du capitalisme, à force de faire des manières, d'écrire des choses que personne ne comprend, sauf les bourgeois…

– Arrête, maman, tu dis des bêtises. Ce que je te dis là, tout le monde le sait ; pour le nier il faut être aveugle ou menteur… Toi, tu es aveugle, c'est presque aussi grave que si tu mentais, en tout cas, ça a le même effet…

– C'est ça, insulte-moi, tu ne penses qu'à ça, comme ton père, me faire pleurer, me faire du mal…

– Papa ne pensait pas à te faire du mal ; il t'en a fait parce qu'il t'a trompée et quittée, mais pas pour te faire systématiquement du mal…

– *Du* faire pleurer *die Mama*, *Du must* arrêter parler comme ça à elle, ça pas gentil, ça pas bon pour elle…

– Mais non, chaque fois qu'elle n'a plus d'argument, qu'elle ne sait pas quoi répondre, elle pleure pour faire comme si elle avait raison et comme si le reste du monde, à commencer par toi mon pauvre Gerhardt, avait tort contre elle.

Un jour, où la télévision évoquait les cas de dopage des athlètes est-allemands, elle était entrée dans une fureur de tous les diables.

– C'est de la propagande ; ils n'arrêtent pas de déblatérer sur la DDR ; c'est tous des salauds.

– Écoute, tu sais bien que c'est vrai ; tu crois qu'ils gagnent toutes ces médailles parce que leurs dix-huit millions d'habitants seraient plus forts ou mieux entraînés que le reste du monde, y compris que les Allemands de l'Ouest ? Tout le monde sait qu'ils sont dopés, drogués si tu veux, et qu'en plus c'est très dangereux pour leur santé…

– Oh, les pauvres, on va les plaindre ! Ils sont beaux comme des astres, ils sourient à pleines dents, ils gagnent tout, mais non, il faudrait, selon toi et selon les capitalistes dont tu suis bien la trace, qu'on s'inquiète de leur santé ! Je te souhaite d'avoir leur santé, au lieu d'être blanc comme un cachet d'aspirine !

– Peut-être que je suis blanc comme un cachet d'aspirine, mais, eux, ils ne sont pas d'aspirine, les cachets qu'ils prennent, tu peux me croire…

– Et alors, si ça les rend plus forts, eh bien les autres, pourquoi ils ne font pas pareil, hein, tu peux me le dire ? La vérité, c'est que les médecins et savants des pays capitalistes sont moins bons que ceux de l'autre côté, la voilà, la vérité.

Par fidélité à des idéaux qui s'étaient depuis longtemps discrédités, elle passait soudain de la bravoure et du bon sens à la stupidité sans bornes ni concession.

Tout ce qui venait d'ailleurs que de là où elle était, tout ce qui était différent de ce qu'elle connaissait lui paraissait indiscutablement beaucoup plus intéressant, sympathique, enviable ou crédible, en un mot : meilleur.

Le bon côté de cette disposition mentale, l'anecdote suivante va en donner un exemple frappant.

À partir de leur installation à Dieburg, en 1949, ils virent affluer quantité de « rapatriés » de l'Est, qui bien souvent étaient plutôt des exilés car on a peine à considérer comme rapatriés des individus issus de souches transplantées en Moldavie, en Moravie, en Hongrie, en Bohême, en Silésie, en Poméranie depuis le dix-huitième, voire le dix-septième, siècle. C'est comme si l'on se mettait à « rapatrier » en France les Québécois, qui sont d'anciens Vendéens, Bretons, Normands ou Limousins partis à cette même époque vivre sur les berges du Saint-Laurent.

Quoi qu'il en soit, ces pauvres gens, qui avaient dû tout abandonner dans leur fuite, qui parlaient un allemand dont le dialecte et l'accent étaient exotiques pour les Hessois eux-mêmes dotés en majorité d'avatars bien peu élégants du *Hochdeutsch*, faisaient pitié et inspiraient de la sollicitude à toute personne dotée d'une sensibilité normale. Le cas de nos pieds-noirs n'était rien à côté, car ces paysans appelés à mettre en valeur des terres incultes en Moldavie, en Voïvodine ou ailleurs n'en avaient ni spolié, ni chassé, ni asservi les autochtones.

Les Dieburgeois n'étaient pas de cette catégorie d'humanité qui s'apitoie. Pour eux, ces *Lumpen* étaient des quémandeurs et, pis encore, des voleurs d'emplois (emplois déjà si rares pour les autochtones, disait-on, ce qui était faux car l'Allemagne manquait au contraire de bras pour se reconstruire).

Alors, on les tenait à l'écart ; les enfants du cru poursuivaient ceux des émigrés en les traitant de « *Russkoff* » et même de « *Russkopf* » (« Tête de Russe »), ce qui pour eux voulait dire en gros : brute sauvage, sale, pilleuse et violeuse.

Inutile de dire que Juliette n'eut de cesse de devenir l'amie de quelques-unes de ces familles, notamment des Hellmich, droit (ou indirectement pour le fils aîné, qui avait été prisonnier en Normandie) venus de Silésie ; elle participait à leurs réunions festives, à leurs sorties amicales.

Son autre amie représentait un cas étrange, dont l'Histoire était également fautive. Frau Fromm était lorraine, de cette partie de l'ancien duché qui, à la frontière avec la Sarre, avait été annexée en 39 pour ne redevenir française qu'en 1945. La jeune femme, d'une grande beauté, avait dix-huit ans quand elle avait fait la connaissance d'un sergent-chef de l'armée qui n'était donc pas d'occupation, mais nationale par voie d'annexion. Ce sergent-chef était boucher à Dieburg, dans le civil, et la jeune femme, qui l'avait épousé et dont l'intégralité de la scolarité s'était accomplie en français, sa langue maternelle par conséquent ainsi que celle de tous les Lorrains, l'avait naturellement suivi dans son repli. Bien sûr, elle parlait allemand, mieux même que ces péquenauds, mais le français restait sa langue de cœur et sa famille lui envoyait régulièrement de Saralbe, redevenue française, des journaux et des magazines.

Elle n'avait cessé de se sentir étrangère à ces mœurs dont la brutale ruralité constituait un mélange de sottise, d'inculture crasse et militante, d'ignorance même, de chauvinisme et de bien d'autres défauts également criards. Son mari n'était pas franchement un mauvais bougre, mais sa lourdeur lui pesait physiquement et mentalement.

Son échappatoire, c'étaient ces après-midi passés avec Juliette et avec la Rouennaise Frau Hellmich (autre Française ayant épousé un prisonnier de guerre allemand, en Normandie; son mari faisant partie au demeurant de la communauté silésienne «rapatriée», ainsi que nous venons de voir). Elles papotaient en français, Juliette tenant le rôle de boute-en-train; et de temps à autre elles plongeaient leurs lèvres dans leur verre de *Malz Bier*, cette bière douce maltée qu'on ne trouve nulle part en

France, et qu'en Allemagne on conseille aux femmes enceintes, qu'elle est censée fortifier.

Elle fut à deux doigts, étant encore jeune et bien jolie, de devenir la première maîtresse du fils de Juliette. Ce ne fut pas de sa faute si elle n'y parvint pas ; elle avait tout mis en scène pour que l'occurrence se présentât tout naturellement. Feignant d'être surprise en déshabillé (alors qu'ils avaient rendez-vous pour passer deux ou trois heures ensemble afin de lui permettre d'entretenir son français, qui ne demandait au demeurant aucune mesure d'entretien car il était bien entendu parfait, à peine teinté d'accent de l'est de l'Hexagone), elle lui avait offert le spectacle accidentel de ses jolis seins constamment mis à nu par la dentelle, qu'elle rabattait de façon astucieusement négligente. Plusieurs fois, elle avait approché son visage du sien ; elle lui avait, au gré de la conversation, posé une main sur l'avant-bras, sur le poignet, sur le haut de l'épaule…

C'est lui qui n'avait jamais eu le front de pousser l'avantage. Non qu'il ne comprît pas que tout lui était permis ; mais son absence totale d'expérience, à dix-sept ans, et sa timidité maladive firent obstacle. Elle dut en être bien déçue. Lui aussi ; mais nous ne pousserons pas la sollicitude jusqu'à le plaindre, le nigaud.

La troisième et dernière amie de Juliette durant son séjour de dix années à Dieburg fut une jeune femme, a contrario originaire de l'endroit, mais qui avait épousé un Vietnamien travaillant à Wiesbaden. Tant que durèrent leurs fiançailles, le jeune homme, chirurgien ou chercheur scientifique (Juliette a fini par ne plus savoir avec le recul), vint régulièrement voir sa fiancée chez ses parents, qui habitaient la maison située en face de celle de Frau Blank, dont Juliette et sa famille étaient locataires.

Les voisins ne voyaient pas d'un bon œil cette alliance avec un « Jaune », on s'en doute, compte tenu de l'esprit dominant, mélange de catholicisme et de racisme post-hitlérien récurrent. Seule Juliette s'était au contraire rapprochée du couple, dont l'homme parlait de surcroît un français raffiné, comme c'était encore le cas de beaucoup de Vietnamiens à l'époque.

Sinon, ses relations avec la population locale étaient ponctuelles, émaillées de plaisanteries qu'elle faisait volontiers chez les commerçants. Elle était célèbre pour ses reparties cinglantes, en allemand, pour sa façon de regimber, renâcler, se cabrer en toute occasion, pour son franc-parler décapant.

Ni heureuse ni vraiment malheureuse, elle éprouvait à l'égard de son mari des sentiments mêlés, ou plutôt alternatifs, variant d'une espèce de tendresse compassionnelle pour ce lourdaud maladroit et peu disert à de violents accès de mépris motivés par sa balourdise et par son manque apparent (quoique faux) de caractère.

Lui l'aimait sans réserve ; on se demande bien pourquoi.

Elle n'hésitait pas à décontenancer à l'occasion, ainsi qu'elle le fit par exemple un jour chez le charcutier

Landowski. Celui-ci, qui aimait beaucoup plaisanter avec elle, lui lança incidemment, sur un ton enjoué :

– Ah, Frau Kern, on peut dire que vous n'avez pas froid aux yeux ! Et c'est formidable comme vous vous débrouillez en allemand, pour une étrangère ; je suis sûr que, quand vous aurez vécu encore dix ans ici, vous serez une vraie Allemande !

– Eh oui, comme vous, monsieur Landowski !

– Oui, comme moi si vous voulez…

– Non, vous ne me comprenez pas, monsieur Landowski ; je veux dire que, comme vous, ou comme votre père peut-être, je serai une étrangère qui pourra passer en effet, peut-être, pour une vraie Allemande…

– Comment ça, comme moi ?

– Eh oui, monsieur Landowski, comme vous… Parce que, même si les Allemands auraient bien voulu faire disparaître la Pologne, les Polonais ne sont pas des Allemands, et Landowski, c'est un nom polonais, monsieur Landowski. Vous avez le droit, bien sûr, de vous sentir allemand, surtout si c'est votre père qui vous a fait naître ici. Mais il n'empêche que, à un moment, les Polonais devenus allemands, ont été exactement comme moi, des étrangers. À vrai dire, je ne sais pas trop ce qu'est un étranger. Ce sont les individus qui m'intéressent, pas leur nationalité ou leur religion. Alors, parler plus ou moins bien l'allemand ne fera pas de moi une Allemande, parce que je ne raisonne pas comme les Allemands ont été habitués à le faire ; mais rassurez-vous, je ne raisonne pas non plus comme font la plupart des Français de ma connaissance. Et, par exemple, ma fille, qui est moitié-moitié, je vais essayer de faire en sorte qu'elle soit quelqu'un de libre, qui pense et parle par elle-même, c'est-à-dire qui soit étrangère et non étrangère partout où elle se trouvera. C'est mon cas, je suis partout chez moi, mais je ne passerai jamais pour une vraie Allemande, ni d'ailleurs pour une vraie Française… Vous comprenez ce que je veux dire, monsieur Landowski ?

LES RATÉS DU GRAND MEA CULPA

Si, globalement et en tout cas de la façon la plus officielle – grâce en particulier à la conviction du vieux Conrad Adenauer, politicien qui n'avait jamais adhéré aux thèses du national-socialisme –, l'Allemagne faisait acte de contrition, Dieburg comptait en ses replis obscurs bon nombre de nostalgiques sous le manteau qui, au détour d'une conversation, ne manquaient jamais une occasion de faire observer que, nonobstant les indéniables excès perpétrés par l'ancien régime (excès selon eux souvent caricaturalement exagérés par les propagandistes du nouveau pouvoir, manipulés sans nul doute par les puissances d'occupation), tout allait plutôt mieux, tout compte fait, en ce temps-là, qui datait tout juste de la veille. Ils rappelaient au passage, sans bien entendu vouloir par là l'exonérer de toute responsabilité, que le chancelier d'alors (non pas vraiment regretté, mais qui tout de même avait su faire respecter l'Allemagne humiliée à Versailles) avait spectaculairement mis fin au marasme économique et au chômage qui en était résulté, qu'il avait dans la foulée considérablement perfectionné l'ensemble des lois sociales, et qu'il avait contribué au lancement de cette fameuse « voiture du peuple », la

Volkswagen, l'illustre et peu dispendieuse *VW*. Au lieu de cela, les occupants actuels, même s'ils sont incomparablement mieux élevés que les sauvages d'outre-Dniepr, il ne fallait tout de même pas oublier qu'ils étaient responsables de cet état de ruine dans lequel on pouvait voir à présent ce pauvre pays (les ruines causées partout en Europe par les Allemands étant bien entendu dues à l'obstination des ressortissants de ces nations dégénérées ou sous-développées à refuser le salutaire et civilisateur joug germanique).

Et puis, car il fallait bien en parler, n'était-ce pas un scandale que les Russes continuent de garder prisonniers ces dizaines, peut-être centaines, de milliers de soldats capturés à l'issue de la tragédie de Stalingrad (tragédie non pour les entêtées populations civiles de l'endroit, de toute façon habituées à souffrir depuis Pierre le Grand et même depuis Ivan le Terrible, mais pour la pauvre Wehrmacht, trahie par le climat et par l'intendance) ? Pourquoi personne n'évoquait-il jamais à ciel ouvert (pas même lui, Walter, porte-parole improvisé de cet ensemble de points de vue, car, voyez-vous, il avait trop peur de se retrouver en prison pour propagande néonazie) ce scandale sans précédent : de pauvres troufions bien de chez nous (c'est-à-dire de chez lui) soumis au régime du pain sec et de l'eau par les hordes barbares d'Asiates sanguinaires ?

Walter était un cousin de Gerhardt, pas plus mauvais bougre que ça, qui aimait se montrer dans son album photo ceint de la tenue avantageuse de tankiste, en haut de la tourelle de son Panzer ou au bras d'une « Beditte Mat'moizel », quelque part entre Nancy et Yvetot. Il aimait rappeler cette époque bénie où Allemands et Français fraternisaient (mais si, mais si, puisqu'il vous le disait ; en tout cas il pouvait bien citer les noms de deux filles, de trois commerçants et d'un certain nombre de fonctionnaires de police dont l'amitié pour le peuple allemand, représenté en chair et en os par lui-même, *jawohl, persönlich*, ne faisait pas le moindre doute : on lui répondait, pour le taquiner et le décontenancer, que les Lotharingiens avaient toujours eu un pied de chaque côté du limes mérovingien et que les Normands avaient dans leurs veines du sang viking ; ces allusions érudites n'avaient aucune prise sur lui, puisqu'il ignorait ce qu'avait été la Lotharingie et n'était nullement en mesure d'imaginer que les farouches guerriers des mers eussent autrefois déchu au point de démâter leurs redoutables drakkars et de piteusement faire souche parmi les pommiers et les vaches de Normandie, où leur descendance paraissait à ses yeux plutôt pépère).

Quoi qu'il en soit, la cousine par alliance, Yette, ne se laissait pas démonter plus que ne le nécessitaient le gabarit mental, intellectuel et le sens de la repartie du *lieber Walter*.

– Oh, ça, c'est sûr, cher Walter, que les Allemands n'ont pas connu le chômage, sous Hitler : la plupart des hommes étaient sous l'uniforme, nourris aux frais de la princesse ; les autres, ainsi que quantité de femmes, étaient employés dans des usines d'armement ou dans celles produisant des conserves pour alimenter le front ; et je ne parle pas de ceux qui travaillaient dans ou pour les très nombreux camps de concentration et camps de prisonniers de guerre et prisonniers politiques ; quant à toi et tes camarades tankistes, vous vous empiffriez de mirabelles lorraines ou de pommes normandes réquisitionnées.

Quant aux ruines, en effet, vous n'en aviez pas encore en Allemagne, et je regrette très sincèrement qu'elles soient si nombreuses et si épouvantables. Vous n'en aviez pas, c'est vrai, sous l'ancien régime que tu as l'air de regretter en cachette ; mais c'est parce que vous vous contentiez de celles que vous semiez partout ailleurs, c'est-à-dire chez les autres, cher Walter !

Venons-en aux prisonniers maintenant. Je n'ai pas envie de me moquer d'eux, ce serait dégoûtant de ma part. Mais je te ferai remarquer, cher Walter, que les Russes, qui ne sont pas plus des Ruskofs que les Allemands ne sont des Boches comme disent volontiers les Français (sauf ces deux filles, ces quelques commerçants et cette poignée de flics collaborateurs dont tu parles), les Russes ne sont pas venus les chercher chez eux, chez vous, chez toi, Walter. Avant d'être prisonniers, ces braves soldats avaient été les impitoyables envahisseurs de leur pays à eux, les Russes, et ils leur en avaient fait voir de toutes les couleurs, aux Russes, en Russie, en Ukraine, partout où ils passaient et où ils avaient fusillé sommairement, incendié, enrôlé de force, pillé, avant d'être vaincus et capturés. Et partout où il s'en présentait, mais déjà en Pologne, en Tchécoslovaquie, partout, au passage, ils en avaient profité pour faire leur récolte de Juifs, de Tziganes, et cela sans état d'âme, sans méchanceté non plus, en toute bonne foi, d'une façon qui devrait te donner froid dans le dos, *lieber Walter*.

Et ce n'est pas tout, parce que, des prisonniers, vous,

les Allemands, vous en avez fait et maltraité tellement, qui en plus étaient souvent des civils et qui ne vous avaient jamais rien fait de mal, que ton apitoiement sur le sort de tes pauvres soldats piégés par leur imbécillité (oui, imbécillité, puisque c'est elle, n'est-ce pas, qui les avait poussés à voter pour Hitler, défiler le bras levé en avant, partir à la conquête de l'Europe et accomplir toutes ces folies criminelles) est presque indécent.

Si, dans ton esprit, les cent ou deux cent mille prisonniers en Sibérie, vaincus dans la guerre d'invasion à laquelle ils avaient participé, plusieurs d'entre eux avec enthousiasme, sont plus à plaindre que les millions de morts provoqués par la folie des Allemands, et si ces crimes commis par ceux de ta Nation (et pas seulement Hitler, Göring, Himmler, mais tous ceux qui ne désertèrent pas, ceux qui exécutèrent à la lettre les ordres criminels, ceux qui fermèrent les yeux, ceux qui se réjouirent des sanglantes victoires) te paraissent devoir être effacés au nom de la *V W*, au nom de la Sécurité sociale pour tous, au nom de la *Gemütlichkeit* préservée tandis que vous incendiiez l'Europe entière et tuiez tout ce qui bougeait, alors, je vais te dire, *lieber Walter*, tu n'es pas un mauvais bougre (*Du bist ein braves Kerl*), c'est sûr, mais cela me déplaît beaucoup et me dégoûte pas mal que tu sois le cousin germain de ce pauvre pantin de Gerhardt.

Siehst du, und verstehst du was ich meine, was ich denke, was ich sagen möchte.

– Oui, naturellement, il y a du vrai dans ce que tu dis ; mais tout ça, ce que tu me lances au visage, on ne le savait pas, nous ; on était au front et les femmes travaillaient comme des folles pour l'effort de guerre… On l'a découvert après la guerre… D'ailleurs, la télévision n'arrête pas de nous en parler; à croire que l'Allemagne n'a été que ça, pendant ces cinq ou six ans...

– Mais elle n'a été que ça, mon cher, et pas seulement pendant cinq ou six ans! Elle l'était déjà en 33, quand vous applaudissiez les propos insupportables de votre *Führer*, quand vous insultiez et menaciez les Juifs, enfermiez les Tziganes, puis les handicapés, les homosexuels, les opposants politiques; elle était cela, ton Allemagne, *arme Idiot*! À part quelques opposants, qui s'enfuyaient ou qui rongeaient leur honte en cachette, vous étiez tous, là, bras levé, regard hystérique, à gueuler, à chanter des beaux chants patriotiques, à écrire «*Jude*» sur la devanture de certains magasins...

– Oui, oui, bien sûr, c'est vrai tout ça; mais pourtant est-ce qu'il faut qu'on le paye jusqu'à la fin des temps? On nous avait monté la tête et...

– Eh bien, je vais te donner un conseil: démonte-la, ta tête; remonte-la autrement et, quand ce sera fait, regarde les choses en face, ne tourne pas les yeux pour éviter de voir les horreurs abominables que toi et tes chers Allemands vous avez faites ou acceptées, parce que vous n'en étiez pas les victimes mais les responsables. Avec cette tête remise à l'endroit, fais l'effort de considérer les actes monstrueux, les assassinats individuels ou massifs, les amputations, les meurtres, les pillages, que vous avez accomplis, vous les premiers, vous de façon systématique, vous à une échelle jamais atteinte nulle part, par aucune Nation; et dis-toi que ces milliers de prisonniers en Sibérie, c'est triste, bien sûr, mais c'est peu de chose à côté d'Auschwitz, de Dachau, de Birkenau, d'Oradour-sur-Glane, du ghetto de Varsovie. Dis-toi aussi que les ruines qui encombrent les villes allemandes, c'est bien sûr les bombardiers américains ou anglais, rarement russes d'ailleurs (peut-être parce qu'ils n'en avaient pas beaucoup), qui les ont faites, mais c'est la *Luftwaffe* qui en a déclenché les fatales retombées. L'horreur n'est jamais méritée par personne ; mais, moi qui ne crois en aucun dieu, je te rappellerai, à toi qui vas à la messe chaque dimanche, la loi du talion, « œil pour œil, dent pour dent », qui est plus conforme aux réflexes spontanés que le fameux « tends l'autre joue », loi chrétienne pour des esclaves résignés. Je te rappellerai un autre précepte universel : « Qui sème le vent récolte la tempête… » Alors, cher Walter, plains, bien entendu, tes compatriotes qui n'ont pas réussi à fuir à temps le front enfoncé de Stalingrad ; plains-les aussi de s'être fourvoyés, d'avoir été aveugles et criminels. Mais pas avant d'avoir plaint tous ces millions d'autres qui ne vous avaient nullement attaqués ou même menacés. *Ist es klar ?*

Personne ne se fût risqué à contester d'aussi cinglants et humiliants propos, qu'elle prononçait en allemand, c'est-à-dire dans son allemand à elle, donc avec une précision moindre que celle dont nous usons pour les transcrire (car l'adaptation en serait caricaturale, et d'autant plus injuste que la colère la rendait soudain, en ces circonstances, infiniment plus maîtresse de son vocabulaire qu'elle ne l'aurait elle-même supposé), mais avec la même conviction, le même tonus et le même enchaînement des arguments. Tout interlocuteur, sauf s'il était sourd, comprenait le sens de son discours, jamais enrobé de sous-entendus, toujours aussi clairement offensif qu'une division de Panzer lancée à travers les champs de betteraves et les collines à vaches des Ardennes ou de

Picardie. Sa charge était aussi fulgurante et sans réplique que celle des blindés de Guderian.

Après coup, ceux qui avaient déclenché son ire ou tenté de s'inscrire en contradiction maïeutique de ses propos, avaient coutume de conclure entre eux, loin de sa présence à elle : « *Ein richtiger Teufel, diese Frau Kern !* », « un vrai diable, cette madame Kern ! » Mais ils gardaient ça pour eux, le ressassaient entre eux, excédés et impressionnés, car ils craignaient qu'elle n'aille les dénoncer au *Landrat* comme néonazis nostalgiques, voire propagandistes !

C'est là qu'ils se trompaient : Juliette ne dénonçait jamais en douce, dans le dos des gens ; quand elle dénonçait, c'était toujours de front, disant alors, sans ménagement, ce qu'elle avait à dire, sans requérir le secours d'une quelconque autorité. L'autorité, quelle qu'elle fût, était d'aillcurs en toutes circonstances sa cible principale ; et elle en prenait plein la figure, de face, elle aussi, l'autorité.

LES VENUES DU FILS

Chaque année, son fils, définitivement réinstallé en France chez son père, lui rendait visite durant un, voire deux, mois d'été. Les premières années, il venait aussi soit durant les deux semaines de Noël et du jour de l'An, soit pour celles de Pâques.

L'extraversion de Juliette avait pour effet d'accentuer la tendance qui lui était naturelle, d'une façon qui aurait pu parfois passer pour de l'autisme, à observer un silence quasi permanent. Et ce mutisme avait le don d'agacer sa mère qui le comparait à celui de Gerhardt et l'opposait au prétendu enjouement dont avait autrefois, affirmait-elle, fait preuve Paul, l'amour de sa vie (indéfectible permanence amoureuse dont elle tenait à ce que son mari actuel fût informé et définitivement convaincu, afin qu'il se contentât humblement de la part congrue qui lui était concédée...). Ce que n'avait pas compris Juliette, ni du reste le principal concerné, ce fils si peu prolixe, c'est que ce silence n'avait d'autre cause que sa répugnance à parler n'importe comment, en bredouillant le peu de vocabulaire que lui avaient légué ses parents. Cela, bien sûr, il ne le découvrit que bien plus tard et ne l'imputa nullement à ses parents qui n'étaient pas responsables de l'état minimaliste de leur bagage culturel et de la pénurie de mots qui flottait à travers ce vide abyssal, ainsi qu'un corps dans un vêtement trop ample pour lui.

La faisait également lever les yeux au ciel le goût immodéré que ce même fils manifestait pour la lecture. Qu'il puisse passer deux ou trois heures à lire dans un coin, c'était à la fois horripilant et inquiétant pour elle, qui finissait par s'exclamer : « Mais qu'est-ce que tu leur trouves, à tes bouquins ? Et qu'est-ce que tu as à te vautrer des journées entières comme ça, au lieu de profiter du soleil, de sortir te promener dans la campagne, d'aller marcher, de te dégourdir les jambes ? Tu vas finir par te rendre aveugle ! »

Alors, elle prenait l'initiative de l'emmener en de longues marches dans la forêt de Münster, ou dans celle de Forst (forêt qui s'appelait donc « Le bois », puisque tel est le sens du mot « Forst » !), laissant remonter à la surface une tout autre Juliette, à qui n'échappaient ni le chant du coucou, ni le passage furtif d'une belette parmi les mottes de terre, ni les couleurs tremblantes des ailes d'un papillon ; elle voyait tout, entendait tout, reconnaissait tout.

Elle était décidément bien déconcertante.

Déconcertante également quand, ayant choisi de se lancer avec son fils dans une chevauchée fantastique jusqu'à Francfort, à quarante kilomètres, ou une autre plus modeste (quoique tout de même de trente kilomètres) à Darmstadt, elle laissait son fils de quinze, seize, puis dix-sept, dix-huit et dix-neuf ans à la traîne, son coup de pédale, il est vrai fort exercé, étant aussi vigoureux que ses bras, qui pouvaient soulever son mari, en prenant dans ses paumes ouvertes à elle ses poings serrés à lui (Gerhardt était certes fort maigre, mais il devait tout de même bien peser soixante-cinq à soixante-dix kilos !).

Dans la forêt, elle avait le don de déceler l'endroit rare, le coin béni des dieux, la source limpide, le bosquet isolé que transfigurait de façon féerique la poignée de rayons lancés à la volée par le soleil éparpillé à travers les grandes orgues de la haute futaie.

À Darmstadt, une fois que les vélos avaient été garés, c'était *direkt nach Karstadt* (et à Francfort *nach Kaufhof*) : là, de rayon en rayon, elle qui ne disposait que d'un budget étique, elle s'employait à repérer la veste, le pantalon, la chemise qui, selon elle (hélas, toujours dans les tonalités les plus classiques, mais aussi dans les prix les moins exorbitants), iraient, selon son goût, à ravir à son jeune homme. « Comme ça, tu auras moins l'air d'un clochard qu'avec ces haillons que t'achète l'autre, là-bas ("l'Autre" étant bien sûr la seconde femme de Paul, la salope, l'ordure, la briseuse de ménages) ; malheureusement, soigneuse comme elle me paraît être quand je vois toutes ces taches et ces accrocs sur tes habits, elle aura vite fait de réduire tout ça à l'état de *Lumpen* ; quand je pense à ton père, lui qui était auparavant toujours tiré à quatre épingles… Maintenant, quand il m'est arrivé de le revoir, j'avais honte pour lui ; je le lui ai dit d'ailleurs, et il m'a approuvé sur un ton triste et résigné ; il regrettait son choix, me disait qu'il serait prêt à revenir vivre avec moi ; mais je lui ai répondu qu'il a déjà fait un malheureux avec toi, que ce n'était pas la peine d'en faire une autre avec ta petite demi-sœur ; il en a pleuré ; mais c'est tant pis pour lui ; il n'avait qu'à réfléchir avant... »

Ainsi, partant de l'essayage d'une veste, d'un pantalon et d'une chemise, tout pouvait s'enclencher et les griefs, les sujets d'amertume, les appels du pied lancés au bon vieux temps revenir à la surface, mettre le feu à la logorrhée toujours en réserve au fond de la gorge et venant si souvent affleurer au bord des lèvres.

Le dimanche, flanquée du fiston et du majordome conjugal (majordome quant à l'allure, mais en réalité plutôt délégué aux tâches de *factotum* légèrement infantilisé), elle allait au *Schlosspark* ré-inspecter le réseau ondulant des allées, envoyer de la mie de pain, exprès emportée dans un petit sac, aux cygnes et aux canards de l'étang, écouter l'harmonie ou la fanfare jouer, sous les ombrages fleuris du kiosque à musique, des marches, des polkas, des valses de Franz von Suppé, de Strauss père et fils, et même de Schubert, de Mozart ou de Haydn. La sortie trouvait son point d'orgue autour de l'une de ces petites tables rondes, ajourées et éclatantes de toute la blancheur vernissée et astiquée de leur peinture, où le trio se récompensait de sa marche des plus alertes en sirotant au moyen d'une paille en plastique du *Sinalco* ou en absorbant à coups de petite cuiller précautionneux (par respect pour l'intégrité de la veste ou du pantalon immaculés) une *Eis mit Sahne*.

Une année, le fils franchit le cap de ses dix-sept ans et imposa son secret désir de solitude et d'indépendance, conditions sine qua non à l'état de rêverie qui lui était devenu sans cesse plus indispensable. Ayant poliment salué mesdames Fromm et Helmich venues *Kaffee trinken und ein bisschen zusammen lachen, wie man macht in Frankreich*, il s'en allait, les mains dans ses poches reprisées (car il les chargeait de tant d'objets inutiles qu'elles ne cessaient de céder sous le poids et que, si l'on voulait préserver l'avenir de leur contenu, qui était parfois une chose aussi irremplaçable que de la menue monnaie, il y avait intérêt à prendre des mesures d'urgence – ce que, bien évidemment, n'avait même pas songé à faire La Garce, mais que s'empressait d'exécuter en soupirant, non contre la tâche mais contre ladite Garce, la si parfaite quoique, à son corps défendant il est vrai, si intermittente mère.

L'année de ses vingt ans, il ne fit qu'un passage de deux semaines car il avait choisi de se faire un peu d'argent de poche en participant à l'encadrement et à l'animation d'une colonie de vacances. Puis il partit, à vingt et un ans, vivre à Paris et, de leur côté, les Kern allèrent s'installer en Alsace, où il leur rendit visite une fois.

Adieu, adieu, comme chante Schubert dans un de ses magnifiques lieder, *Adieu Dieburg, adieu Land Hessen, adieu alte Deutschland, adieu Jeunesse!*

LES ÉCHAPPÉES EN FRANCE

Les dix années que Juliette passa à Dieburg furent émaillées de quelques brèves incursions sur le sol national, notamment une fois afin d'en avoir le cœur net quant aux raisons qui avaient conduit son fils, alors âgé de quinze ans et demi et demi-pensionnaire au lycée de Carpentras, à la laisser durant un mois sans la moindre lettre, événement impensable, le rythme de leur correspondance étant hebdomadaire.

Quoique des plus bénignes, compte tenu de l'âge du garçon, qui commençait à prendre de l'intérêt à diverses choses, au rang desquelles figurait bien entendu le caractère attractif de l'apparence physique des jeunes filles (dont une qui l'avait engagé du geste à lui tâter les seins en guise d'en-cas avant-coureur, lequel resta malheureusement sans suite à cause de la nature timorée du garçon), cette soudaine désaffection l'avait alarmée. Elle avait pris le train à Francfort et avait débarqué, au comble de l'hystérie, chez sa sœur aînée, à qui elle avait demandé, dans un mélange de pleurs et de cris : « Dis-moi la vérité, dis-moi la vérité… Il lui est arrivé quelque chose et personne n'ose me l'écrire, pas vrai ? »

Assez estomaquée, sa sœur, qui n'était ni une mère enthousiaste ni une femme émotive, lui avait répondu qu'elle n'avait pas entendu dire qu'il lui fût arrivé quoi que ce soit, à ce fils (le sien propre, en pension dans le Cantal ne lui écrivant absolument jamais, ce qui la troublait d'autant moins que cela lui évitait d'avoir à se livrer à la corvée assommante qu'aurait été le devoir de lui répondre). Alors Juliette téléphona au lycée, demanda le proviseur et lui fit part de son émoi.

C'est donc en classe que le brave homme envoya chercher le fils indigne. Quoique probablement surpris, il le fit quérir durant le cours, le convoqua, lui passa le téléphone et, donc, sa mère qui refusait de croire qu'il pût être en bonne santé et cependant négliger de lui écrire. L'entretien terminé, à la très grande gêne du garçon, le proviseur, un peu éberlué, se sentit malgré tout le devoir de le sermonner, pour la forme, mais aussi pour justifier de l'avoir ainsi convoqué de façon rocambolesque, au milieu d'une heure dédiée à l'enseignement. Tout cela parut bien excessif au garçon, que les débordements emphatiques de sa mère commençaient à lasser sérieusement, cette théâtrale expressivité ayant fini par lui peser, et même par susciter en lui une forme de honte, dès lors qu'elle venait empiéter sur sa vie sociale et qu'elle sortait du cadre, aisément maîtrisable par lui, de la vie privée (cette façon de mettre le proviseur dans le secret de son angoisse lui déplut si fort que, à partir de ce jour, il s'employa à mettre de la distance entre ses propres sentiments et son mode de relation avec cette furie passionnelle, décidément paranoïaque, n'écrivant notamment plus que tous les quinze jours sous prétexte de trop de travail scolaire, et réduisant la teneur de sa correspondance à deux ou trois lignes, sous le même prétexte et du fait de la prétendue répétitivité totalement inintéressante de son vécu quotidien – ce qui était faux car il vivait d'incroyables aventures oniriques, dont quelques-unes frisaient la délicieuse mythomanie).

De ce jour date sa prise de distance affective. Il conserva cette façon fort respectueuse et apparemment attentive (tu parles !) de s'adresser à elle ; il manifesta tous les signes extérieurs susceptibles de signifier que l'affection n'avait en rien décru ; mais ce ne fut plus pareil. Elle ne s'en rendit pas compte immédiatement, d'autant que la distance donnait le change et que ses lettres à lui avaient repris leur flux régulier, selon une fréquence toutefois divisée par deux, et continuaient de manifester les signes extérieurs d'un amour filial intact. Mais c'était du toc. Lorsqu'elle réalisa qu'un changement était intervenu quant au fonds, elle mit celui-ci sur le compte de l'adolescence et des préoccupations qui encombrent l'esprit d'un garçon de cet âge. Elle signala bien, à quelques reprises, avec un soupir de résignation, qu'il n'était plus pareil qu'autrefois, qu'enfant il était plus tendre, plus attentif ; mais elle finit par faire son deuil de cette époque bénie. Et, voyons les choses comme elles sont, cette décrue du sentiment (en tout cas de son expression) allait dans le sens de son intime conviction : rien de ce qui est bon, de ce qui est bien, de ce qui pourrait lui plaire ou la consoler, ne saurait durer. Un fils aimant qui eût durablement passé son temps à l'écouter avec cet air de ravi de la crèche qui lui était d'abord venu naturellement, puis qui lui avait servi de paravent protecteur contre l'anschluss maternel, cela ne se pouvait concevoir. Sans doute même eût-elle fini par le traiter ainsi qu'elle faisait de Gerhardt, dont la soumission sans réserve et l'admiration sans bornes qu'il ne cessait de lui manifester ne lui valaient que des *lazzis* et de dédaigneuses piques. Après tout, n'était-il pas, ce garçon, un futur homme, c'est-à-dire un trompeur de femmes, un ingrat, un oublieux ?

Quoi qu'il en soit, à sept ou huit reprises en quelque dix ans, Juliette vint se ressourcer en Provence ; jamais longtemps et toujours seule (ce qui lui permettait d'alimenter délicieusement le foyer de sa jalousie, lequel couvait toujours sous la braise, et de supposer, ô rage magnifique, qu'il profitait de ses absences pour coucher avec Frau Fromm, en quelque sorte trop belle pour être honnête).

Son séjour lui donnait l'occasion de constater, chaque fois davantage, que, décidément, sa sœur Clémence était insupportable, plutôt niaise et carrément bornée (sans parler de l'ampleur de son ignorance, qui lui avait fait dire, au retour de Juliette des États-Unis : « Alors, c'était bien, ta vie, là-bas, en Afrique ? », et, à sa sœur se récriant et lui rappelant qu'elle revenait des États-Unis, elle avait rétorqué : « Et alors, c'est pas en Afrique, les États-Unis ? ») ; cela lui faisait penser que sa sœur Augustine aurait été plutôt pas mal, dans son genre, fort délurée, si son attention avait été moins tournée vers elle-même et vers ses copines et davantage vers elle, sa sœur (dont l'égocentrisme n'avait pourtant rien à envier à celui de sa cadette). Elle faisait aussi immuablement un pèlerinage chez les Etiévant, qui l'avaient hébergée plusieurs mois durant contre le paiement d'un modique loyer et dont l'élément féminin, Inès, pipelette invétérée, présentait l'avantage considérable d'avoir contribué à la faire divorcer, ce qui allait dans le sens de son malheur foncier et, ce nonobstant, lui avait permis de séjourner au cœur du Paradis, à savoir à Linton, Ohio.

Elle repartait immanquablement contente de fuir la pétaudière avignonnaise, où rien n'était fiable et tout épouvantablement sale et désordonné, pour le rassurant purgatoire hessois *wo alles war immer in Ordnung*. Son intime conviction commençait à basculer et à amorcer une ébauche de chemin inverse à partir de Kaiserslautern, pour atteindre le stade du regret de l'endroit qu'elle venait tout juste de quitter, à peine parvenue, bagage en main, sur le quai de la correspondance pour Dieburg (Hessen).

Elle se rappelait soudain une chose qu'elle avait oubliée entre-temps, c'est-à-dire à quel point les Hessois (pas ceux de Francfort ou de Darmstadt, mais ceux de Dieburg) étaient des porcs infâmes, des minables vulgaires, des brutes épaisses, *noch ein bisschen Nazis*!

Notons que, lors d'un de ses passages éclairs dans la Cité des Papes (comme on la nomme sottement, les papes n'y ayant fait qu'un séjour d'assez courte durée, qui ressemblait plutôt à un exil d'ailleurs, se calfeutrant dans leur forteresse aussi imprenable que la Babylone d'Hammourabi), et dormant chez sa sœur, elle se trouva un jour (elle avait alors exactement quarante ans et, malgré ses tenues encore dignes d'attention, son sens de l'économie et de la préservation du moindre reliquat de patrimoine lui ayant permis de faire durer depuis plus de cinq ans déjà sa garde-robe américaine, elle n'avait de possiblement attirant que sa liberté d'allure et de propos, son entrain intermittent mais alors bien réel, et, mettons – son enfant ne pouvait juger de cela ; enfin, disons qu'il n'eût osé appliquer à sa mère le jugement visuel qu'il était déjà largement en mesure de porter sur l'apparence du premier spécimen de femme venu –, cette poitrine d'élite et ce fessier rebondi hérité à la fois du patrimoine génétique protostéatopyge des Aurignaciennes, par ailleurs probables nourrices de premier ordre, et de la vie saine qu'elle avait toujours menée, sans parler d'une musculature de sportive sans doute propice au maintien à bonne hauteur du buste et dans un état de fermeté fort honorable, ce double avantage qui, chez beaucoup de femmes, passé la première maternité, tend souvent à déchoir en désavantage navrant), elle se trouva donc (la longueur de la parenthèse nous sera pardonnée, si on accepte de la placer dans le contexte culturel dont relève l'art arabe du conte, qui les affectionne et sait habilement les refermer l'une après l'autre sans se mélanger les pinceaux) coincée contre le mur du vestibule servant d'entrée à l'appartement de la revêche Clémence.

Coincée, disiez-vous ?

Hé oui, coincée, elle, Juliette, dont pourtant l'aspect général n'était en rien celui d'une accorte servante ; et par qui ? On ne le donnera pas en mille car il nous brûle de le dire tant la chose est incongrue : par son neveu, fils de sa sœur. Le neveu avait dans les vingt-trois ans. C'était ce qu'on appelle un petit con (sans doute jamais remis de la mort prématurée de son père soufflé par une bombe en gare d'Avignon en 1943), qui avait fait les cent coups et s'était déjà fait remarquer, dans le même registre, comme apprenti séducteur d'une autre de ses tantes, par alliance celle-là puisque épouse d'un de ses oncles.

Il s'était dit qu'avec Juliette, la liberté de mœurs faite tante, il ne courait ni trop le risque de recevoir une baffe ni même celui d'être dénoncé ; il n'envisagea même pas, le prétentieux, qu'elle pût refuser, à moins de déchoir en se révélant indigne de cette réputation que lui avait taillée en ricanant sa garce et crétine de sœur aînée.

Juliette n'était ni prude ni femme à s'indigner ou à s'émouvoir. Elle se contenta de le repousser sans violence mais de cette façon décisive qui montrait, sans la moindre hésitation et de façon pour lui humiliante, qui était le plus costaud des deux (alors même que le neveu, qui venait de finir ses trois ans chez les paras en Algérie, engagé de surcroît, l'abruti, n'était pas une mauviette, et se prenait assurément pour le contraire ; il n'était pas le contraire, mais tout juste à mi-chemin, comparativement à la tante qu'il dominait pourtant de dix centimètres).

– Écoute, J., si tu n'étais pas mon neveu, je rirais et je t'enverrais promener. Comme tu es le fils de ma sœur, et même si on n'a pas beaucoup d'affection l'une pour l'autre, je te donnerai plutôt une leçon de bonne conduite.

D'abord, coincer une femme contre un mur en étant sûr que ça suffira à en faire ce que tu voudras, c'est idiot et vulgaire ; si elle cède, elle t'en voudra de toute façon, presque à coup sûr, et elle aura raison. Si elle ne t'en veut pas, c'est qu'elle n'est pas dégoûtée et ne vaudra pas grand-chose.

Ensuite, même si ces histoires de liens familiaux ou tout ce qu'on voudra ne m'intéressent pas, c'est quand même pas très malin, à vingt-trois ans, de sauter sur ta tante de quarante ans, qui en plus n'est pas une reine de beauté (arrête, je suis pas née de la dernière pluie, je sais ce que c'est qu'une belle femme, ferme-la et écoute).

Toujours ensuite, j'ai su par la rumeur familiale que tu avais tenté le coup avec ta tante J., ma belle-sœur (tais-toi, oui, je le sais, tout le monde le sait dans la famille, pauvre imbécile, qu'est-ce que tu crois ? En plus, il y a ceux qui disent que tu es arrivé à tes fins et ceux qui prétendent le contraire ; je m'en fous que tu y sois arrivé ou pas ; mais ta fringale de tantes d'âge mûr, c'est quelque chose qui doit se soigner ; et vraiment, si c'est plus fort que toi, alors, oui, il te faut songer à te faire soigner...).

Enfin, et c'est plus grave, tu es grand, fort, ni vraiment beau ni franchement laid ; mais tu peux plaire je suppose à une femme. Pourtant, si tu veux trouver quelqu'un de plus attirant que celle qui va se laisser coincer contre le mur d'une entrée d'appartement, ce que je te souhaite, il va te falloir te dire : « Bon, je suis plutôt pas très malin ; mais je tiens à aimer quelqu'un et à en être aimé, qu'est-ce que je dois faire ? »

Faire, j'en sais rien ; tu n'es pas l'affaire du siècle, mon pauvre J. Mais ce que tu ne dois pas faire, je le sais en partie, et en particulier surtout pas ce que tu viens de faire. Tu y feras peut-être passer à la casserole une petite conne comme toi ; mais sûrement pas celle dont tu voudrais faire la femme de ta vie, du moins je l'espère, sauf si tu cherches à devenir maquereau, ce qui d'ailleurs t'irait probablement plutôt bien, compte tenu de ce que je sais de toi. Ton père était un abruti que personne n'estimait, que ta mère a trompé car il était vulgaire et niais. Le moins que je puisse te souhaiter, c'est de ne pas lui ressembler. Parce que, quand il est mort soufflé par une bombe, lors du bombardement du dépôt de la gare d'Avignon, personne ne l'a regretté ; il était trop stupide et plutôt méchant. Tu ne gagneras rien à te créer le même type de réputation.

On le voit, ces voyages éclairs avaient toujours ce petit quelque chose qui les rendait peu ordinaires. Aller se plaindre au proviseur que son fils ne lui avait pas écrit depuis un mois ; envoyer sur les roses avec leçon de morale à la clé le neveu qui cherchait à la violer, ce sont des événements qui vous remplissent une vie. Comme si celle de Juliette avait eu besoin de ça !

LE RETOUR AU PAYS
(EN DEUX ÉTAPES)

Un jour, c'en fut assez de cette vie étriquée, de ces inimitiés familiales et de la vie à l'allemande d'une façon générale. L'urgent besoin de changer d'air la prit de manière irrépressible. La première occasion fut la bonne.

En son adolescence, Gerhardt avait connu un jeune homme, alsacien, qui venait fréquemment rendre visite à un oncle et une tante qui, eux, en 1918, avaient tenu à conserver la nationalité allemande (notamment à cause de la langue, puisque depuis 1870 le français avait été plus ou moins éradiqué et qu'eux avaient été scolarisés en allemand). Revenant quelquefois faire un saut à Dieburg pour y rencontrer ses cousins qu'il affectionnait, il avait revu Gerhardt et laissé miroiter à Juliette la possibilité de trouver chez lui, à Sainte-Marie-aux-Mines, une entreprise de peinture en bâtiment cherchant justement un ouvrier très qualifié.

L'idée de quitter Dieburg s'ajoutait à l'excitation provoquée par celle de revenir vivre en France, le tout étant couronné par la perspective plus qu'alléchante de « changer ».

Elle persuada Gerhardt de l'urgence qu'il y avait à renoncer à son bon emploi et à son bon salaire, mais aussi à l'appartement agréable et à la proximité de tout ce qui lui était familier (alors que pour elle, où qu'elle fût, elle était aussitôt et simultanément, en bonne nomade, chez elle et résolument étrangère), et, donc, à accepter l'offre de monsieur Janelle.

Elle prit le train, s'en fut à Sainte-Marie-aux-Mines, bourgade enfouie dans un repli des Vosges alsaciennes, visita une petite maison avec jardin qu'elle jugea *wunderschön*, alla voir l'entreprise qui se proposait d'engager Gerhardt, trouva un patron soucieux d'enfin tomber sur l'ouvrier modèle qu'on n'arrivait décidément plus à dénicher depuis que l'Alsace était redevenue française. En plus, qu'il fût allemand, cela lui bottait tout particulièrement : un, il serait travailleur et peu revendicateur ; deux, ça lui permettrait, à lui, de dérouiller sa *germanische Sprache*.

Elle revint à Dieburg, produisit une description enchanteresse de l'Eden haut-rhinois, et, son autorité naturelle aidant, n'eut aucun mal à faire se décider (à moins qu'il ne faille dire à faire céder) le pauvre Gerhardt.

Also, Drang nach Älsaz.

Ils y vécurent deux ou trois ans. Leur fille passa de l'allemand à l'alsacien, avec ce français récurrent dans lequel sa mère n'avait cessé de lui parler et celui, exotique pour elle, qu'on lui enseignait désormais à l'école.

Naturellement, Juliette se mit à dos les commerçants qui entre eux parlaient exclusivement alsacien et qui même accueillaient tout client dans cette langue, avant de se mettre péniblement à un ersatz de français si ceux-ci répondaient dans cette « langue de l'intérieur ». Avec son *dieburger* semi-fluent, elle disposait des moyens de se faire comprendre quasiment dans leur patois à eux et, bien entendu, de les comprendre (elle les comprenait du reste parfaitement), mais, bougre de bougre, on n'avait pas fait deux guerres pour finir par parler boche dans un secteur qui était français depuis Louis XIV et franc au moins depuis Charlemagne ! Ah, mais...

Décidément, elle ne pouvait se faire à ces manières. En plus, comble d'horreur, elle découvrait que l'Alsace (mais pourquoi diable ?) avait conservé le régime prussien, fridolin, préhistorique en matière d'éducation et de scolarité, maintenant en vigueur l'exécrée *Religion Stunde* ! C'était-y Dieu possible, nom de Dieu ? Après avoir sonné les cloches aux enseignants, qui n'en pouvaient mais, aux employés de mairie, qui la prirent en grippe, à la préfecture, elle fit savoir que, si on était en Bochie, autant l'envoyer au *Landrat* signaler que sa fille n'avait aucune religion. On lui céda car l'affaire prenait des proportions dignes d'un combat de titans, dans lequel le titan, c'était elle, et non pas la bien pâlotte hydre administrative. La petite Rosemarie employa l'heure de religion à dessiner dans un coin, à côté d'une petite juive également dispensée de catéchisme.

Mais, non, vraiment, ils étaient trop obtus et arriérés, ces Alsaciens, en tout cas ceux de la vallée engoncée de Sainte-Croix et Sainte-Marie (car il lui suffisait d'aller à Sélestat ou à Thann pour retrouver des physionomies et des types de comportements s'apparentant davantage à ce que l'on pouvait attendre d'êtres humains authentiques). Elle les trouvait d'un acabit semblable à celui des péquenauds de Dieburg ou des paysans esclavagistes de chez elle.

Elle ne fit ni une ni deux : la deuxième année, elle prit le train pour Avignon et, se faisant une fois de plus héberger par sa niaise et vacharde de sœur aînée, elle fonça droit à l'entreprise de peinture en bâtiment où Gerhardt avait laissé des souvenirs éblouis (précis, assidu, ponctuel, travaillant au-delà de l'heure quand le chantier le nécessitait et pour le même salaire, excellent tapissier de surcroît, ce qui le faisait monter d'un cran dans la hiérarchie des peintres en bâtiment…). Le patron l'accueillit à bras ouverts et lui dit qu'il l'embauchait sur-le-champ, s'il venait se présenter. Ils parlèrent salaire. Elle obtint l'équivalent de celui qu'il gagnait en Alsace, avec, en plus, la perspective d'une augmentation immédiate, à condition qu'il assume la fonction de chef de chantier, afin de secouer ou de stimuler par l'exemple ces emplâtres de Maghrébins et ces tire-au-flanc de Portugais et d'Espagnols.

Elle chercha un appartement à louer et tomba sur une annonce un peu spéciale : il s'agissait d'un riche transporteur qui habitait une très grosse maison sise au sortir du pont conduisant de Villeneuve à Avignon, côté Villeneuve, à l'amorce de la montée de Bellevue. Le propriétaire, qui avait besoin que son très grand domicile soit à la fois entretenu et, accessoirement, gardé (sa crainte des cambriolages étant grande, lui, sa femme et ses enfants étant souvent absents), proposait donc la jouissance gratuite d'un petit appartement, en fait une maisonnette attenante à celle des patrons, contre ce double service, qu'assurerait Juliette. Emballez, c'est pesé : Juliette retrouvait à employer son énergie (car, en Allemagne, elle avait dû finir par renoncer à trouver un emploi) ; et, sans bourse délier, ils allaient pouvoir vivre à l'aise dans une maison relativement spacieuse. Le salaire de Gerhardt ne serait donc plus amputé du prix d'un loyer. Elle alla voir le transporteur et l'énergie qui se dégageait d'elle lui permit de l'emporter haut la main sur la concurrence. Elle demanda au monsieur de patienter juste le temps d'un aller-retour en Alsace, assorti du délai nécessaire à la conduite à son terme du déménagement.

Gerhardt écouta, approuva, opina (elle en avait parlé comme s'il eût été en mesure de refuser quoi que ce soit qu'elle présentait, à sa façon péremptoire, comme souhaitable et donc nécessaire !).

Ils se retrouvèrent sur les bords du Rhône.

Après que sa fille eut passé ses deux premières semaines à l'école primaire de Villeneuve (qui se trouvait assez loin du pont et nécessitait pour les petites jambes de la fillette d'interminables trajets), Juliette fut convoquée par la directrice de l'école.

– Madame Kern, vous savez, je suis gênée de vous dire ça, mais votre fille a beaucoup de difficultés pour s'exprimer ; oh, elle est très gentille, elle ne pose pas le moindre problème, elle est même souriante ; mais on a du mal à la comprendre, alors elle se replie sur elle-même et elle hésite encore plus à parler. Elle a été scolarisée en Allemagne, c'est bien ça ?

– Oui, et en Alsace ces deux dernières années.

– Eh bien justement, elle a d'abord un accent tellement prononcé que, parfois, on a du mal à la comprendre, à commencer par ses camarades de classe. Et puis il y a quantité de notions qu'elle n'a pas apprises, sans doute en Allemagne car je suppose qu'en Alsace on a les mêmes programmes qu'ici. Si bien que, par moments, elle a un peu de mal à suivre.

– Écoutez, Madame, ma fille a vécu ce qu'elle a vécu, où elle l'a vécu. Je n'ai pas choisi les conditions de sa scolarité, différentes en Allemagne et en Alsace, puis ici. C'est comme ça. Il faut faire avec, et si quelqu'un a à s'en plaindre, c'est elle, mais ni sa maîtresse ni ses camarades. Je ne suis malheureusement pas allée longtemps à l'école moi-même. Je le regrette beaucoup, j'y pense même tout le temps ; mais c'est comme ça. Elle, elle est allée à l'école et elle n'est pas bête, un peu timide peut-être parce qu'elle est embarrassée par ces changements de langues et d'habitudes, et maintenant d'accents ; mais elle aime les gens et elle est facile à vivre. Le travail d'un instituteur ou d'une institutrice, c'est de tirer le meilleur des enfants qui lui sont confiés, c'est de reconnaître ce qu'ils ont de bon, c'est de les comprendre… Non, je me trompe ? Bon, si je ne me trompe pas, c'est donc à votre institutrice de faire en sorte que son accent alsacien ou si vous voulez allemand, c'est le même, se corrige peu à peu, à elle aussi de ne pas la culpabiliser d'avoir cet accent, à elle de faire le premier effort. Je me trompe ?

– Non, non, Madame, bien sûr ; il ne faut pas prendre les choses comme ça ! Je voulais juste vous prévenir... Votre fille risque d'avoir des problèmes et de perdre pied...

– Elle ne m'en a rien dit. Pourtant c'est une petite fille très spontanée ; chaque fois qu'elle a eu des problèmes, elle me l'a dit. Je suis comme ça moi aussi et elle en a hérité je pense. Si elle ne se plaint pas, c'est qu'elle n'a pas de raison de se plaindre et qu'il n'y a pas de raison de s'inquiéter. Est-ce que ses camarades se plaignent d'elle ?

– Non, non, pas du tout, c'est juste que...

– Est-ce que sa maîtresse se plaint d'elle ? Si elle est insolente, je la sermonnerai sévèrement.

– Non, bien sûr, comme vous dites, elle est charmante comme tout ; mais cette façon d'avoir tellement de mal à se faire comprendre...

– Je la comprends très bien, son père aussi, qui est allemand et qui a bien des difficultés à s'exprimer en français comme en allemand d'ailleurs... Je suis sûre que ça lui passera, à la longue, à force d'entendre ses camarades parler avec l'accent du Midi, qui est aussi un accent, je vous signale, le mien d'ailleurs. Vous n'êtes pas d'accord avec moi, Madame la directrice ?

– Vous venez de dire une chose... Son père, vous dites qu'il a des difficultés à s'exprimer... Alors, justement, peut-être que c'est à cause...

– Absolument pas ; son père est muet comme une carpe, il ne risque pas de l'influencer. C'est moi qui parle ; en Allemagne, elle parlait comme moi, avec mon accent, qui est celui de la Lozère, si vous voyez ce que je veux dire et comme vous pouvez l'entendre. C'est avec ses camarades qu'elle a pris l'accent alsacien ; mais c'est un accent qu'elle avait, à peu de chose près, pris en Allemagne et en allemand, au contact de ses camarades et de sa maîtresse. Vous voyez, elle s'adapte. Elle s'adaptera ici et reprendra l'accent du Midi qu'elle avait, en Allemagne, quand nous parlions en français, elle et moi. Cela vous rassure, Madame ?

Bien sûr, la petite Rosemarie prit en un rien de temps l'accent du Midi, qu'elle continue de laisser percer à travers celui, soi-disant neutre, qu'elle a adopté quand elle a choisi de se faire engager à Air France comme hôtesse de l'air et même de devenir chef de cabine, fonction qui comporte pour elle l'obligation de faire les annonces, en français, avec un accent du Midi fortement corrigé, en anglais avec un accent qu'elle a perfectionné… à Montréal et, s'il le faut, en allemand, avec l'accent de Dieburg lui-même amélioré car tout de même il ne faut pas pousser : pris nature, tel qu'elle l'avait pris là-bas, il ferait rigoler tout Allemand, Autrichien ou Suisse alémanique (enfin, moins ces derniers…) qui n'aurait jamais connu Dieburg dans les années cinquante.

Vous la voyez saluer au micro les voyageurs hambourgeois ou berlinois d'un sonore « *Moye !* », pour « *Guten Morgen* » ?

Remarquez, cela pourrait constituer une attraction.

INTRA PUIS EXTRA MUROS

Tout se passait bien au Pont d'Avignon. Juliette maîtrisait si bien son rôle de femme de ménage et de gardienne de maison bourgeoise que ses relations avec son patron étaient idylliques. Eux se louaient d'une telle disponibilité et d'une telle efficacité.

Premier hic, elle trouva les enfants du couple franchement mal élevés. Elle le leur dit tout de go ; elle le redit à leurs parents. La femme en fut d'accord, le mari prit la chose à la légère, estimant qu'il faut bien que jeunesse se passe.

Elle répliqua qu'elle n'accepterait jamais qu'ils continuent de lui parler, à elle, sur le ton qui était le leur. Cela le fit rire et il promit de leur en parler.

Affaire réglée puisque, de fait, ils s'amendèrent. Mais il y eut soudain bien pis.

Le riche transporteur avait des convictions politiques tranchées. Il appartenait à cette frange de la population qui estimait que, après avoir scandaleusement perdu l'Indochine, il ne saurait être question que « nous » perdissions l'Algérie. Or nous étions arrivés au moment où l'affaire venait depuis peu d'être tranchée à l'issue des négociations d'Évian. Mais le transporteur faisait partie d'un groupuscule de dissidents, réfractaires à toute idée d'abandon.

Un jour, Juliette entendit le mot bougnoule prononcé par son patron et par quelques-uns de ses invités. Le soir, elle demanda un entretien à cet homme qui, avec elle, avait toujours été courtois et même jovial. Elle lui fit part de son profond désagrément ; elle avait attendu qu'il soit seul pour le lui dire ; mais elle ne pourrait continuer de travailler pour lui s'il tenait de tels propos. Il fut abasourdi, lui rétorqua qu'il comprenait son émotion, mais que, de son côté à elle, il lui fallait comprendre qu'elle n'entendait rien à ces choses-là et qu'il était préférable qu'elle n'aille pas en parler hors de la maison.

Elle lui répondit que, dans ces conditions, elle ne pouvait pas envisager de rester à travailler chez lui.

Il fut littéralement soufflé, mais lui confirma que ses idées et ses opinions le regardaient seul, et qu'il n'avait pas l'intention d'en changer pour lui faire plaisir.

– Bien, en ce cas, sans me fâcher avec vous, parce que vous avez toujours été correct avec moi, je vais devoir vous quitter. Cela tombe bien d'ailleurs parce que le médecin m'a dit que je devais arrêter de travailler de façon intensive à cause de varices très inquiétantes et de mon cœur qui, paraît-il, à cinquante-cinq ans, est celui d'une personne de quatre-vingts ans. J'hésitais, malgré ses strictes recommandations, mais ça me force à prendre la décision. Je vais donc chercher à nous loger et vous laisser le temps de me trouver une remplaçante, mais d'ici un mois au plus je vous aurai quitté. Bien entendu, comme vous avez toujours été correct avec moi, je ne vais pas aller raconter ces choses horribles que j'ai entendues chez vous. C'est vos idées ; ce n'est pas du tout les miennes ; je vous respecte vous, mais pas vos idées, voilà.

Elle partit donc en quête d'un nouveau logement, cherchant de préférence dans Avignon même, afin de rapprocher la famille des lieux de loisir que sont les cinémas et les terrasses de cafés (sans parler du Rocher des Doms qui était son lieu de promenade favori et des grands magasins, qu'elle fréquentait assidûment, même si elle n'y achetait que rarement des choses), ainsi que son mari de son lieu de travail et leur fille du collège de jeunes filles où elle devrait finir par aller.

Elle trouva ce qui lui parut être le comble de la félicité, un appartement situé au deuxième étage de l'un des immeubles de la rue Bonneterie, à vingt mètres à peine de la place Pie et des Halles, cœur absolu de la ville.

Ils s'y installèrent.

D'une certaine façon, ce fut la période la plus heureuse de la vie de Juliette, si l'on excepte celle de sa courte vie avec Paul et, d'une façon plus ambiguë, celle de son séjour chez les Mirabel, à Linton. Les Halles lui donnaient l'occasion de donner libre cours à sa verve, qu'excitaient les brillantes reparties des astucieux commerçants avignonnais. Et, nonobstant l'exaspérante façon qu'avaient ses habitants de laisser aller à vau-l'eau leur instinct porté vers le désordre, le bruit et la saleté (Juliette dixit), Avignon était somme toute une ville autrement plus vivante et riante que ne l'avaient été Dieburg et, pis encore, Sainte-Marie-aux-Mines.

Même si ces questions-là ne la passionnaient pas outre mesure, elle appréciait que Frankie Charmasson, le jeune boucher, s'intéressât au théâtre, à la lecture et à la culture en général. Elle estimait certes que ces choses-là n'étaient pas pour elle, mais elle leur vouait en secret un respect qui toutefois ne l'incita jamais à en tenter l'approche.

Son fils, qui vivait en Algérie où, à l'indépendance de ce pays, il était parti et exerçait le métier de journaliste, lui témoignait régulièrement un attachement des plus fidèles, dont il s'employait à masquer qu'il était depuis longtemps purement formel, les excès de sa mère, son égocentrisme et le peu d'attention qu'elle portait à ce qui lui importait à lui l'ayant à la longue amené à prendre au sérieux les peu délicates observations qu'elle avait pu lui asséner, et dont il ressortait qu'ils n'étaient pas du même monde.

Cela faisait longtemps qu'au demeurant il avait cessé de lui envoyer ses articles de presse ou ses plaquettes de poésie ; elle lui avait fait savoir à plusieurs reprises qu'elle n'y comprenait rien et que c'était bien compliqué, ce qui, dans son esprit assez volontiers sûr de lui, ne mettait en cause ni sa propre intelligence, ni son niveau de culture, ni sa patience de lectrice, ni son goût, mais sa capacité à lui à émouvoir quelqu'un de simple et de normal, quelqu'un comme elle les aimait.

Viscéralement attachée à lui, elle ne l'était ni sentimentalement ni, encore moins, intellectuellement. Son activité intellectuelle s'appliquait toute, au demeurant, à critiquer le monde en la personne, premièrement des Avignonnais, deuxièmement des non-communistes, troisièmement de l'administration, quatrièmement de quelques voisins spécialement choisis pour leur propension à lui taper sur les nerfs.

Paul étant mort en 1959, elle était allée au cimetière d'Avignon pour y repérer sa tombe, qu'elle allait, depuis, fleurir une fois par mois. Ce pèlerinage à son amour perdu était pour elle l'occasion de ricaner à propos de « l'autre », qui négligeait visiblement d'accomplir ce geste de mémoire et de fidélité. Et elle se réjouissait à l'idée que, venant au moins à la Toussaint accomplir le minimum décent de ses devoirs de veuve, la garce d'Ombrie serait stupéfaite (et pourquoi pas culpabilisée ?) de trouver la tombe fraîchement fleurie.

En plus, elle avait le sentiment que, étant mort, Paul n'appartenait plus en aucune façon à son intrigante, sorte de Lucrèce Borgia tombée en décrépitude ; si bien qu'il était redevenu disponible et, par conséquent, de nouveau *sien* ; en fleurissant sa tombe, elle marquait en quelque sorte son territoire souillé, elle le récupérait et l'assainissait ; c'était comme s'il lui était revenu tel qu'il avait été. La mort lui restituait ces droits sur lui dont elle avait été privée de son vivant ; et sur ce terrain-là, celui de la propriété exclusive de Paul, mois après mois, elle surclassait de loin la rivale, l'éliminait, la réduisait à rien.

L'âme de Paul lui appartenait donc, et elle tenait à ce que Gerhardt le sût, Gerhardt qu'elle emmenait parfois avec elle jusqu'au cimetière et qui, à l'écart, attendait qu'elle eût retiré les fleurs fanées, mis en place les nouvelles et pleuré un bon coup en silence en contemplant la pierre tombale et la photo de son amour placée dans un cadre (et bien entendu l'ordure d'Italienne avait choisi un cliché datant de la fin de sa vie et de l'époque où, à quarante-huit ans, la maladie lui en faisait paraître soixante ; cela ne l'étonnait pas, Juliette, qui se rappelait avec émotion l'avoir connu si beau).

Pour le reste, ils avaient commencé à aller, au moins un dimanche sur trois, à l'abbaye de Frigolet, endroit croulant sous la verdure où maints Avignonnais se plaisaient à pique-niquer et jouer à la pétanque. De temps en temps, ils poussaient jusqu'à Forcalquier ou Manosque ou jusqu'aux bords non pollués de l'étang de Berre. Le cinéma les intéressait moins ; mais ils conservaient le goût de s'attabler à la guinguette des bords du faux lac du Rocher des Doms.

Depuis qu'elle ne travaillait plus, à cause du médecin (car c'était lui le responsable, bien entendu, et non son propre cœur malade ou les varices monumentales de ses jambes), elle passait chaque jour beaucoup de temps à faire le ménage chez elle, où l'on eût en vain cherché trace du moindre grain de poussière. Parfois même, elle prenait une grande décision et changeait un ou deux meubles de place ou de position, ce qui lui faisait l'effet d'une transformation radicale du milieu ambiant.

Une fois par an, ils montaient en Lozère. Chaque fois qu'ils prenaient la route, c'était avec l'intention de repérer une petite bicoque qu'ils loueraient lorsque Gerhardt serait enfin à la retraite. Mais, sitôt qu'ils y étaient, l'évidence refaisait surface : « Ah non, surtout pas dans ce bled perdu, où, en plus, plus rien n'est comme avant. »

Une autre fois, les roues du véhicule que le pauvre factotum conjugal conduisait avec d'autant plus de maladresse qu'elle ne cessait de le harceler (« Tu as bien mis ton clignotant ? Bon, n'oublie pas de tourner à gauche… N'oublie pas de marquer le stop… Freine… Arrête de vouloir doubler les voitures qui vont moins vite que toi, tu vas finir par provoquer un accident… ») les conduisaient à Nice où celle de ses deux plus jeunes sœurs qui avait survécu habitait avec sa famille, qu'elle passait son temps à assommer de ses récriminations (caractéristique qui semblait décidément partagée par les filles Malgoire, à l'exception d'Augustine, l'insouciante).

Leur séjour à Cimiez durait peu car, dès la fin de la première journée, les engueulades que sa sœur adressait à son mari et à sa fille l'exaspéraient. Alors, pour la forme, juste afin de masquer la cause de ce départ précipité, elle faisait l'effort de rester un jour de plus, et puis, pfuitt… « J'ai réfléchi qu'il faut qu'on rentre ; j'ai de plus en plus l'impression d'avoir laissé la lumière de la salle à manger allumée chez nous…»; la fois suivante, ce serait pour un tout autre prétexte.

Durant le trajet de retour, elle tenait à faire observer à Gerhardt à quel point sa sœur, qui avait bien des qualités, était insupportable. Naturellement, qu'elle pût l'être encore davantage elle-même, et au demeurant sur le même mode, c'est une chose qui ne lui apparaissait aucunement.

Le plus qu'elle pouvait dire pour aller un peu en ce sens, c'était qu'elle avait perdu cette gaieté qui, dans sa jeunesse, c'est-à-dire jusqu'à son mariage avec ce pauvre Gerhardt, l'avait rendue célèbre partout où elle était passée. Sa joie, son rire incessant étaient unanimement appréciés. Son fils, lorsqu'il l'entendait tenir de tels propos, se gardait bien de répliquer qu'il ne se rappelait absolument pas cette époque, qu'il avait connue pourtant. Tout juste avait-il gardé le souvenir de l'entrain qu'elle mettait à danser le be-bop. Quant à Gerhardt, qui ne l'avait pas connue en ce temps-là, il approuvait avec enthousiasme et ajoutait: «*Du* savoir, Mama, toi encore beaucoup *lustig*, *du* rire beaucoup *wenn du willst…*» Le pauvre allait jusqu'à dire que c'était de sa faute à lui, qui ne parlait pas assez, qui n'était pas suffisamment *komisch…* Elle en profitait et, au lieu de le détromper, fût-ce pour rendre gentillesse pour gentillesse, attestait qu'en effet sa tristesse, désormais immuable, était due à son côté sinistre à lui. Il ne disait rien, rongeait son frein et l'on pouvait être sûr qu'il battait sa coulpe au-dedans de lui-même.

Le souffre-douleur était tellement terrorisé à l'idée de commettre un impair, générateur d'une prévisible avalanche d'amères réprimandes, qu'il ne cessait de les accumuler. Sa spécialité était de casser les bibelots, amoureusement achetés en Forêt-Noire ou en quelque lieu symbolique fortement chargé en romantisme et ramenés à grand soin, soigneusement enveloppés et entourés de trois paires de chaussettes, puis d'un pull-over, amortisseurs de chocs. Quand il passait le plumeau, l'une des tâches qui lui étaient dévolues le samedi après-midi, il veillait bien à saisir l'objet fragile en pâte de verre ou en porcelaine (souvent une biche, ou une marquise versaillaise façon Meissen), afin de ne surtout pas le renverser en l'époussetant. Si bien que, tremblant d'anxiété, il finissait par le reposer un demi-centimètre à côté de son support et le voyait avec effroi aller éclater en trois morceaux sur le carrelage.

Quoi qu'il en soit, et en bref, l'ère « rue Bonneterie » fut l'occasion pour Juliette d'accéder au degré maximal de bonheur relatif dont sa vie fut au total dotée. Hélas, la propriétaire récupéra son appartement et Juliette fit des pieds et des mains pour en obtenir un dans un HLM.

Et leur vie, en tout cas la sienne, changea du tout au tout.

LE CLOS DE L'ÉPI

L'endroit s'appelait le Clos de l'Épi. Juliette et son fils se rappelaient cette zone, récemment encore champêtre et boisée, longée par un ruisseau qu'on appelait Sorguette, « petite Sorgue », où, après la guerre, il leur était arrivé de se balader à pied. À présent, un quartier entier y avait été construit : trois ou quatre entrepôts et quelques bâtiments austères qui retiraient à la route de Montfavet, par laquelle on y accédait, tout son charme campagnard.

Quand on y habitait, la moindre course réclamait entre un quart d'heure et une demi-heure de marche à pied. Et, sans atteindre encore le degré d'horreur qui rend terrifiantes les cités actuelles dans les banlieues des villes, des groupes de jeunes, qui ne constituaient pas encore de vraies bandes comme aujourd'hui, se chargeaient de créer désordre, nuisances sonores et perturbation.

Juliette veillait au grain et ce n'est pas elle qui craignait, à deux heures du matin, de descendre jusqu'à la salle commune, réservée à des activités socioculturelles minables et détournée de cette fonction peu reluisante par quelques chenapans qui en avaient subtilisé la clé et fait faire un double, lorsque, sono montée au maximum, nos godelureaux s'en donnaient à cœur joie. Leur joie, c'était de faire du bruit et de tressauter, et non d'écouter ou de faire de la musique.

Le gardien n'osait pas intervenir, par peur de se faire casser la gueule. Ce risque ne troublait aucunement la balèze de Margeride. Et elle avait raison car, elle, toujours prête à crier, trouvait soudain le ton adéquat, plus à l'aise avec les marginaux, les déviants et les atypiques qu'avec tout ce qui faisait effort pour se fondre dans la normalité. Poussant la porte du local, elle allait à l'électrophone, mettait le son quasiment à zéro et disait posément, sans s'énerver, ce qui était de nature à surprendre fort ceux qui la connaissaient : « Hé, les gars et les filles, c'est normal que vous ayez envie de vous amuser ; mais ici et à cette heure-ci, vous empêchez deux cents personnes, peut-être plus, de dormir. Moi aussi, j'étais folle de danse et de rigolade, quand j'avais votre âge. Mais on allait au dancing pour ça. Ici, c'est un local construit pour des activités qui ont lieu de jour. La nuit, le bruit, c'est du tapage nocturne. Peu importe comment on appelle ça, d'ailleurs ; mais quand on est fatigué par une journée de boulot, quand on est vieux ou quand on a des petits enfants que cela empêche de dormir, ça a de quoi vous rendre méchant. C'est ce qui est en train de se passer : les gens en ont marre et ne vont pas tarder à porter plainte. Moi je préfère venir vous voir, vous le dire et ne pas porter plainte pour éviter, aux autres, de souffrir le calvaire que vous leur imposez sans le savoir, et à vous de vous faire ramasser par les flics et de ne plus pouvoir mettre les pieds ici. Voilà, je vous ai tout dit ;

faites comme vous l'entendez ; mais, en ne pensant pas qu'à vous, en allant danser là où on danse, vous serez sympathiques et vous ne risquerez pas d'avoir des ennuis. Voilà ; bonne nuit à tous... »

Et ils s'arrêtèrent. Et ils ne recommencèrent plus.

Elle n'avait du reste pas tardé à se rendre célèbre dans le quartier car un soir, rentrant du centre-ville à pied, elle avait été agressée par un jeune qui avait tenté de lui arracher son sac à main. Elle l'avait défendu si fort, et elle avait tellement plus d'énergie que le pauvre bougre, qu'elle l'avait mis en fuite, le menaçant même de le poursuivre et de lui donner une raclée s'il ne décampait pas plus vite. Le bruit occasionné par ce bref combat avait alerté les gens qui s'étaient mis aux fenêtres et avaient assisté à tout ou partie de la scène, l'applaudissant à sa conclusion, comme ils l'auraient fait à un spectacle !

Un vaste terre-plein occupait l'espace compris entre les immeubles. Des joueurs de boules en avaient monopolisé une partie, qu'ils avaient délimitée au moyen de planches placées verticalement et maintenues par des taquets. Mais, sous les fenêtres de l'immeuble où habitaient les Kern, une large bande de terre restait vide. Juliette prit l'initiative de proposer au gardien et à leurs voisins d'en faire un parterre fleuri, qu'elle se chargeait d'entretenir. Les gens furent évidemment d'accord et son esprit de système s'employa à fond. Au bout de quelques mois, on pouvait y voir, soigneusement alignées, des bandes de pensées sauvages, d'autres de diverses sortes de fleurs dont elle était allée faire l'acquisition chez l'un des fleuristes du cimetière tout proche.

Un jour, un résident particulièrement stupide avait garé son automobile de telle sorte que deux de ses pneus empiétaient sur ce rectangle sympathique. Quand, de sa fenêtre, elle vit cela, elle attendit que l'indélicat descende prendre sa bagnole et elle dévala les quatre étages. Elle se planta devant lui :

– Vous n'avez sûrement pas dû le faire exprès, mais à l'avenir, si vous évitiez d'écraser ces fleurs qui donnent un peu de vie à cet endroit sinistre, ce serait sympathique, d'autant que j'ai bien du mal à les faire pousser.

– Ce n'est ni un espace réservé ni un jardin public ; je me gare où je veux.

– Si vous le prenez comme ça, sachez qu'il se pourrait que quelqu'un, choqué par votre comportement, et préférant les fleurs à votre bagnole, vienne crever vos pneus. Ce ne sera bien sûr pas moi, mais le mal sera fait…

– Essayez un peu…

– Ce ne sera pas moi, je vous dis… En tout cas, si vous vous avisez de me dénoncer, je nierai avec indignation et la police n'ira pas imaginer qu'une vieille dame comme moi s'amuse à crever les pneus des voitures.

Et le crétin se gara un peu plus loin, car il avait le choix entre plusieurs dizaines de mètres disponibles rien que sous ses fenêtres, sans parler de l'autre côté du terre-plein, et que, celui qu'il avait fait, de choix, était délibéré, pour des raisons confinant à la bêtise méchante.

Gerhardt ayant enfin pris sa retraite, leur vie se régla selon un cahier des charges immuable, quoique tacite et même pas médité ou concerté : à midi, déjeuner à la cafétéria du magasin Casino ; un après-midi sur deux, sortie à Frigolet s'il ne pleuvait pas ; chaque matin, courses et, le samedi matin, courses encore, mais de plus grande ampleur ; l'après-midi de certains de ces samedis étant consacré à l'achat, assez rare, de vêtements ou accessoires d'habillage (chaussures par exemple), ou encore d'ustensiles ou d'objets divers (écumoire, presse-citron, tire-bouchon, entonnoir, panier à salade en plastique, etc.).

Leur fille était le principal souci de Juliette, qui la voyait avec angoisse atteindre l'âge auquel les jeunes filles ne songent qu'à sortir, voire à découcher. Ce fut un dur moment à passer. Pour Juliette, bien entendu, mais tout autant pour Rosemarie qui n'en pouvait plus de ces recommandations, de ces remontrances, de ces leçons de morale.

PÉREMPTOIRES CERTITUDES ET CONVICTIONS FAROUCHES

Juliette était la gare de triage fort encombrée des convictions les plus contradictoires, nœud ferroviaire de toutes les idées possibles, à condition qu'elles soient clairement opposées les unes aux autres, et qu'elles soient partout, sauf en elle, causes de conflits violents.

La liberté sans limites dont elle était la propagandiste se heurtait de façon permanente à son instinct le plus immédiat, et constamment à l'œuvre, qui réclamait l'ordre le plus strict : ainsi, les pauvres étaient ses préférés, mais à condition qu'ils ne fussent ni sales, ni débraillés, ni même simplement négligents, ou encore qu'ils ne fassent jamais état ou montre de leur malheureuse condition (sauf s'ils franchissaient le pas et s'assumaient en tant que clochards, auquel cas ils avaient droit à l'aumône).

Elle avait eu une période, de vingt-quatre à quarante ans, d'intense liberté de mœurs et de comportement, fréquentant les bals, les fêtes et kermesses vulgaires où l'on buvait et braillait, mais, lorsque sa fille eut atteint l'âge où l'on s'adonne fougueusement à ces choses-là, elle vit d'un mauvais œil qu'elle sortît danser avec des copines et des copains et guettait à la fenêtre jusqu'à son retour, afin de, premièrement, contrôler l'heure de sa rentrée au bercail et, deuxièmement, la semoncer vertement pour le retard qu'elle avait pris sur la promesse qu'elle lui avait arrachée à son départ.

Elle détestait le chauvinisme des Français quand ils criaient à la télévision pour soutenir leur équipe de football, disant qu'ils étaient pareils à des singes égoïstes et nombrilistes. Mais que Gerhardt s'enthousiasme, toujours devant la télévision, pour sa chère *Mannschaft*, elle le traitait de tous les noms, affirmait que personne n'était aussi ridiculement chauvin que les Allemands ; et aussitôt la voilà qui prenait le parti de l'équipe adverse, fût-elle celle de France (quoiqu'elle préférât prendre le parti d'une autre, la plus petite, la plus faible possible). Ce qu'elle aurait aimé, c'est que le Liechtenstein batte à tout coup la France, que Monaco écrase et si possible ridiculise l'Allemagne. Poussant encore plus loin la logique, elle soutenait, quoi qu'il lui en coûtât (les USA étant la patrie de Beverly-Ann), tout sportif cubain opposé à un Américain. Les choses étaient plus compliquées avec la Russie : la mort dans l'âme, et quoique son implicite logique stipulât que mieux valait le petit faible que le gros surpuissant, elle prenait malgré tout, et en toutes circonstances, le parti de l'équipe soviétique, fût-ce contre la Finlande, contre le Honduras, contre le Qatar. C'est que l'URSS, quoique grosse et puissante, était porteuse des espoirs de l'humanité. L'Allemagne, qui avait produit Hitler et Frau Blank, et la France, qui n'avait jamais été tendre avec la pauvre Juliette, pouvaient toujours crever la bouche ouverte.

Le racisme lui faisait horreur et elle avait combattu à ciel ouvert l'antisémitisme durant la période de l'Occupation, mais si un manœuvre travaillant sous la responsabilité de Gerhardt (devenu chef de chantier) traînait un peu, elle ne manquait pas de faire observer que les Maghrébins ont un poil dans la main (mais qu'un autre qu'elle dise la même chose, il se faisait vertement remettre en place). Même chose pour les Juifs. Pendant la guerre, elle avait épousé leur cause, y compris en public, à l'épicerie où on lui faisait « chut » avec des regards en coin ; mais qu'elle constate chez l'un d'entre eux, ou chez une famille respectueuse des traditions à la fois religieuses et culturelles, et notamment du shabbat, un comportement d'apparence communautaire, elle entrait en fureur : « Ils ne peuvent pas vivre comme tout le monde ? Après ils s'étonneront qu'il y ait des gens pour les discriminer ! » Pour qu'il n'y ait pas de malentendu, il faut savoir qu'elle en avait autant pour les bigotes toujours fourrées à l'église, pour les curés dont la règle était « faites ce que je dis, ne faites pas ce que je fais », pour les parpaillots grippe-sous et donneurs de leçons, pour les insupportables porteuses de voiles (phénomène encore rare en France, en ce temps-là, et provisoirement en voie de disparition dans le Maghreb), honte absolue du sexe féminin, pour les politiciens systématiquement traités de roublards et de véreux…

Après avoir mené la vie dure aux policiers hessois au prétexte qu'il était hors de question qu'on l'empêchât de rouler à vélo sur la chaussée, elle s'indignait de voir que les Avignonnais traversaient impunément les rues hors des clous. Une fois, elle s'en prit à un pauvre agent de police qui, voyant un automobiliste brûler un feu rouge, rue de la République, commença d'ébaucher le geste consistant à porter son sifflet à la bouche, puis, fataliste car l'autre lui parut soudain être déjà trop loin, remettre ledit sifflet dans sa poche. Elle se campa devant lui et lui dit : Eh bien, si on compte sur des gens comme vous pour que les enfants ne se fassent pas écraser par les chauffards, on peut être tranquille... Il haussa les épaules. Elle insista : C'est tout l'effet que ça vous fait ? Eh bien bravo...

– Occupez-vous de vos oignons, Madame, et laissez-moi faire mon travail.

– Ah, parce que, pour vous, faire votre travail, ça consiste à ne pas le faire ?

– Écoutez, vous commencez à me chauffer les oreilles ; occupez-vous de ce qui vous regarde...

– Eh bien justement, c'est de ça que je m'occupe en ce moment, de ce qui me regarde. Parce que je paie des impôts, voyez-vous, et c'est justement, en particulier, pour être sûre que, si un chauffard brûle un feu, le policier présent au carrefour et qui assiste à la scène lui enlèvera l'envie de recommencer.

– Écoutez, si vous continuez...

– Oui, allez-y ; je vais vous le dire ce qui va se passer, moi, si je continue, et que vous le prenez mal : je vais finir par exiger que vous me donniez votre matricule et je vais porter plainte à la préfecture, à la mairie et au commissariat central contre un agent de la force publique qui ne remplit pas sa mission, son rôle, ce pour quoi il est payé et même assermenté ; voilà ce qui va se passer si je continue... Alors, au lieu de réagir bêtement comme vous le faites, dites-moi plutôt : Madame, excusez-moi, j'étais distrait, un peu fatigué, j'ai des soucis à la maison ; mais à partir de maintenant, je vous promets que je vais faire attention, c'est-à-dire que je vais faire le métier pour lequel je suis payé grâce à vos impôts, Madame...

– Bon allez, finissons-en... Oui, d'accord, je serai plus sévère la prochaine fois ; maintenant, circulez...

– ... Madame, je vous prie...

– ... Madame...

Un aspect saisissant de cet esprit violemment épris de contradiction se manifesta à travers ses attitudes, comportements et avis concernant les diverses jeunes filles ou jeunes femmes dont son fils fit, passagèrement ou de façon quelquefois durable, ses « amoureuses ». Elle s'enthousiasmait quand il lui écrivait pour lui faire part de sa divine rencontre. Puis, si elle était amenée à faire la connaissance de l'heureuse élue (enfin, disons, pour ne pas céder aux réflexes de langage à connotation machiste, celle dont il était l'heureux élu), ce n'était, en douce, que critiques (« tu devrais lui dire qu'elle passe trop de temps à se maquiller ; c'est quand même pas une poule de luxe, non ? » ; « tu ne crois pas qu'elle est un peu chichiteuse ? » ; « tu es sûr qu'elle n'est pas d'un monde autre que le nôtre, celui des richards qui font du genre ? » ; « est-ce qu'elle a vraiment besoin de changer de tenue deux fois par jour ? »). Mais que la rupture survienne, alors c'était une tout autre histoire (« Et voilà, une fois de plus, je m'attache à une belle jeune femme, je la considère comme ma fille, et tu te débrouilles pour qu'elle te quitte ; chaque fois, c'est autant de tristesse pour moi ; et en plus je me demande si tu arriveras un jour à en garder une ! »).

Elle ne cessait de dire que son mari était une chiffe molle, incapable d'avoir une opinion à lui, toujours à la traîne des siennes propres, allant jusqu'à commander les mêmes plats qu'elle au restaurant. Mais, que le pauvre Gerhardt s'avise de manifester la moindre apparence de désaccord avec elle sur le plus anodin des sujets, la voilà qui fulminait et se gaussait à la fois : « Ah, ça ne m'étonne pas, Monsieur à ses opinions à lui, toujours le contraire des miennes, bien entendu ; il ne dit rien comme ça, mais il n'en pense pas moins ; il a un esprit de contradiction chevillé au corps ! »

Nous avons déjà signalé la façon spectaculaire qu'elle avait de magnifier et mettre plus bas que terre, dans la même phrase, son ancien mari, Paul, le donnant comme modèle d'homme et le signalant en tant que spécimen archétypal du mâle trompeur, lâcheur d'épouses admirables. Comme bien entendu l'étaient, dans son esprit, les « types » en général.

Elle détestait que les gens se mettent à chanter, pardon, à « brailler », la *Marseillaise*, ainsi qu'on pouvait le voir à la télévision pour les matches de foot ou de rugby, ou encore à la fin des meetings politiques ; mais elle fredonnait fréquemment, seule dans son coin, le *Chant du départ* (parce que lié à la mémoire révolutionnaire) ou l'air de *Sambre et Meuse* (associé à l'imaginaire de la Libération et à l'épopée de la 2e DB !).

Elle proclamait qu'elle aurait coupé la tête de tous les aristos, des privilégiés, des profiteurs, des salauds, durant la Révolution ou à la Libération. Mais qu'un film ou un documentaire montre les images brutales, reconstituées dans le premier cas, documentaires dans le second, elle montait aussitôt sur ses grands chevaux : « Tous des sauvages ! Ils ne pensent qu'à tuer. »

Elle raffolait de la campagne, affirmait que c'était son milieu naturel, et déclarait à qui voulait l'entendre qu'elle n'y aurait vécu pour rien au monde, les paysans étant tous des égoïstes primitifs !

Bref, Juliette était l'antithèse tout à fait spectaculaire de Monsieur de La Palice. Toute affirmation comportait en annexe, et la suivant comme son ombre, sa propre et radicale contradiction.

Il fallait suivre avec la plus grande attention pour espérer s'y retrouver !

À cela près toutefois que, outre que c'était bien fatigant à subir à longueur de journée, on avait tôt fait de repérer la nature systématique du mécanisme ; alors, on finissait par n'y plus prêter attention, autant dire par ne plus l'écouter que d'une demi-oreille. Et, la laissant parler, on gardait sa tête ailleurs, en tout cas hors de portée de son infatigable voix. Sauf lorsqu'elle se mettait à raconter pour la cent millième fois sa vie de petite bergère ou à entonner « La Maman du petit homme lui dit un matin, à seize ans, t'es haut tout comme notre huche à pain », ou encore « Ils sont partis sur la barque légère, les petits gars », ou, surtout, favori absolu de son répertoire « C'est aujourd'hui dimanche, / Je m'en vais voir Maman ; / J'ai mis ma robe blanche ; / Celle qu'elle aimait tant... ». Alors, l'attention du témoin, spécialement celle de son fils, s'allumait comme un lumignon à la tombée de la nuit le long de la promenade de Copacabana ou de celle des Anglais, ou comme l'un des lampadaires illustres du *Karluv Most*.

Alors, on savait que ces puériles et obsédantes contradictions allaient loin prendre racine et se ramifier, témoignant du fait que rien n'est simple ni cohérent dans ce monde, sinon sa propension à nous en faire baver tant qu'il peut, le salaud.

L'HÉRITAGE DE MARIE CÉLESTINE JULIETTE

Juliette eut deux enfants à quatorze ans d'intervalle. Si elle éleva le second, sa fille Rosemarie, jusqu'à la majorité de celle-ci, elle n'eut sous sa coupe éducationnelle son fils que de sa naissance à l'âge de six ans et demi, puis de sept ans à neuf ans, et enfin neuf mois entre onze et douze ans, lors de la problématique, sinon farfelue, migration en territoire germanique.

Sa fille, de son côté, fut traumatisée par les vicissitudes dont sa vie quotidienne se trouva tributaire et si écrasée par l'incompréhensible rigidité des règles éducatives que lui imposa, contre toute attente, cette mère qui avait été aventurière et instable qu'elle ne s'en extirpa qu'au prix de choix de vie qui la virent, certes, adopter le tempérament nomade (quoique de façon moins aventureuse) de sa mère, mais par ailleurs, et en réaction à cette enfance même, fuir toute hypothèse de maternité pour ce qui la concerne et aussi faire siennes des règles qui relèvent, dans l'esprit des gens, plutôt de l'univers mental de la virilité (liberté de mœurs, indépendance totale dans l'ordre de l'affectivité aussi bien que du social). Si elle s'en tira bien, c'est au prix de pas mal de ruptures dont la portée, à son insu mais résolument, fut symbolique (notamment celle avec ses deux milieux d'origine, le lozérien et le hessois, dont elle ne voulut plus entendre parler à partir de ses vingt ans).

Pour son fils, l'affaire est infiniment plus complexe et l'issue en est purement surréaliste. Tôt séparé du tyran domestique et de son influence débilitante (car imprégnée de frustration, de tristesse inconsolable et, paradoxalement, de braquage culturel évoluant vers le populisme naïf et vers l'obscurantisme impulsif), il s'évada au moyen d'une quête effrénée d'une espèce de Graal mental, personnalisé et expurgé de tout mysticisme. Il fut très tôt en porte-à-faux avec les normes usuelles de l'éducation et de la culture béni-oui-oui dont l'école et l'université sont les infernaux propagateurs et gardes-barrières.

À douze ans, il repéra la nature de l'impasse au fond de laquelle sa mère l'eût acculé. L'expérience qu'elle lui avait imposée l'avait rendu tellement plus mature qu'elle ne le fut jamais qu'il maîtrisa la situation (et cela d'autant mieux que l'exemple lui était donné de ce qu'il fallait fuir à tout prix). Il adopta spontanément, sans nul besoin de se le formuler aussi clairement, le parti de prendre le large et de trouver et investir son espace *personnel* d'existence, toute question de survie mise à part et consciemment négligée. Il le trouva à l'écart de toute ambition de réussite sociale.

L'étrange paradoxe, à moins que ce ne soit un légitime et obscur instinct de compensation atavique, fit que son échappatoire se situa dans l'adoption instinctive de mœurs et de préoccupations relevant de ce que, faute de disposer d'un vocable plus précis et moins guindé, on rassemble de bric et de broc sous le terme de culture. L'échappatoire lui tint lieu de tremplin. S'immergeant corps et âme dans des flots de musique, dans des strates d'images peintes par de puissants visionnaires ou de subtils regardeurs, dans la lecture de textes, mais aussi dans la recherche de savoir et de connaissance qui le conduisit à remonter avec autant de passion que d'esprit de système le courant de cette évolution qui, depuis environ cinquante mille ans, a conduit l'*Erectus* vaguement devenu *Sapiens* à accéder aux stades ultimes et un peu désespérés de la *sapience*, il échappa à la fatalité de l'atavisme.

On se doute que, dès l'amorce de ce processus de nature métamorphique, l'hiatus se mua en incompatibilité totalement irréversible et potentiellement conflictuelle avec celle qu'était devenue la malheureuse petite bergère *esclavagisée* du Gévaudan des années vingt du vingtième siècle après Ponce Pilate.

Les distances qu'il fut amené à prendre s'il voulait échapper aux risques de névrose, voire de psychose, qui lui pendaient au nez, ou à ceux qui le condamnaient à céder aux tentations tout aussi déstructurantes, et infiniment plus périlleuses, de la délinquance, le placèrent vite hors champ et firent de lui un observateur du cas de Juliette, qui n'était dès lors plus qu'incidemment, voire accidentellement, sa mère.

Hors de question de juger une telle victime de circonstances effroyables, qui s'avérait, par sa force même, fût-elle pathétiquement dérisoire, hors d'atteinte de toute volonté d'intervention, une nature rétive et méfiante, et surtout dramatiquement investie de la certitude de disposer de tout son esprit, de toutes ses facultés, d'un savoir largement suffisant et d'une lucidité de laser ; dotée enfin d'un caractère hors du commun, considérablement plus décidé et affirmé que celui de qui que ce soit – du moins le sembla-t-il sa vie durant.

Elle était fort intelligente, ce qui donnait le change ; mais totalement incapable de faire de cet avantage le détonateur susceptible de déclencher l'explosion d'une prise de conscience qui l'eût révolutionnée. Ce détonateur fonctionna en fait à retardement, lorsque, sans le savoir, elle en transmit par atavisme ou par mimétisme les virtualités, expurgées de l'humidité frustratrice qui en faisait de désolants pétards mouillés, à un fils dont elle ne soupçonna jamais qu'il deviendrait, sinon le libérateur, du moins l'écho amplifié ou plutôt matérialisé, de ses propres aptitudes ignorées, celles dont jamais elle ne soupçonna l'existence ou le pouvoir. Elle le crut à tort en rupture de fidélité ; il s'instaura en fait vengeur de sa disgrâce et de son humiliation.

Ainsi, pauvre chose pitoyable, littéralement « damnée de la terre », elle aura accouché, sinon de sa rédemption, du moins de cette espèce de *sortie d'elle-même*, dont elle ignora cruellement jusqu'à l'éventualité, et dont elle eût même nié l'hypothèse ou même la nécessité, si d'aventure quelqu'un se fût risqué à la lui suggérer. Son fils l'eût comblée de bonheur et l'eût en quelque sorte méritée s'il s'était identifié à Gracchus Babeuf ou, dérisoire ambition, à Maurice Thorez.

Un jour, ce fils, conscient de ce potentiel d'intelligence et de sensibilité qui l'habitait, elle, tenta de lui faire aborder le rivage d'un monde dont la découverte l'eût transfigurée, si elle l'avait accepté comme sien, bien qu'il fût asocial et farouchement mal-pensant. Ce fut en vain. Elle n'y vit que velléités bourgeoises hors de portée d'un esprit prolétarien. Il écrivit un texte à propos de son père à elle, texte que plus d'une personne avait trouvé émouvant ; elle l'estima compliqué ; non qu'elle ne comprît pas tel ou tel de ces mots dont le statut empreint d'atmosphère littéraire lui paraissait toutefois réservé à ceux qui ont eu les moyens de faire des études (authentiques ennemis de classe). Car l'image qu'elle se faisait de l'écrivain était tout enrobée de suspicion. Elle estimait pourtant qu'elle-même, si elle était allée à l'école au-delà du cours élémentaire deuxième année, aurait pu être un vrai poète, qui eût chanté, à parité, les beautés de la nature et le sentiment de révolte contre tout. Une autre fois, il tenta le coup par le biais de musiques à la fois sublimes, ou même ambitieuses, et mélodiquement aussi bien que rythmiquement accessibles au premier sauvage venu (croyait-il) : du Schubert, du Haydn, du Mozart délivrant des airs proches par leur tonalité et leur allant de ce qu'elle aimait dans la musique tzigane, hongroise, roumaine ou autre. Le seul fait que le « populaire » ou le « naturel » soit présenté de façon, non pas complexe, mais raffinée lui parut rédhibitoire. C'était en quelque sorte de la musique qui faisait des manières.

Alors son fils baissa les bras, ne s'insurgea pas et, passé trois phrases d'argumentation réfutées d'un revers de main et de quelques phrases péremptoires, n'insista pas, coupa à tout jamais les ponts, se contentant de rester, par pur réflexe de décence navrée, toujours aussi aimable, apparemment attentif aux jérémiades maternelles, totalement et définitivement ailleurs.

Il s'employa dès lors à naître de lui seul, renonçant la mort dans l'âme à toute filiation. Il lui en coûta surtout de n'avoir pas réussi à délivrer en sa mère le potentiel prodigieux qui s'y tenait captif.

Un jour, rêvant d'offrir à cette parole sporadiquement inventive, porteuse d'une mémoire singulière et révélatrice de modes de vie dont l'archaïsme s'était maintenu tardivement en cette zone reculée d'un pays en proie à la modernité, il produisit sur les ondes de France-Culture une série d'émissions, « La Mémoire de l'instant », qui consistait à faire parler certaines personnes choisies par lui à partir d'un vécu supposé hors normes. Sa déception fut grande : si l'admirable Jean Tortel magnifia son jardin, si le vieux graveur Flocon fit vivre l'art de la taille-douce et le souvenir de Gaston Bachelard, la pauvre Juliette fut incapable, sans doute tétanisée par la présence d'un micro et d'un preneur de son, et par la conscience du fait qu'on allait l'entendre à la radio, de sortir d'une espèce de radotage sans intérêt. Sa richesse naturelle, déjà bien figée et édulcorée, était désamorcée, réduite à la réitération lancinante de mornes banalités, sans plus rien qui les pût transcender, ainsi qu'elle avait su le faire, des années durant, de façon spontanée.

De son côté, sa fille avait fini par réaliser le plus cher des rêves impossibles de sa mère, en devenant hôtesse de l'air, synonyme de mouvement perpétuel, de dépaysement incessant et, quoique à tort car les contraintes y sont drastiques, de liberté.

Celle-ci, vite installée dans la région parisienne, venait régulièrement voir ses parents, mais sans s'attarder; celui-là feignait d'être empêché de se manifester davantage du fait de ses activités (au demeurant effectives et prenantes).

À défaut de s'intéresser au contenu desdites activités, d'ordre strictement culturel, elle suivait avec passion l'évolution de sa vie sentimentale, fréquemment secouée de ruptures toujours douloureuses, dont il s'employait à désamorcer devant elle le caractère sentimentalement dramatique. Qu'à cela ne tienne : elle se chargeait de réamorcer la pompe à regrets et à plaintes. Avec sa fille, ce fut le même refrain ; elle la trouvait trop enjôleuse avec les garçons (du fait de son grand charme et de son tempérament primesautier). Que l'un d'entre eux s'attache à elle, et qu'elle s'avise de le dédaigner : elle ne savait pas à côté de quel bonheur elle était en train de passer ; qu'elle cède : elle ne savait pas combien imprudent et irréfléchi était ce choix ! Le jour où elle épousa un fort gentil garçon, qui ne cessa de manifester à l'égard de ses beaux-parents sollicitude et prévenance, elle n'eut de cesse de le trouver arrogant, prétentieux, vantard même ; elle le soupçonna, puisqu'il était issu d'une famille juive, de chercher à convertir sa fille à une religion avec laquelle, pourtant, et de toute évidence, il n'entretenait que de lointaines et principalement culturelles relations, dont la fidélité filiale était le très laxiste prétexte !

L'important, tout au fond d'elle-même et bien entendu à son insu, c'était que son propre échec sentimental, son insatisfaction permanente, sa frustration amoureuse trouvassent bien, et de façon indiscutable, leur prolongement naturel dans la frustration, l'insatisfaction et l'échec de ses deux enfants. Le monde tel qu'il est ne pouvait que brimer les cœurs sensibles et les êtres purs.

Rien ne la rassérénait et, simultanément, ne l'angoissait tant que les difficultés rencontrées épisodiquement par l'un ou l'autre de ses enfants dans l'ordre de leur situation sociale, autant dire dans celui de l'emploi et du salaire. Leur condition sociale, qui était généralement satisfaisante (ce dont elle se réjouissait certes), les plaçait dans une classe loin au-dessus de la sienne (son fils ayant de surcroît investi un espace réservé selon elle aux individus qui, soit travaillaient du chapeau, soit dédaignaient ou, pis encore, ignoraient la condition des pauvres gens tels qu'elle et son mari). Elle s'en trouvait, d'un côté d'elle-même, rassurée (ils lui semblaient ainsi tirés d'affaire) ; mais, de l'autre côté, dans sa part d'ombre maléfique, elle exécrait leur situation et leur appartenance à une classe sociale honnie, dont, et c'était bien là le comble, ils ne faisaient en réalité nullement partie, le fait de gagner bien et régulièrement leur vie n'étant pas un signe irréfutable d'embourgeoisement.

Leur brusque et occasionnelle mise en difficulté (licenciement, rupture brutale, tout ce qui venait lézarder l'édifice apparemment prospère) leur donnait l'apparence d'extraterrestres accidentellement conduits à amorcer une salubre, quoique préoccupante, redescente sur terre, ce qui ne devait pas manquer de les faire revenir à des sentiments humains, notamment en leur accordant enfin le bonheur et l'honneur de disposer, à leur tour, de légitimes et concrets motifs de se plaindre de l'injustice immanente du monde.

Qu'ils ne le fissent jamais suffisait à lui faire considérer que, décidément, ils étaient irresponsables et totalement inconscients. Elle se réjouissait évidemment, et sincèrement, que leur situation s'arrangeât; mais comme c'était immanquablement au bénéfice d'un ancrage encore plus profond dans cette classe maudite, celle des bourgeois, sa morosité finissait par grignoter insensiblement les contours de son soupir de soulagement et par le faire se dissoudre, aussitôt supplanté par une sorte de ricanement intérieur, mâtiné de fatalisme résigné.

De cet ensemble de dispositions, ses deux enfants, par ailleurs fort différents l'un de l'autre, rejetèrent le côté geignard et pleurnichard, mais aussi cette insupportable tendance, qui en résultait, à tout critiquer, tout rejeter, à ne pouvoir jouir de l'instant sans soupirer après le passé enfui.

Toutefois, c'est d'elle à coup sûr qu'ils héritèrent ce caractère prompt à réagir à l'agression ou aux manifestations d'injustice, que celle-ci les concerne personnellement ou qu'elle s'exprime à propos de toute personne autre ou de tout groupe d'individus dont ils ne font pas nécessairement partie.

Cet instinct qui les portait couramment à la révolte, ce réflexe d'indignation, fut, surtout chez le fils (qui tenait cela également de son père), en état de veille permanent et bien souvent en action, d'une façon malheureusement désordonnée (autre héritage, fâcheux celui-là, de l'intempestive Juliette).

Moins spectaculaire, moins aisément repérable, car le modèle qu'elle produisit de ce caractère foncier resta flou, le goût et le sens, le vif appétit même, qu'elle avait de la nature alla les toucher au fond de leurs êtres respectifs. C'est ainsi que sa fille, citadine voyageant de ville en ville et d'aéroport en aéroport, fut saisie d'une vive passion pour le jardinage et pour le séjour dans une campagne où il lui arrivait souvent d'aller en deux fois trois heures de voiture uniquement pour voir trembler ses trembles, croître ses fleurs, pousser son gazon (ou pour le tondre méticuleusement), quitte à n'y demeurer qu'une demi-journée. Quant à son fils, longtemps, et de façon à son goût un peu mièvre, classé parmi les poètes de la nature, il ne s'épanouit, physiquement mais aussi spirituellement, que dans les longues marches qu'il lui est donné d'accomplir, aussi souvent que possible, à travers les paysages les plus déserts et les plus incultes qui existent encore, sporadiquement, ici ou là.

Au total, c'est bien d'un esprit d'indépendance qu'il s'agit. Et c'est bien cet esprit qui tenta d'animer la malheureuse Juliette, dont la conscience ne disposait hélas pas des armes nécessaires, celles que donnent la connaissance et la culture, pour l'exprimer autrement que sous forme de rodomontades et de geignements désabusés.

Sa curiosité avait été réelle, jusqu'au jour où elle s'éteignit, passé la soixantaine ; mais son orientation avait été trop aléatoire, insuffisamment exigeante, n'ayant jamais été stimulée par le hasard d'une authentique rencontre d'ordre intellectuel ou artistique ; cela du reste n'eût pu passer que par l'amour ; le pauvre Gerhardt n'était hélas pas l'élément incitateur ou stimulateur qui lui eût convenu et y eût contribué au déclenchement, au fond d'elle-même, d'un processus dont la latence fut pourtant, et longtemps, évidente. Sa fille ne fut pas loin de subir le même sort, puisque, disposant d'authentiques facultés cognitives, elle n'en développa que les aspects utilitaires et sécurisants ; toutefois sa pratique ininterrompue et méthodique, car professionnelle, du voyage contribua, à défaut d'une culture percutante ou contondante, à lui éveiller le regard, à élargir son angle de perception du réel et à la faire se dégager de l'empreinte réductrice du magma idéologique dont Juliette avait fait un lest pesant.

La prodigieuse acuité cérébrale dont avait disposé Juliette, qui lui avait permis par exemple d'apprendre en un rien de temps à lire, à écrire, ainsi qu'à maîtriser des langues étrangères, avait été annihilée, d'une part par l'étroitesse du champ de ses connaissances, d'autre part par la trivialité de ses motifs de préoccupation, qui étaient de deux ordres : survivre au jour le jour ; se souvenir de tout ce qui lui paraissait intrinsèquement la constituer, elle, à savoir : sa souffrance et sa frustration.

C'était une instinctive refoulée et un cerveau privé de tout apport de carburant, jamais huilé ni stimulé par ces coups d'accélérateur qui eussent contribué à le maintenir en état de marche.

FINIS JULIETTAE

La vie de Juliette et de Gerhardt, désormais strictement ordonnancée, avait finalement été réduite à une simple et très monotone réitération quotidienne de gestes minimalistes (le ménage, les courses, le déjeuner à la cafétéria, les sorties à Frigolet, les visites au fils à Villeneuve-lès-Avignon, puis à Montpellier, le pèlerinage annuel à Dieburg) ; tout juste se vit-elle occasionnellement entrecoupée de deux voyages d'exception qui les conduisirent, autour de la soixantaine (sa soixantaine à elle car Gerhardt avait sept ans de moins que sa femme), une fois au Québec où leur fille vécut plusieurs mois et où résidait un moine qui avait été un camarade d'enfance de notre Lozérienne dans les années vingt, et une fois en RDA (ils disaient DDR, adoptant la dénomination allemande) d'où ils étaient revenus encore plus persuadés de l'excellence du régime communiste, dont les pauvres gens étaient, selon eux, les bénéficiaires reconnaissants. Le principal mérite de cette société était, aux yeux de Juliette (Gerhardt opinant selon son habitude), que, si les pauvres n'étaient de toute évidence pas devenus riches (c'était le moins qu'on puisse dire), du moins les riches étaient-ils, pour leur part, devenus pauvres, ce qui leur paraissait, à Juliette et à Gerhardt, un progrès considérable.

Sinon, il leur arrivait de faire des incursions mémorielles dans des lieux où quelque souvenir (les siens, à elle, pour l'essentiel) traînait vaguement : Montrodat pour y constater à quel point rien n'en subsistait de ce qu'elle avait connu, Dieburg une fois par an également, dont ils revenaient contents d'en être partis, mais fascinés par la qualité des progrès accomplis par la bourgade et par l'Allemagne en général, et le Gras de Chassagne où son fils et son ancienne belle-fille avaient vécu une année durant, eux-mêmes ayant caressé le vague projet de s'y installer à la retraite de Gerhardt. La sauvagerie de l'endroit l'exaltait, pas au point toutefois d'y accomplir de ces marches dont elle n'était plus physiquement capable mais pour la grande satisfaction des yeux et de l'imaginaire.

C'est lors d'un de ces pèlerinages vivarois que Gerhardt, loupant un virage, les fit aboutir au fond d'un fossé herbu. Ce fut le premier choc cérébral dont elle eut du mal à se remettre. Il fut suivi, peu de temps après, d'un autre, moins accidentel mais bien pire quant aux effets qu'il induisit : elle fut agressée pour la seconde fois par un jeune qui, cette fois, Juliette ayant perdu l'essentiel de la vigueur qu'elle avait conservée quatre ou cinq ans auparavant, réussit sans mal à lui dérober son sac à main.

À partir de ce moment, elle ne cessa de se plaindre de sa mémoire. Elle avait soixante-quinze ans. Au bout d'un an, le diagnostic tomba comme un couperet : Alzheimer.

Gerhardt refusa de la laisser placer dans un établissement spécialisé ; il tenait à rester près de sa «Yette», à s'occuper d'elle, ce qu'il fit jusqu'à ce qu'il en mourût prématurément, d'épuisement.

Le basculement sans rémission, poignant, se fit, en tout cas aux yeux de ses proches, le jour où, son fils étant venu comme chaque année déjeuner avec eux le jour de l'An, elle l'accueillit en lui disant «Bonjour monsieur». À partir de ce moment, plus personne, sauf son mari (et encore, elle en était arrivée au point d'appeler Gerhardt leur propre fille ; ce nom étant devenu probablement le point de repère générique auquel pouvait encore s'accrocher, non pas sa mémoire, non pas son affection, mais son besoin totalement inconscient de sécurité) ne fut identifiable.

Lorsque Gerhardt mourut, ses enfants furent appelés en catastrophe à la rescousse par le voisinage (ou plus exactement par les pompiers d'Avignon). Ils n'eurent d'autre recours, compte tenu de la nature éminemment nomade de leurs activités professionnelles réciproques, que de la placer dans une institution spécialisée, où, infantilisée parmi d'autres vieux enfants, elle survécut en état d'absence permanent, sans la moindre seconde de conscience, jusqu'à sa mort. Elle avait perdu le sens commun à soixante-dix-neuf ans, et avait «accédé» à l'état végétatif définitif à quatre-vingt-deux ans (trois mois après la mort de son mari, dont elle n'avait guère pris la mesure, riant même devant son cadavre comme s'il jouait) ; elle mourut à quatre-vingt-trois ans.

Ils furent incinérés, elle et le souffre-douleur qui l'avait adorée jusqu'au bout ; leurs cendres cohabitent dans un vase funéraire digne de l'âge du bronze et de la civilisation des kourganes, sur le rebord du buffet de leur fille, qui n'arrive pas à se résoudre à appeler son frère afin de lui fixer une date pour accomplir le geste réclamé par elle, de son vivant et tandis qu'elle avait toute sa tête : « Quand je mourrai, je veux être incinérée et qu'on aille lancer mes cendres comme on semait des graines dans mon enfance, depuis l'Ayre de Giroux, en direction du Truc du Midi. »

Sa fille et son fils savent bien (ou du moins supposent) que l'Ayre de Giroux a disparu, un lotissement l'ayant, probablement, remplacé, dont les fenêtres donnent en effet sur le Truc, ainsi que sur la riante vallée du Colagnet, elle-même parsemée désormais de maisons neuves. Si bien que le rêve de Juliette d'aller se fondre dans l'épaisse végétation d'autrefois est devenu totalement obsolète, sans objet, irréalisable : elle et Gerhardt iraient se perdre et s'éparpiller au hasard de toits de tuiles mécaniques, d'allées de graviers décoratifs, de touffes de fusain soigneusement taillé, de capots d'automobiles, de tartines de beurre négligemment tenues d'une main indolente par des enfants farceurs et indisciplinés. Alors, instinctivement, sans qu'ils aient jamais évoqué cette question du respect de la volonté maternelle, elle retarde, peut-être *ad vitam æternam*, le moment d'appeler son frère et de lui dire : « Allez, quand tu veux, on prend ma voiture, on monte chez maman et on jette au vent leurs cendres mélangées. »

Est-ce une façon de les garder près d'elle ? Une façon de lui rendre la monnaie de la pièce, à elle qui aurait tant voulu qu'elle ne sortît jamais (pour qu'elle ne soit pas incitée à faire des bêtises) ? Une manière de venger son père en la forçant, par-delà la mort, à rester si étroitement solidaire de ses restes poussiéreux ? Ou n'est-ce dû qu'au mouvement de répulsion que lui inspirent à la fois ce mot, « Lozère », tout comme cet autre mot : « Dieburg » ? Car, pour exaucer le vœu maternel, il faudrait bien se résigner à y monter, dans ce sanctuaire dégradé de la nostalgie de Juliette, et, quoique fort aimable, Rosemarie en éprouve un fond de réticence qui ne serait probablement pas loin de confiner à une espèce de répulsion, voire de nausée…

Pour dire les choses comme elles sont, son frère lui-même n'a guère d'opinion sur ce qu'il conviendrait de faire ; et, tant que rien n'est accompli, tout reste possible !

RAISON ET DÉRAISON SONT DANS UN BATEAU

«Je n'ai pas eu la chance d'aller beaucoup à l'école, aimait dire Juliette, mais j'ai plus de bon sens que la plupart des gens.» Et elle disait vrai, en ce sens que ses raisonnements, toujours fondés sur une logique aussi imparable qu'à la limite de l'absurde, finissaient toujours par laisser son contradicteur sans réplique.

Pourtant, imparable et même décapant, ce bon sens, s'il pouvait impressionner l'esprit le plus subtil lui-même, reposait sur des bases le plus souvent extravagantes, purement irréelles. Souvent l'a priori moral y tenait lieu de réalité concrète. Elle se plaisait à le prétendre ancré dans une sorte de sagesse paysanne ou campagnarde, montée tout droit de la nuit des temps (concept totalement étranger à la notion de chronologie ou même à celle de durée).

Cette nuit des temps, au demeurant, son fils, au détour d'échanges et à la faveur de ce que, très passagèrement, il était parvenu à glisser un mot en travers du courant de sa faconde torrentielle, ne parvint jamais, quelque effort qu'il produisît pour y parvenir, recourant aux sortilèges de l'image forte, à la lui faire se représenter sous la forme d'un univers ou d'un espace précis et potentiellement vraisemblable. Il essaya du Néolithique, que l'on connaît assez bien. *Qu'es aco?* Il tenta une autre fois une incursion dans le Paléolithique final, prenant prétexte du faciès d'Aurignacienne de la tante Eulalie. Fiasco : elle partit sur une suite ininterrompue d'anecdotes à propos d'Eulalie, du mari de celle-ci, Jean, et de tout le tralala habituel (le gaz du Chemin des Dames qui remontait, le pilon en bois de la jambe droite, l'accordéon, ainsi de suite...). Et l'on en resta là de cette tentative d'éclairement, au moyen de torches enduites de graisse de bison, des parois de son obscur savoir, attaché à ne pas s'enfoncer trop loin dans les profondeurs de la grotte.

Le passé le plus lointain que son bon sens justement acceptât de prendre en compte, c'était celui de son enfance, rien de la mémoire de ses parents n'étant jamais venu affleurer au niveau de sa conscience, ses parents étant sortis tels qu'elle les avait connus, vieux à trente ans, littéralement d'un néant dont n'émergeait pas la plus petite information concernant leurs parents à eux, leur enfance à eux, la vie du temps qui avait précédé d'une demi-seconde le moment où Virginie avait sectionné et noué le cordon ombilical qui reliait encore la chose Juliette à l'intérieur de son ventre à elle, Virginie. Événement fondateur de tout l'univers, tel qu'il avait été schématiquement et en toute hâte évoqué à la sauvette entre deux lessives par la maîtresse femme toujours occupée.

Fi d'Enkidou, fi d'Enlil ! L'Histoire commence en 1913, en plein champ, parmi les pailles en deuil de leurs épis coupés et les coquelicots avachis réchappés de la bataille perdue contre les faux impitoyables. Point de Sumer ; tout juste recroquevillée, ainsi qu'un petit veau ou qu'un chevreau, sur le ventre de sa mère allongée et faisant ce qu'il y a à faire pour s'accoucher elle-même.

Les évidences, parfois à la limite de la lapalissade, qu'il énonçait si volontiers ce fameux bon sens, selon elle tellement plus pertinent que tout le savoir des livres, Juliette savait en faire un auxiliaire persuasif, constamment à sa disposition, à elle, pour peu qu'elle ait à recourir à ses services en vue d'étayer une démonstration ou une argumentation.

Son litige avec la maréchaussée hessoise à propos des pistes cyclables en avait été l'illustration parfaite, son argumentaire reposant sur le constat suivant, relevant du simple et implacable bon sens : les routes avaient été inventées, en des temps lointains, pour que l'être humain y puisse circuler plus aisément. Bien. Ils y circulaient comment, sur ces routes, les êtres humains ? À pied. Bon. Ensuite ? À cheval et au moyen de quantité de variantes du mot char, mais toujours tirés par un cheval ou par plusieurs chevaux, qui allaient, si on peut dire, à pied, ou à sabots si on préfère. Parfait. Quand le progrès amena derrière lui le vélocipède, de quelle force motrice disposa-t-il pour se propulser en avant ? De celle produite par les mollets, les jarrets et par l'impulsion exercée sur les pédales par la plante des pieds. Vrai ou faux ? Bon.

Passons maintenant au moteur à explosion. Non pas pour en dire plus de mal qu'il ne le mérite ; mais au moins pour constater qu'il est le dernier venu des usagers de la route, et même qu'il y est entré fort tard, autant dire hier. Ajoutons à cela que, toujours sans vouloir le dénigrer plus que de raison, ledit moteur est bruyant, malodorant, pollueur et donc globalement malsain ; en plus son usage est extrêmement coûteux. Par conséquent l'idée saugrenue d'en faire le véhicule prioritaire sur cette route conçue autrefois pour les piétons est bien digne d'un esprit tordu, dont on ne sera pas surpris qu'il soit comme par hasard allemand.

De son raisonnement, on pouvait déduire par pure et simple induction que les routes étaient faites pour tout ce qui y circulait à pied, à sabots (c'est autant dire la même chose) ou à la force du pédalier (ce qui est également kif-kif bourricot).

Donc, la route était en particulier réservée aux cyclistes, ces piétons discrètement munis de prothèses.

Restait donc à procéder à cette opération de nature et de portée subsidiaires : créer, à côté des vraies routes, des voies réservées aux voitures automobiles. Et voilà. On ne peut pas dire que ce soit compliqué, ou alors on est bouché.

Une fois, mais une fois seulement car à l'impossible nul n'est tenu, son fils tenta de lui faire admettre que c'était justement ce qui avait été fait, avec cet asphalte et ce goudron : on l'avait créée, sa fameuse voie conçue expressément pour les autos. Les chevaux n'ayant, depuis longtemps, plus vraiment droit au chapitre, les piétons disposaient du trottoir, spécialement réservé à leur usage ; quant aux cyclistes, eh bien, ma foi, il se trouvait que, depuis quelque temps, et tout spécialement en Allemagne, au Danemark et aux Pays-Bas (*Qu'es aco*, les Pays-Bas ? Ah, la Hollande ? C'est trop difficile de dire « Hollande » ? D'accord, continue…), en Allemagne, au Danemark et aux Pays-Bas donc, on avait commencé à mettre en place des pistes spécialement dédiées à la circulation des bicyclettes, ce qui la rendait plus sûre et même plus agréable.

Un instant décontenancée, elle se reprit vite et conclut : « Oh, toi, avec tes raisonnements tordus de travailleur du chapeau, tu finirais par embrouiller le bon sens le plus solide ! Je sais ce que je sais ; ne viens pas me bourrer le crâne avec tes histoires à dormir debout ! »

On n'aurait sans doute pas à tort, en l'occurrence, parlé de mauvaise foi. Mais, si l'on y réfléchit bien, il se peut que cela n'en ait pas été du tout car son raisonnement à elle, pour absurde qu'il puisse paraître, dont elle croyait dur comme fer qu'il était imparable, reposait sur un constat dont la pertinence était indiscutable : nul n'avait, autrefois, en des temps sortis de toutes les mémoires, inventé l'idée de tracer, puis construire, des voies de communication, que nous appelons routes, songé une seule seconde à la brutale survenue de cet étrange parasite, l'automobile.

Ils n'avaient certes pas non plus anticipé l'invention de la bicyclette ; mais, prothèse pour prothèse, le vélo restait du moins fidèle au système musculaire de locomotion. Et reconnaissons que, l'homme étant un animal bipède (et bimane, mais c'est une autre histoire), fonctionner au moyen de pieds qui marchent ou qui pédalent, cela ne faisait pas une grande différence, tandis que le moteur à explosion fait entrer l'espèce dans une ère de démuscularisation du processus de déplacement d'un point à un autre, révolution qui fait un peu plus reculer l'animal dans l'homme (ainsi que dans sa version optimale, la femme, ce qui chagrinait davantage Juliette).

Ah, qu'avez-vous à répondre à cela ? Si ça ne vous en bouche pas un coin, c'est que vous avez autre chose de bouché, disons : les méninges, que Juliette, comme beaucoup de ses semblables appartenant comme elle à la classe laborieuse, appelait la comprenette.

Juliette ne cessait de faire fonctionner sa comprenette, qu'elle avait en parfait état de marche, même si son mode d'emploi datait un peu. Les règles de fonctionnement de la susdite comprenette étaient au demeurant simples comme bonjour. C'est nous, lourdauds et empotés d'intellectuels de ses deux qui peinions à suivre la trace, pourtant des plus lumineuses, du bon vieux bon sens ruralo-prolétarien, celui que rien, pas même un salopard prétentieux de *Polizist*, ne saurait prendre en défaut, macarel de macarel !

CE QU'IL EÛT FALLU
À MARIE CÉLESTINE JULIETTE
POUR QU'ELLE FÛT
ELLE-MÊME

Juliette fut sans nul doute l'une des épouses les plus invivables et l'une des mères les moins supportables qui aient existé, quoiqu'elle disposât d'indéniables qualités de fonds. Non qu'elle opposât à l'ordre du monde et au bon sens moral un ou plusieurs de ces défauts qui font les dévergondées, les sournoises, les trompeuses, les méchantes, les avares, les sévèrement condamnables ; mais elle possédait à un tel degré l'art d'imprimer à tout la marque de son pessimisme neurasthénique, celle de son désabusement paradoxalement insurgé, celle de son intolérance quant aux principes et de son angoisse chronique, celle de son altier tempérament de redresseur de torts empressé de prendre tout moulin à vent pour une armée malveillante, celle de sa rage de vivre à tout prix et, simultanément, de mourir toutes affaires cessantes, que, au total, elle ne sut résister à ce flot tonitruant de contradictions et fit de l'antihéros caricatural portant le prénom de Gerhardt la victime expiatoire en lieu et place de l'humanité tout entière, le souffre-douleur constamment attaché à subir, obtempérant sans rechigner aux injonctions à la fois plaintives et tyranniques d'une véritable Déesse Mère préhistorique qui ne tolérait d'autre attitude, face à la somme de ses propres et fort injustes motifs d'insatisfaction, que la flagellation permanente du pénitent, ainsi que sa constante soumission aux règles fondées sur le principe de culpabilisation à outrance, dont était justifiable tout individu, principalement de sexe masculin, entrant dans sa juridiction ou passant à portée de celle-ci et à tout moment susceptible, premièrement, de la tromper, deuxièmement, de ne pas favoriser en elle l'éclosion d'indéniables vertus guerrières, troisièmement, de se situer à des années-lumière de la stature d'un héros de roman feuilleton à la fois charmeur et justicier, quatrièmement, d'avoir l'audace de sourire à une avenante voisine, la courtoisie ayant bon dos, cinquièmement, de prouver une fois de plus à quel point il est incapable de planter droit le moindre clou ou de saisir un objet fragile sans le laisser tomber à même le sol où il ne manquera pas d'aller se briser.

N'eût-elle pour autant, sur ce fond de spécificité certes malaisément gérable, pu trouver le moyen de faire se situer son passage sur terre à un niveau, ou degré, de viabilité, voire à celui où se situèrent, dans l'ordre de l'unanime admiration, une Jeanne Hachette, une Geneviève avant sanctification, une autre certaine bergère d'origine lorraine, une autre Juliette tueuse en son bain d'un monstre abject, une superbe Olympe féministe, une Germaine Tillon, une aviatrice détentrice du record de durée de vol ou de longueur de trajectoire, d'une navigatrice solitaire consommatrice d'aliments en conserve et dompteuse de focs et de bômes rétifs ?

Elle en avait à coup sûr l'énergie et même la volonté ; mais les circonstances ne s'y prêtèrent à aucun moment, pas plus que ne le favorisa l'infinie modestie du niveau de connaissance et de conscience dont, au fin fond de ses prairies moutonnières, esseulée, taciturne, privée de mots aussi bien que d'exemples stimulants ou révélateurs, elle eut l'insigne et désastreuse malchance de disposer.

Car, les vertus et les faramineuses potentialités qui firent la renommée des héroïnes susdites, Juliette les portait en elle. Et, si sa nature féconde fut de la sorte brimée, empêchée de réaliser ne fût-ce qu'une part infime de son destin, c'est à sa mauvaise naissance, à sa mauvaise éducation, à sa pitoyable scolarité, à son infinie pauvreté et, comble de disgrâce, à la faible puissance de rayonnement à laquelle la condamna son absence de vrai charme, qu'elle le doit.

Sa faible chance d'avancer d'un pas en direction d'un surcroît d'ouverture d'esprit, d'un supplément de curiosité foncière, elle la laissa passer en ne sachant retenir son Helvien sosie du Guerrier au Torque du musée des Antiquités nationales ; elle en avait trop bavé pour disposer du savoir-faire dont la féminité est supposée disposer ; sa propre féminité était au demeurant bien trop virulente et virile, tandis que ses charmes peinaient à s'imposer, pour qu'un fulgurant destin ait pu être susceptible de la cueillir au vol et de la propulser sur le pavois des chefs plébiscités par les Francs, qu'ils fussent saliens ou ripuaires.

Au total, elle ne fut rien de tout ce qui, au départ, donnait l'impression de vouloir cogner à la lucarne de sa méfiante disponibilité et de sa clairvoyante ignorance.

Elle fut en gros ce qu'elle parvint tant bien que mal à être, ce qui la fit hélas émarger approximativement au niveau du zéro absolu, celui à partir duquel l'eau la plus vive commence à se figer. Si elle ne se figea pas entièrement, c'est que son réflexe de survie continua, dans les eaux profondes de son être, à maintenir un restant de tiédeur qui, par endroits et par moments, parvint à faire légèrement diminuer l'épaisseur de la couche de glace.

Elle fut une force vive captive d'une peau morte.

La vie est ainsi faite et elle était la première à constater que « c'est ainsi, et pas autrement ».

Ce qui toujours manqua à Juliette, ce fut de disposer d'une palette de valeurs subtilement contrastées, et, par conséquent, de la possibilité d'en mélanger, en les harmonisant ou les mariant, les tonalités, les qualités, la diversité. Elle crut, dur comme fer, disposer d'opinions fermes, claires et nettes ; elle n'était que préjugés instinctifs (qui n'avaient rien à voir avec ceux que l'on dit moraux ou ceux que l'on déclare bourgeois ; non, des préjugés pas forcément négatifs ou stupides ; mais toujours fondés sur une intime conviction aussi naïve qu'ostentatoire). Ce qui lui fit cruellement défaut, ce sont les moyens de mettre en perspective ses constats, lesquels s'accumulaient, s'agrégeaient et finissaient par se cristalliser en aléatoires convictions.

Ses certitudes, qui résultaient de l'action combinée de son bon sens et de son ignorance, lui interdisaient à la fois de soupeser, de jauger pertinemment à l'œil nu, dans l'instant, mais aussi d'accéder à ce centre de tri et d'évaluation qui, dans un espace ténu et réservé du cerveau, celui spécialisé dans la conduite de toute activité cognitive, permet à l'expérience de recevoir l'avis éclairé du savoir, et, par là même, tous ceux produits par les millions d'esprits qui ont antérieurement évalué et soupesé dans ces mêmes conditions. Alors, à côté de solides et spectaculaires accès de bon sens naturel, férus d'évidences que parfois les esprits raffinés manquent de quelques centimètres à peine, elle accumulait les fausses vérités, les erreurs de jugement, voire les bourdes, dont certaines eurent sur elle de pénibles ou tristes conséquences.

Elle perdit ainsi l'homme de sa vie en refusant d'admettre que, si elle continuait à lui rebattre les oreilles de ses incessants accès d'indignation, de rage ou de méfiance frustrée, et malheureusement aussi d'intolérance, elle ne tarderait pas à le voir aller ailleurs chercher cette paix qui, décidément, ne pouvait jamais être pour lui celle des ménages. Mille exemples de son cas étaient fournis par la littérature ; elle n'en connaissait pas un seul.

Quant à son fils, l'être dont elle se serait sincèrement voulue le plus proche, il essaya tout : de détourner son attention sur d'autres sujets, de la raisonner, de lui montrer à quel point elle se faisait du mal, de contester la validité de ses plaintes souvent tellement exagérées. Il ne parvint qu'à l'irriter davantage et à la faire amèrement constater que, tant qu'il n'aurait pas vécu ce qu'elle avait vécu, il ne serait ni fondé ni par conséquent habilité à prétendre savoir ce qu'avait pu être la vie qu'elle avait vécue, ce qu'était celle qu'elle vivait encore au jour le jour, et, tout bien pesé, ce qui constituait de toute éternité le fondement même de toute vie, qui est un magma pâteux de souffrances et d'échecs sans cesse réitérés.

Le substrat, que nous dirons culturel, et ses références d'ordre psycho-sentimentalo-cognitif, étaient en fait constitués d'un ensemble cohérent de clichés morbides qu'elle était allée glaner dans le répertoire de chansons des années trente, lugubre enchaînement de rengaines « réalistes » attestant que la vie ne vaut pas la peine d'être vécue, ainsi que dans le corpus d'une filmographie sélectionnée, dispensatrice de sinistrose, de la même époque, qui, les unes comme les autres, envahissaient les ondes et les écrans de cinéma (sa vraie bibliothèque et sa Sorbonne omnisciente) !

Elle vécut mal, ce qui n'est pas le pire puisque bien des grands artistes et poètes eurent des vies atroces ; mais, contrairement à eux, elle ne se sera pas vécue en totalité, faute de s'être véritablement connue, reconnue ou devinée. Elle savait bien sûr confusément qu'elle valait mieux que ce que le sort avait fait d'elle. Et de ce fait elle regimbait à tort et à travers, refusant d'admettre que ce qui la hantait, c'étaient l'humiliation et la blessure d'avoir ainsi été tenue écartée. Mais de quoi ? Cela, elle l'ignorait tout en le sachant très bien au fond ; sans doute était-ce d'elle-même.

Mais il était trop tard. Ni elle ni personne ne pouvait plus rien pour elle.

Elle fut un scandale vivant, une de ces ratées dont l'histoire de l'humanité s'entend fort bien à multiplier les exemples, comme si cela leur procurait un délicat plaisir, à l'humanité, à l'Histoire...

Les ultimes années de sa vie condamnèrent cette inépuisable mémoire à subir les effets d'un Alzheimer radical. Elle appelait son fils « Monsieur » et sa fille « Gerhardt » (ledit Gerhardt étant mort d'épuisement à s'occuper d'elle avec patience et adoration).

Plusieurs fois par jour, elle chantait, dans un ordre immuable, ainsi que nous l'avons dit, le premier couplet et le refrain de la douzaine de chansons qui constituaient l'unique planche de salut de sa mémoire. Chacun des « récitals » qu'elle se donnait à elle-même, redevenue toute petite fille, se terminait donc invariablement par *Les Roses blanches*, qu'accompagnait tout aussi invariablement un flux de larmes. La voici donc, cette chanson par laquelle Berthe Sylva exerçait son puissant pouvoir lacrymogène. On mentirait si l'on affirmait que, lorsqu'il lui arrive de l'entendre encore aujourd'hui, son fils en sort, à son tour, tout à fait indemne...

ENFIN, ÉCOUTONS-LA, CETTE CHANSON
QUI S'INTITULE *LES ROSES BLANCHES*,
ET QUI FUT LE LEITMOTIV DU RÉCITAL
QUOTIDIEN ET IMPROVISÉ
DE MARIE CÉLESTINE JULIETTE

C'était un gamin, un goss' de Paris
Pour famille il n'avait qu'sa mère,
Une pauvre fille aux grands yeux rougis
Par les chagrins et la misère.
Elle aimait les fleurs, les roses surtout,
Et le bambin tous les dimanches
Lui apportait de belles roses blanches
Au lieu d'acheter des joujoux.
La câlinant bien tendrement
Il disait en les lui donnant :

C'EST AUJOURD'HUI DIMANCHE,
TIENS, MA JOLIE MAMAN,
VOICI DES ROSES BLANCHES,
TOI QUI LES AIMES TANT.
VA, QUAND JE SERAI GRAND,
J'ACHÈT'RAI AU MARCHAND
TOUTES SES ROSES BLANCHES,
POUR TOI, JOLIE MAMAN.

Au printemps dernier, le destin brutal
Vint frapper la blonde ouvrière ;
Ell'tomba malade et, pour l'hôpital,
Le gamin vit partir sa mère.
Un matin d'avril, parmi les prom'neurs,
N'ayant plus un sou dans sa poche,
Sur un marché, tout tremblant, le pauvr' mioche,
Furtivement vola des fleurs.
La marchande l'ayant surpris,
En baissant la tête, il lui dit :

C'EST AUJOURD'HUI DIMANCHE
ET J'ALLAIS VOIR MAMAN ;
J'AI PRIS CES ROSES BLANCHES,
ELLE LES AIME TANT !
SUR SON PETIT LIT BLANC,
LÀ-BAS ELLE M'ATTEND ;
J'AI PRIS CES ROSES BLANCHES
POUR MA JOLIE MAMAN.

La marchande émue doucement lui dit :
Emporte-les, je te les donne.
Elle l'embrassa et l'enfant partit,
Tout rayonnant qu'on le pardonne.
Puis à l'hôpital il vint en courant,
Pour offrir les fleurs à sa mère.
Mais en l'voyant, tout bas une infirmière
Lui dit : tu n'as plus de maman.
Et le gamin, s'agenouillant,
Dit devant le petit lit blanc :

C'EST AUJOURD'HUI DIMANCHE,
TIENS MA JOLIE MAMAN,
VOICI DES ROSES BLANCHES,
TOI QUI LES AIMAIS TANT !
ET QUAND TU T'EN IRAS
AU GRAND JARDIN, LÀ-BAS,
TOUTES CES ROSES BLANCHES,
TU LES EMPORTERAS.

CONFESSION DU FILS, RECUEILLIE DE LA BOUCHE MÊME DE CELUI-CI

Faire de la vie d'un être aussi anodin par l'existence qu'il mena la matière d'un livre était probablement un vœu pieux et un espoir vain. Ce fut, quelques années après la disparition de celle-ci, l'intention ou plutôt le réflexe d'urgence a posteriori de son fils, ci-devant désigné « L'Auteur ».

Il n'avait en fait nullement perçu, du vivant de cette existence pourtant si intimement proche, et qui fut cause d'un grand nombre de ses embarras personnels, que celle-ci avait, en fait, été des plus singulières. À défaut d'avoir été exemplaire, il s'en faut de beaucoup, elle fut suffisamment pathétique et aventureuse pour se situer hors du commun.

Car elle est, cette existence, le prototype de ce que, mal engagée, puis mal orientée, et ensuite agressée, une vie peut devenir (à savoir : presque rien) quand, n'ayant rien perdu de sa verve et de sa sève, ni de ce qui l'eût pu rendre exceptionnelle, forte et créative, elle n'a d'autre échappatoire que l'amère résignation et le rejet non assumé mais violemment entretenu de soi.

Ainsi fut cette mère : un esprit doté de très fortes potentialités, que sa naissance et tout ce qui en découla de manière inéluctable condamnèrent à ne même pas devenir l'ombre de ce qu'elle aurait, non seulement pu, mais surtout dû être.

Ce n'est en fait pas elle qui passa à côté d'elle-même ; c'est la vie qui la traita en quantité négligeable, pour s'être probablement concentrée sur la seule modestie de son origine, ainsi que sur la médiocrité de ses débuts dans le monde.

Dès la prime jeunesse du ci-devant «Auteur», elle s'employa, sans bien entendu le vouloir, à le fatiguer, à le lasser, à l'exaspérer. Comme il n'était ni indocile ni insouciant, il fit le choix, sous le couvert d'une douceur extrême, de faire «mine de rien» (mais résolument). Ayant tenté à diverses reprises de la mettre en face de ce qu'elle valait, il s'était vu opposer un refus catégorique, quoique sur le mode de la dérision, comme s'il lui eût parlé d'une chose incongrue, fantasque, extravagante, qui n'aurait pu concerner un esprit aussi raisonnable que le sien.

Il était bien trop tard, et il comprit qu'il aurait fallu qu'il l'ait connue dès sa prime jeunesse à elle, c'est-à-dire longtemps avant qu'il naquît lui-même ! Peut-être qu'alors, se trouvant fraîchement sortie des sortilèges de son enfance abandonnée, ou plutôt laissée à vau-l'eau, livrée à ses instincts et aux sollicitations d'une nature qui la bombardait d'énigmes excitantes pour son esprit encore placé sous la coupe d'un onirisme sans partage, elle eût accepté de se laisser conduire doucement, par sa petite main, jusqu'aux encore vivaces preuves de sa souveraineté inconnue.

Le problème, dramatique, de cette enfant à l'abandon, devenue femme à l'abandon, puis mère à l'abandon, ce fut que, ayant été privée d'emblée de tout accès à quelque niveau de culture que ce soit, elle réagit à une si prégnante frustration par un rejet, dédaigneux et courroucé, de tout phénomène que nous avons coutume de placer sous la juridiction de la culture.

Ayant, de son côté, trouvé dans la pratique d'une espèce de gabegie de connaissances disparates la voie d'accès, non pas à un statut, mais à un univers plus agréablement habitable et plus substantiellement nourricier, son fils était à ses yeux fautif d'une espèce de trahison de classe, d'abandon du poste qui, par atavisme, lui avait été assigné à la naissance, et donc de sécession perverse et sournoise, de lâchage.

À partir d'un tel hiatus conceptuel, il eût été vain, et démoralisant, de tenter d'intervenir, de manière de surcroît rétrospective, sur une telle épaisseur de strates calcifiées de déception, de désillusion, de frustration, d'humiliation et, disons-le sans hypocrisie, d'ignorance, et d'espérer rejoindre, dans les couches profondes de sa géologie existentielle, les peu ordinaires dispositions innées qui s'y étaient depuis longtemps figées ainsi que fait la lave après être sortie à la lumière du jour et avoir laissé s'éteindre jusqu'à la mémoire de cette chaleur qui l'avait autrefois poussée en avant.

Quand il est trop tard, il est trop tard. Le fils se contenta dès lors de tout faire pour ne la blesser ni ne la vexer, quitte à jouer, du moins à ses yeux, les inattentifs ou les indifférents. À ses yeux, hélas, il était plutôt un gentil garçon, dont le seul défaut était de ne pas comprendre à quelle profondeur de l'abîme d'injustice et de souffrance la vie avait précipité sa mère.

Faut-il ajouter qu'il l'avait au contraire parfaitement et tristement compris, qu'il en avait évalué la profondeur, qu'il avait essayé de lui envoyer un filin qu'elle avait refusé de saisir car, selon elle, elle préférait son obscurité, qui lui était familière, à ces lumières artificielles qui scintillaient de manière sournoise hors du puits ?

Et n'était-ce pas, en effet, au fond du puits, justement, que se tenait, nue, la vérité ?

Alors, de tout en bas, sans doute forte de cette certitude, elle criait : « Fiche-moi la paix ! Je suis bien ici ; j'y ai pris mes habitudes. »

Elle ne mentait qu'à elle-même. Et, avec le recul, on peut se demander si elle ne le savait pas, et si ça n'était pas mieux ainsi, pour elle, enfin, c'est-à-dire, selon elle.

TABLE

Né le 11 décembre 1937 à Avignon, découvert en ses jeunes années par René Char, Gil Jouanard n'a cessé de semer sur son chemin divers textes inclassables, écrits dans une prose poétique de la plus haute simplicité. Après *Un nomade casanier*, *Les Roses blanches* est son deuxième «roman vrai».

Extraits bibliographiques

Chez Phébus

Un nomade casanier, 2003.
La Saveur du monde, 2004.
Moments donnés, 2005.

Chez Fata Morgana

Un corps entier de songes, 1985.
L'Eau qui dort, 1987.
Le Moindre mot, 1990.
Tout fait évènement, 1998.
Cela seul, 2002.
Le Bois de Païolive, 2005.

Chez Verdier

Le Goût des choses, 1994.
Plutôt que d'en pleurer, 1995.
Mémoires de l'instant, 2000.

Aux Éditions de l'Archange Minotaure

Istanbul, 2005.
Prague, 2005.

Chez d'autres éditeurs

Sous la dictée du pays, Slatkine, 1982.
Aires de transit, Seghers, 1992.
Maramures, terra incognita, Éditions du Laquet, 2002.
Le Connemara, pays de l'imaginaire, Éditions du Laquet, 2002.
Marseille revisitée (avec le photographe Bernard Plossu), Éditions Anatolia, 2008.
Marseille vu du bus (avec le photographe Bernard Plossu) Éditions Anatolia, 2008.
L'Œil circonspect, Isolato, 2009.
La Plus Belle Eau, Isolato, 2009.
La Boîte aux lettres de Palmyre, Éditions de l'Atelier In-8, 2009.
Dans le paysage du fond, Isolato, 2013.

LITTÉRATURE FRANÇAISE

(extrait du catalogue)

CLAUDE ANET
La Révolution russe, chroniques 1917-1920

DANIEL ARSAND
La Province des Ténèbres, roman
En silence, roman
Lily, roman
Que Tal, récit

Et aussi en collection «Libretto»
Un certain mois d'avril à Adana, roman

MARCEL BÉALU
Journal d'un mort, roman
Présentation de Georges-Arthur Goldschmidt
Contes du demi-sommeil, roman
Commentaire d'Antonin Artaud
L'Aventure impersonnelle, roman
Mémoires de l'ombre, roman
L'Expérience de la nuit, roman
La Vie en rêve, récits
L'Araignée d'eau, récits
Préface d'André Pieyre de Mandiargues

DAVID BORATAV
Portrait du fugitif, roman

ANNIE BUTOR
Comment voulez-vous que j'oublie…, biographie
Préface de Benoîte Groult

CHRISTOPHE CARLIER
Singuliers, roman

JEAN LUC CATTACIN
À travers ciel, roman

BLANDINE DE CAUNES
L'Involontaire, roman

CHRISTIAN CHAVASSIEUX
L'Affaire des vivants, roman

FRANÇOISE CLOAREC
Séraphine. La Vie rêvée de Séraphine de Senlis, biographie
Storr. Architecte de l'ailleurs, biographie
De père légalement inconnu, roman

PIERRE COCHEZ
Tel fils, roman

ANDRÉ DHÔTEL
La Route inconnue, roman
Lorsque tu reviendras, roman
La Vie passagère, poèmes
Quand je te reverrai, nouvelles

Et aussi en collection « Libretto »
Lumineux rentre chez lui, roman
Ma chère âme, roman
Un jour viendra, roman
Pays natal, roman
Ce lieu déshérité, roman
Ce jour-là, roman
Les Premiers Temps, roman
Le Soleil du désert, roman
Les Disparus, roman
Le Mont Damion, roman

ALEXANDRE DUMAS
La Guerre des femmes, roman
Texte établi, annoté et préfacé par Claude Schopp
Les Blancs et les Bleus, roman
Texte établi, annoté et préfacé par Claude Schopp
Les Compagnons de Jéhu, roman
Texte établi, annoté et préfacé par Claude Schopp
Le Chevalier de Sainte Hermine, roman
Texte établi, annoté et préfacé par Claude Schopp

Le Chevalier d'Harmental, roman
Texte établi, annoté et préfacé par Claude Schopp

En société avec CLAUDE SCHOPP
Le Salut de l'Empire : Hector de Sainte-Hermine, roman

STÉPHANE FIÈRE
Camarade Wang achète la France, roman

JEAN FOLLAIN
Paris

ROLAND GARROS
Mémoires, suivi de *Journal de guerre*
Préface de Philippe Forest
Dossier de Jean-Pierre Lefèvre-Garros

PASCALE GAUTIER
Mercredi, roman

CHRISTIAN GUAY-POLIQUIN
Le Fil des kilomètres, roman

LUC HOFFMANN
L'Homme qui s'obstine à préserver la Terre
Entretiens avec Jil Silberstein

GIL JOUANARD
Un Nomade casanier
La Saveur du monde
Moments donnés : 1965-1995
Les Roses blanches, roman

GILLES LAPOUGE
Les Pirates
Forbans, flibustiers, boucaniers et autres gueux de mer
La Maison des lettres : conversations avec Christophe Mercier

JEAN LODS
Le Dernier Colonel, roman

ROBERT MARGERIT
L'Île des perroquets, roman
Le Dieu nu, roman
Le Château des Bois-Noirs, roman

La Révolution, roman (quatre volumes)
Préface de Georges-Emmanuel Clancier
I. *L'Amour et le Temps*
II. *Les Autels de la peur*
III. *Un vent d'acier*
IV. *Les Hommes perdus*
Les Amants, roman
Préface de Georges-Emmanuel Clancier
La Terre aux loups, roman
Préface de Georges-Emmanuel Clancier

ANTOINE DE MEAUX
L'Ultime Désert : vie et mort de Michel Vieuchange, biographie
Le Fleuve guillotine, roman

BERNARD OLLIVIER
Longue marche (4 vol.), récit
I. *Traverser l'Anatolie*
II. *Vers Samarcande*
III. *Le Vent des steppes*
IV. *Longue marche, suite et fin*
Nouvelles d'en bas
L'Allumette et la bombe : Jeunes, l'horreur carcérale, essai
La vie commence à 60 ans, récit
Aventures en Loire : 1000 km à pied et en canoë, récit
Histoire de Rosa qui tint le monde dans sa main, roman
Sur le chemin des Ducs, récit

PIERRE PELOT
Les Promeneuses sur le bord du chemin, roman

MARTIN PROVOST
Bifteck, roman

ODETTE DU PUIGAUDEAU
Pieds nus à travers la Mauritanie, 1933-1934
Tagant. Au cœur du pays maure 1936-1938
Le Sel du désert, récit

MICHEL QUINT
Apaise le temps, roman

DANIEL DE ROULET
Légèrement seul, sur les traces de Gall, récit
Tous les lointains sont bleus, chroniques

MARCELLE SAUVAGEOT
Laissez-moi, récit

CLAUDE SEIGNOLLE
La Malvenue, roman
Marie La Louve, roman
Préface de Lawrence Durrell
Le Diable en sabots, récits
La brume ne se lèvera plus, roman
La Nuit des Halles, récits
Le Rond des Sorciers, récits
La Morsure de Satan, récits

MICHEL SERFATI
Finir la guerre, roman

SIDO
Lettres à Colette, correspondance

SYLVAIN TESSON
Nouvelles de l'Est, nouvelles
Les Jardins d'Allah, nouvelles

MARC TRILLARD
Eldorado 51, roman
Tête de cheval, roman
Cabotage. À l'écoute du chant des îles : Cap-Vert 1993
Coup de lame, roman
Si j'avais quatre dromadaires, récits
Campagne dernière, roman

MICHEL VIEUCHANGE
Smara. Carnets de route d'un fou du désert
Préface de Paul Claudel

JACQUES YONNET
Rue des Maléfices. Chronique secrète d'une ville

JAN YOORS
Tsiganes. Sur la route avec les Rom Lovara
Préface de Jacques Meunier
La Croisée des chemins. La guerre secrète des Tsiganes 1940-1944

Cet ouvrage
a été mis en pages par In Folio,
reproduit et achevé d'imprimer
en mai 2016
dans les ateliers de Normandie Roto Impression s.a.s.
61250 Lonrai
N° d'imprimeur : 1601454

Imprimé en France

Dépôt légal : août 2016